TOUT CE QUI BRILLE

Anna Godbersen

TOUT CE QUI BRILLE

Traduit de l'anglais (américain)
par Alice Seelow

wiz
Albin Michel

Du même auteur chez Albin Michel Wiz

Rebelles
Rumeurs
Tricheuses
Vénéneuses

Anna Godbersen est née à Berkeley, en Californie, et a fait ses études à l'université de Barnard. Elle vit actuellement à Brooklyn. Rendez visite à Anna sur www.bytseries.com.

Titre original :
BRIGHT YOUNG THINGS
(Première publication : HarperCollins Children's Books,
a division of HarperCollins Publishers, New York, 2010)

Aux Coven

Un étrange objet lumineux fusa dans le ciel... Un instant, dans les clubs privés et les bars clandestins, les gens posèrent leur verre et se mirent à penser à leurs vieux rêves. Voler était peut-être une issue. Dans l'infini du ciel, notre sang en ébullition trouverait peut-être ses frontières. Mais à cette époque, nous étions tous plutôt bien embarqués. Et les années folles continuaient. Nous pouvions boire un autre coup.

F. Scott Fitzgerald, *Les Enfants du jazz*[1]

1. Traduction Alice Seelow.

PROLOGUE

Autant qu'il m'en souvienne, nous étions libres et pleins d'entrain cet été-là. Mais tout fuit peu à peu : le scintillement doré de la plage de White Cove ; les rires fusant dans la nuit ; la lumière lavande de l'aube sur les façades des gratte-ciel, devenus soudain spectaculairement hauts. Chaque aurore semblait promettre de nouveaux miracles, parmi d'autres joies qui nous manquent cruellement ces jours-ci. Aussi vais-je essayer de vous raconter, avant que mes souvenirs ne s'anéantissent dans l'oubli, comment c'était alors, avant que tout ne change : c'étaient les années rugissantes ; les années folles.

L'été 1929, quand la chaleur fut assez forte pour que les jeunes filles osent arborer des robes qui avaient considérablement raccourci, la prohibition durait depuis si longtemps qu'elle ne dérangeait plus personne. La ville possédait un bar clandestin à chaque coin de rue, du moins les prédicateurs martelaient-ils cela le dimanche du haut de leur chaire, et le méthanol ne rendait plus aveugles les jeunes filles au visage d'ange de l'arrière-pays, le bon alcool étant devenu un jeu d'enfant à obtenir. Le 18ᵉ amendement avait fait de nous tous d'heureux hors-la-loi.

Nous faisions tout ce que nous voulions et nous nous habillions avec tous les vêtements inimaginables que nous pensions élégants, nous transgressions les règles rien que pour le plaisir, plongeant dans les fontaines publiques, brassant les classes sociales aussi hardiment que nous mélangions les cocktails. Il n'y avait plus de bals sectaires qui rassemblaient les vieilles fortunes et les noms prestigieux, et quand bien même il y en aurait eu, personne n'aurait eu envie de s'y rendre. Les jolies filles portaient le genre de maquillage que trente ans auparavant on ne voyait que sur les actrices, et les actrices, dont certaines ne se souciaient même pas de déguiser leur accent du Bronx, sortaient escortées d'héritiers de grandes familles ayant fait fortune dans les transports maritimes. Les filles s'étaient mises à s'habiller comme les garçons, les femmes avaient obtenu le droit de vote, mais nous étions déjà à la poursuite de libertés plus flamboyantes, comme se peloter dans les voitures, fumer des cigarettes ou se pavaner dans les rues de la ville en bas couleur chair.

New York était la capitale des affaires et de la joie, et la jeunesse du pays déferlait de partout. Elle arrivait en foule, pour rejoindre le genre de fête que seule une grande métropole peut organiser. Elle était issue des familles riches et rurales du Nord, du Sud et de l'Ouest. Les filles affluaient, pour échapper aux cuisines et aux mariages, vers une destination où elles pourraient faire comme si elles avaient dix-huit ans pour toujours – du moins pour quelque temps, ce qui leur semblait la même chose. La majorité venait là pour s'amuser, tout simplement.

Le temps a effacé le souvenir de toutes ces jeunes filles, pourtant je garde gravé dans mon esprit celui de trois d'entre elles, que j'ai connues au cours de ce dernier été incandescent.

Elles marchaient toutes les trois vers leur destin secret et, avant le début de la décennie suivante, chacune allait s'évader à sa façon – l'une dans la célébrité, l'autre dans le mariage, la dernière dans la mort.

C'est cela que je veux raconter : les filles aux robes courtes, aux yeux brillants et aux rêves de grandes métropoles.

Les filles de l'année 1929.

I

La poignée d'invités au mariage était déjà rassemblée depuis un quart d'heure dans l'église luthérienne au toit de bardeaux de Main Street. Mais si un promeneur était passé par là, il aurait pu remarquer une jeune fille solitaire qui se tenait debout sur le parvis. Il était quatre heures passées ce dimanche dans la petite ville endormie d'Union, dans l'État de l'Ohio, et le soleil de l'après-midi jouait sur ses jolies pommettes saillantes et sur ses cheveux châtain clair tressés simplement. La jeune fille avait tout juste dix-huit ans, et venait d'obtenir son diplôme d'études secondaires au lycée d'Union. Si ce passant avait pris le temps d'observer ses yeux, doux, bruns et brillants comme du Coca-Cola à travers le verre d'une bouteille, il aurait vu l'agitation qui y couvait.

Elle leva la tête vers le soleil qui filtrait entre les branches des arbres, et poussa un soupir. Sa robe de mariée faite maison, en coton brut, qu'elle avait désespérément essayé de copier sur les robes courtes et sportives qu'on portait dans les villes, et dont le style, en conséquence, n'était pas tout à fait approprié à l'événement, était au moins de la couleur blanche qui la désignait comme la future épouse.

À travers les étroites fenêtres, elle voyait les invités installés sur leurs bancs et la haute silhouette du seul garçon d'Union qui avait suscité son intérêt, et qui attendait patiemment devant l'autel. Il portait le costume noir de son père, et ses cheveux couleur sable, un peu trop longs et désordonnés, auréolaient son visage rond et agréable, mais pas encore très viril. Cette vision accrut son désarroi. Elle eut un geste de recul et ferma les yeux. Tout était arrivé si vite. Elle n'était pas parvenue à croire qu'elle allait se marier pour de bon avant ce matin, à son réveil, quand la réalité de la situation lui avait alors sauté à la figure.

– Cordelia !

Elle se retourna à l'appel de son prénom et vit sa meilleure amie, Letty Haubstadt, dont les grands yeux étaient comme deux saphirs dans l'ovale blanc de son visage. Ses cheveux bruns étaient séparés par une raie au milieu et attachés par des épingles, et elle portait la même robe noire, les mêmes collants noirs et les mêmes chaussures noires que son père lui avait toujours imposés. La vue de Letty rassura Cordelia, malgré ses vêtements quelque peu funèbres pour un mariage, et elle réussit presque à lui sourire.

– Je suis désolée d'avoir été si longue, s'excusa Letty avec un grand sourire.

Là-dessus, elle défit le rouleau qu'elle portait sous son bras, secoua la mousseline de gaze et se haussa sur la pointe des pieds pour l'arranger sur la tête de Cordelia, qui était beaucoup plus grande qu'elle.

– Je sais que ta tante dit que tu ne mérites pas de voile, continua-t-elle, mais je trouve que ce ne serait pas un vrai mariage si la mariée n'en portait pas.

Elle entendit un petit coup sec sur la vitre ; les deux jeunes filles levèrent les yeux et aperçurent Ida, la tante de

Cordelia, qui les toisait d'un air impatient, le visage dur, pinçant ses lèvres minces. Cordelia jeta un bref regard à sa tante et se retourna vers son amie.

Letty lui tendait un bouquet de fleurs jaunes sauvages, qu'elle avait dû cueillir sur la route.

– Tu es prête ? lui demanda-t-elle.

Cordelia leva les yeux pour s'assurer que sa tante était retournée s'asseoir, et releva son voile pour regarder son amie. Puis elle lui dit, d'un trait :

– Partons ce soir !

Le sourire de Letty s'effaça net. Elle pâlit.

– Ce soir ?

– Tu ne seras jamais une star, si tu restes ici.

Cordelia fixa sur son amie un regard intense. Elle disait simplement tout haut ce que toutes deux pensaient tout bas.

– Le train part à 6 h 52 de la gare de Defiance.

Il n'y avait qu'un train par jour direct pour New York dans cette région de l'État, chose que Cordelia savait depuis des années. Elle connaissait les horaires par cœur, car partir était pour elle un désir latent qui s'était exaspéré aux premières lueurs de l'aube de cette journée particulière, quand l'idée de son mariage imminent avait cessé de lui sembler absurde et lointaine, et qu'elle s'était mise à l'appréhender avec une sorte de terreur. Lorsqu'elle se leva pour aider sa tante à préparer le petit déjeuner, son projet de partir s'était clairement précisé. Et bien qu'à cette idée, son esprit se soit emballé toute la matinée, Cordelia n'avait pas imaginé qu'elle aurait le courage de l'exprimer tout haut à Letty.

Il n'y eut aucune discussion. Letty répéta l'heure de départ du train, puis Cordelia replaça son voile sur son visage et monta à la suite de son amie l'escalier de bois qui gémissait sous leurs pas. Elle entra dans l'église, non sans avoir jeté un regard en arrière aux édifices à pignons – maisons, devantures, églises – qui constituaient la petite ville d'Union. Elle connaissait le nom de tout le monde, et tout le monde la connaissait comme la jeune orpheline aux genoux constamment écorchés. Dans quelques heures le train filerait et l'emporterait, et tout cela serait à jamais perdu pour elle. Le crépuscule serait alors tombé, la nuit suivrait bientôt : dans cette partie du monde, l'obscurité pouvait ne pas avoir de fin, c'était comme si la lumière avait disparu pour toujours. Et cela, elle n'avait jamais pu le supporter.

En remontant l'allée centrale vers l'autel, elle sentait à peine ses pieds. Elle flottait. Ses mouvements étaient devenus automatiques, elle ne les contrôlait plus. La lumière verdâtre qui filtrait à travers les grandes fenêtres caressait les murs et stagnait sous le haut plafond pointu aux poutres de bois mal équarries. Les parents de John étaient assis, avec tous leurs garçons, sur un côté de l'allée, tandis que sur l'autre étaient installés sa tante, avec le même air coincé, dans une vieille robe à fleurs au grand col de dentelle blanche, oncle Jeb dans son éternelle salopette, et entre eux son cousin Michael. Sur le banc, derrière son oncle et sa tante, les deux sœurs de Letty, Louisa et Laura, arboraient un même chignon serré et vieillot.

À Union, la famille Haubstadt était connue pour son austérité, sa dévotion et sa ferme laitière, et pour ne porter que des vêtements de deuil depuis le décès de Mrs Haubstadt, morte il y a six ans en donnant naissance à la plus jeune sœur de Letty. Ses enfants se souvenaient d'elle comme d'une sainte, et il n'était pas question pour Cordelia de lui contester cet honneur : toute femme qui supportait les accès de colère et répondait aux attentes du vieil Haubstadt méritait d'être béatifiée, même si cela semblait aux yeux de Cordelia un accomplissement douteux, et un usage contestable de son temps sur cette terre. Sur les photos de famille, Mrs Haubstadt semblait presque ridiculement petite aux côtés de son mari. Des cinq enfants, seule Letty était aussi menue que sa mère. « La petite », l'appelaient les autres, qui la traitaient comme si elle n'existait pas.

Tous les invités tournèrent la tête vers la mariée, et malgré le sourire que certains s'efforçaient d'afficher, leurs yeux semblaient dire : *On sait tous ce qu'elle a fait !*

De peur que leurs regards ne la foudroient, Cordelia se rappela qu'elle ne faisait qu'à demi partie d'eux. Car alors que sa mère avait grandi à Union, son père venait d'un lieu lointain et fascinant, et, tout comme Letty, elle se sentait à l'étroit dans la ville qui l'avait vue naître. Letty avait raison d'avoir insisté pour qu'elle porte un voile : Cordelia était soulagée qu'il cache son visage et la protège du regard méprisant des invités, de leur expression sévère, mais aussi de John qui, les yeux brillants, tendait maintenant ses mains vers les siennes. Elle fut incapable de le regarder. Elle ne voulait pas garder l'image de ce visage heureux et plein d'attente.

Elle voulait se souvenir de John Field tel qu'il était le lendemain de la cérémonie de remise de son diplôme, deux semaines auparavant. Tous les deux étaient allés se promener vers le ruisseau, là où l'eau devient profonde. Elle lui avait dit qu'elle ne voulait pas abîmer son joli petit slip, et que, si elle se mettait nue, il fallait qu'il se déshabille complètement lui aussi. John, troublé, l'avait observée en train d'enlever ses vêtements. Il l'avait suivie dans la rivière, s'y était enfoncé jusqu'aux genoux, puis avait plongé dans l'eau. Ensuite ils avaient crawlé jusqu'à la rive, tremblant, haletant de froid. Le soleil était si chaud que la pierre leur brûlait la plante des pieds, mais à l'ombre, le sol était frais. Alors elle s'était lovée contre lui pour se réchauffer et l'avait embrassé. Au bout d'un moment, elle lui avait demandé d'aller plus loin, de ne pas se retenir, cette fois. Au début, il lui avait dit qu'il ne fallait pas, mais son désir l'avait emporté sur sa raison. Ses yeux verts avaient plongé au fond des siens, fascinés, effrayés, émerveillés. Elle avait eu mal au début, mais quand cela avait été fini, trop vite à son goût, elle avait eu envie de ressentir à nouveau cette douleur inconnue, suave et brûlante.

Et qu'importe que son cousin Michael les ait vus et soit allé le répéter à tante Ida. Car de toute façon, quand Cordelia était arrivée pour aider à préparer le repas du soir, son slip était taché de sang et ses cheveux étaient tout emmêlés. Comment aurait-elle pu mentir ? Elle n'en avait même pas l'intention.

– Tu es exactement comme ta mère, lui avait lancé tante Ida en serrant furieusement ses lèvres, ce qui accusait les rides autour de sa bouche.

« Exactement comme ta mère » était le leitmotiv de tante Ida depuis que Cordelia était enfant, chaque fois qu'elle arrivait en retard à l'église ou qu'elle avait mis du temps à rapporter de l'eau du puits, chaque fois qu'elle était excessivement gaie ou morose. « Exactement comme ta mère. » Jusqu'à ce que la jeune Cordelia se mette à arborer cette remontrance comme une médaille. « Exactement comme ta mère », n'avait cessé de répéter tante Ida tout en forçant John, le Dr Field et madame, sans oublier Cordelia, à consentir en tout bien tout honneur à une cérémonie privée dans l'église luthérienne de Main Street, le dimanche après-midi suivant. Ainsi tante Ida s'assurait-elle simultanément de deux choses qu'elle avait toujours souhaitées : elle se débarrassait définitivement de sa nièce à problèmes, tout en sacralisant l'affaire dans son lieu favori, la maison de Dieu.

Même debout à côté de John, maintenant, devant l'autel de l'église presque vide, Cordelia n'avait qu'une idée en tête : fuir. Car bien que John ne manquât ni de beauté ni de bonté, il ne lui suffirait jamais, et elle ne pouvait s'empêcher de penser aux prochains cinquante hivers mornes qui s'ensuivraient, aux multiples pique-niques paroissiaux et aux bébés vagissant comme à autant de fades distractions sur le chemin du tombeau. Non, ce n'était pas possible. Pas avec cette curiosité brûlante qu'elle avait de voir ce qui existait au-delà des rues tracées au cordeau d'Union, avec sa flèche d'église, ses quelques câbles téléphoniques et ses fermes alentour. Pas avec cette curiosité qui, elle le savait, la consumerait si elle ne la satisfaisait pas. Non, elle voulait voir le monde, et alors même qu'elle promettait à John d'être à lui pour toujours, elle pensait au moment où elle fuirait avec sa valise dans laquelle elle avait rangé les quelques effets qu'elle devait emporter chez lui, à celui où elle se glisserait par la fenêtre à l'arrière de la maison pour rejoindre l'allée, enfin à celui où elle se dirigerait vers la gare pour prendre le train de 18 h 52 qui roulerait toute la nuit en direction de New York, la ville où elle avait vu le jour.

Quand elle entendit sa tante s'éclaircir la gorge, Cordelia réalisa qu'elle avait raté tout ce que le père Andersen avait dit, y compris son exhortation à suivre l'unique, la seule et respectable voie.

– Oui, dit-elle en fermant les yeux pour que John n'y lise pas sa perfidie, en espérant qu'il lui pardonnerait un jour.

Ensuite le père Andersen les déclara mari et femme. John s'approcha plus près d'elle et releva son voile. Le regarder en face, sans barrière entre eux, lui fut presque un choc, mais quand il posa ses lèvres sur les siennes, ce fut de la même façon douce et déterminée qu'il l'avait toujours fait. Quelqu'un, probablement sa tante, poussa un grand soupir de soulagement.

Ce ne fut que lorsque les jeunes mariés se retournèrent pour descendre l'allée centrale que Cordelia prit conscience que c'était le dernier baiser que John lui donnerait jamais.

2

Au moment où les deux jeunes filles sortirent du bois qui séparait Union de la ville voisine, elles entendirent le bruit du train et se mirent à courir. La rapidité avec laquelle il approchait et le chuintement des roues sur les rails impressionnèrent Letty, qui jeta un regard pardessus son épaule pour apercevoir le monstre d'acier. Quant à Cordelia, qui courait à toutes jambes, elle ne tourna pas la tête une seule fois. Les wagons qui filaient à côté d'elles faisaient voler ses mèches blondes étincelantes sous le soleil, quant au chignon de Letty, serré sur sa nuque, pas un cheveu ne s'en échappait. Dans sa course, elle essayait de maintenir les pans de son vieux caban qui s'ouvraient et claquaient dans le vent.

Cordelia avait un an d'avance sur elle à l'école, et parlait avec une belle assurance. Depuis qu'elles étaient amies, elle ne cessait de dire à Letty qu'elles n'étaient faites ni l'une ni l'autre pour Union, et qu'un jour elles trouveraient le moyen d'en partir. Mais Letty le savait depuis toujours. Elle savait, depuis son enfance, qu'elle avait quelque chose de spécial. La façon dont elle bougeait, le timbre pur de sa voix qui avait quelque chose d'« ensorcelant », comme disait sa mère.

Laquelle était d'une grande beauté, et avait fait partie très jeune du corps de ballet de Cleveland avant de rencontrer son père. Elle disait à Letty qu'elle était sa préférée, et la plus douée de ses enfants, quand ils prenaient leur cours de danse dans la salle du rez-de-chaussée de la grande maison de Main Street. Ils étaient alors une famille heureuse, avant que la mort ne leur enlève leur mère, que leur père ne décrète que cette salle de danse était un tour du Malin, et que les surnoms n'auraient plus cours dans le clan Haubstadt : on appellerait désormais Letty Letitia, de son nom de baptême.

Devant elle, à la gare de Defiance, les voyageurs allaient et venaient sur le quai en attendant le départ du train. Une grande agitation régnait : on criait, on hissait les bagages dans les wagons, des garçons qui avaient vécu dans les fermes étreignaient leurs mères. Ils portaient des manteaux apparemment neufs sur des jeans minables qui trahiraient leur origine. Mais la robe et le chignon collet monté de Letty aussi : ils étaient le signe d'une personne qui avait grandi dans un lieu très arriéré. Il n'empêche qu'elle aimait imaginer, avant de s'endormir, que ses brillantes qualités seraient tout de suite reconnues et célébrées une fois qu'elle serait arrivée dans la grande ville. Depuis des années elle rêvait de partir, mais elle ne pouvait croire que ce rêve était sur le point de se réaliser, en ce soir estival du mois de mai 1929.

Pouvait-elle courir encore plus vite ? Elle haletait, ses jambes ne la portaient plus, et le gros duffle-coat qui pesait sur ses minces épaules lui semblait encore plus grand depuis qu'elles s'étaient enfuies d'Union. Il pesait presque autant que sa petite sœur Laura, qui voulait encore être portée sur son dos, malgré sa grande taille pour son âge, et bien que ce genre de jeu fît froncer les sourcils de leur père.

Loin devant elles, le chef de train criait :

– Tout le monde en voiture !

Attendez ! voulut hurler Cordelia.

Mais en vain. Sa voix ne portait pas. Elle était trop essoufflée.

Les porteurs avaient fini de charger les cageots de baies rouges et de lait dans le wagon de marchandises en queue de convoi, et tous les voyageurs avaient disparu derrière les vitres. Les familles et les amis qui étaient venus leur dire au revoir depuis des villages à des kilomètres à la ronde s'en retournaient déjà. Au-delà de la gare, le paysage s'étirait, découvrant des hameaux et des fermes recouverts de bardeaux.

– Tout le monde en voiture ! cria de nouveau à tue-tête le chef de train avant de saisir la barre de métal pour se hisser à bord.

Les jeunes filles étaient encore loin derrière et, l'espace d'un instant, Letty eut l'horrible impression qu'elles allaient rater le train. Elle se dit alors qu'elle ne pourrait même pas rentrer chez elle, car lorsque son père aurait compris qu'elle avait tenté de partir, il ne lui rouvrirait jamais la porte. Il ne tolérait ni la trahison ni ce qu'il estimait être des rêves vains et frivoles. De toutes ses forces, elle hurla, le bras levé :

– Attendez ! Attendez-nous !

Le chef de train, accroché à la barre, cligna des yeux dans leur direction.

– S'il vous plaît ! cria Letty.

– En voiture, tout le monde ! répéta-t-il.

Elles continuèrent à courir à la même allure folle jusqu'au quai. Quand elles arrivèrent à hauteur de l'homme, leurs joues étaient roses d'effort.

– Et deux de plus ! haleta Cordelia.

– Je vois ça !

L'homme descendit du train pour laisser les jeunes filles monter en voiture. Cordelia tendit la main vers Letty. Elles gravirent le marchepied ensemble, puis longèrent l'allée qui séparait les sièges recouverts de feutre vert. Les cloches tintèrent, et les portes se refermèrent sur les voyageurs.

– Je ne peux pas y croire, s'étonna Letty d'une voix chantante. Je ne peux pas croire que nous partions vraiment !

– Je pensais que nous n'y arriverions pas, renchérit Cordelia du même ton stupéfait tout en reprenant son souffle.

Letty hocha la tête : elle aussi avait eu peur. Peur d'avoir à retourner chez les Haubstadt. Mais maintenant tout allait bien, et elle se mit à rire, d'un rire qui devint contagieux, tandis qu'elles se dirigeaient toutes deux vers des places libres. Cordelia s'assit près de la fenêtre et Letty s'effondra sur le siège voisin, secouée de gloussements nerveux, et posa la tête sur l'épaule de son amie.

– Vos billets ?

Il n'avait pas traversé l'esprit de Letty, dans la folle excitation du départ, que voyager en train avait un prix. Avant qu'elle ait le temps de répondre, Cordelia sortit un vieux carnet de la poche de son trench-coat et en retira une enveloppe pleine de billets.

– Vos noms ? demanda le contrôleur, le crayon en suspens au-dessus d'un livret rouge.

– Cordelia Grey et Letitia Haubstadt, annonça Cordelia, tendant l'argent.

– En fait, c'est simplement Letty, maintenant, corrigea gaiement celle-ci en tournant son visage vers le contrôleur.

Elle saisit le ticket que l'homme lui tendait puis, lui prenant le crayon des mains, elle corrigea soigneusement son nom et son prénom.

– Letty Larkspur !

Il y avait une pointe de dédain dans la façon dont il poinçonna leurs billets, mais Letty décida d'ignorer son petit sourire plein de sous-entendus.

– Jusqu'au terminus ? s'enquit-il.

– Oui, répondit Cordelia. Jusqu'à New York.

– Nous y arriverons demain après-midi.

– Oui, je sais, répliqua-t-elle, de cette voix piquante qui excluait toute critique et tout scepticisme.

Cette voix, Cordelia s'en était servie des années durant pour se protéger, elle mais aussi Letty, des cruautés de leurs camarades de classe et des brimades de leurs frères et sœurs. Même maintenant, Letty frissonnait intérieurement en s'imaginant seule à Union, sans son amie et sa protection.

Comme le chef de train se déplaçait dans l'allée, s'arrêtant devant chaque voyageur, Cordelia étendit ses longues jambes et posa ses bottines sur le dossier du siège devant elle, tournant leurs bouts fins et éraflés l'un vers l'autre. Elle s'affala dans son siège en regardant Letty.

– Alors, qu'en penses-tu ? lui chuchota celle-ci, appréhendant l'avis de son amie tout en mourant d'envie de l'entendre.

– Qu'est-ce que je pense de quoi ?

– De mon nouveau nom. Letty Larkspur ! dit-elle tout excitée.

– J'aime bien.

– Vraiment ? chuchota Letty, soulagée, car elle était convaincue que le nom qu'elle s'était choisi était magnifique.

Elle ruminait ces quatre syllabes depuis longtemps, chose qui rendait plus légères ses longues journées de labeur. Elle les chantonnait juste avant d'aller se coucher, imaginant que, à partir du moment où on l'appellerait ainsi, tout serait différent, que sa vie, alors, deviendrait belle et flamboyante.

– Je pense qu'il te va parfaitement, répondit Cordelia avec un grand sourire, tout en appuyant sa nuque sur le dossier de son siège.

– N'est-ce pas ? fit Letty en fermant à demi les paupières. Ne ressemble-t-il pas à celui d'une jeune fille qui descend du train dans une grande ville et connaît une suite de coups de veine, chacun plus ahurissant que le précédent, jusqu'à devenir célèbre dans toute la ville, avec son nom écrit en lettres scintillantes ?

Dehors le soleil déclinait, et ses derniers rayons se reflétaient dans les yeux bleus de Letty. Cordelia se mit à enlever les épingles des cheveux de son amie, qui tombèrent en mèches raides et brunes sur ses épaules.

– Est-ce que ce n'est pas le genre de nom qui augure que je deviendrai une chanteuse célèbre ? Ne me ressemble-t-il pas ? insista-t-elle.

– Oui, c'est vrai, il te ressemble. Enfin... Toi dans la grande ville, loin des salons miteux, de leurs occupants à l'esprit étriqué, de leur conception étroite du monde.

– Moi en manteau de fourrure, avec un caniche sous le bras, et des gens.

– Des gens... ?

– Oui, des *gens*. Un chauffeur, une femme de chambre et un cuisinier...

– Un chef.

– Pourquoi pas ! s'amusa Letty en secouant la tête, faisant ainsi danser ses cheveux libres sur le col sage de sa robe noire.

En plus des trois filles, la fratrie Haubstadt comptait deux garçons aux cheveux coupés en brosse qui portaient les mêmes pantalons et les mêmes chemises noires tous les jours, même au plus fort de l'été, et même quand ils travaillaient douze heures par jour dans la ferme laitière familiale. Il n'en avait pas toujours été ainsi, son père avait été autrefois quelqu'un de gai, mais c'était il y a longtemps, quand leur mère, un modèle de joie de vivre, était encore là. Il devait avoir été heureux quand ils s'étaient mariés : les gens ne sont-ils pas toujours heureux au début de leur mariage ?

Cette idée rappela à Letty les événements de la journée, et elle réalisa que cela n'était pas forcément toujours vrai.

– John doit beaucoup pleurer, dit-elle tout bas.

Elle pensa à la tendresse qui habitait ce garçon grand et fort, et à l'accent de sincérité avec lequel il avait dit oui devant l'autel. Il aurait dû y avoir une réception ce soir chez les Field, et Letty pensa avec attendrissement à tous ces plats qui ne seraient pas mangés, car bien sûr, personne chez eux n'aurait le cœur à la fête. John était toujours sur les talons de Cordelia (encore plus qu'elle-même, Letty), et suspendu à ses lèvres, pensant que toutes ses idées étaient exactes ou intéressantes, et cela lui fit de la peine de l'imaginer seul à Union, s'ennuyant à mourir. Mais sa tristesse céda la place à une autre pensée mélancolique : sa propre famille n'avait probablement pas éprouvé autant de douleur que lui en remarquant son absence.

– John n'est pas du genre à pleurer, déclara Cordelia d'un ton à la fois triste et convaincu, tout en tirant sa jupe sur ses genoux.

– Je n'arrive pas à y croire, s'émerveilla encore Letty, constatant que son amie n'avait pas envie de s'étendre sur ce sujet.

Mais sa voix était moins gaie maintenant, et sa gorge serrée.

– Attends, nous n'y sommes pas encore, rectifia Cordelia.

Comme en réponse à sa phrase, le train se mit en marche. Et bien qu'effrayée de ce qu'elle était en train de faire, Letty fut soulagée à l'idée qu'elle n'aurait désormais plus à prendre place le soir à la triste et silencieuse table familiale, obéissant toujours sagement à son père, à la pensée que ses fragiles oreilles ne seraient plus exposées aux cris qu'il poussait dans ses accès de mauvaise humeur. Elle se pencha pour défaire les lacets de ses bottines. Une fois qu'elle les eut enlevées, elle replia sous elle ses pieds habillés de chaussettes noires et posa sa tête contre l'épaule de son amie.

– Nous ne sommes pas encore arrivées, mais nous sommes parties d'Union !

Letty ferma les yeux et essaya de penser à l'audace de leur exploit, et non à ses aspects plus sombres.

– Oui ! se contenta de répondre Cordelia.

Après quoi elle tourna la tête pour jeter un dernier regard au seul monde qu'elle avait connu. C'était un paysage qu'elle n'avait jamais aimé : morne et répétitif, dont la beauté verdoyante ne lui rappelait que la nudité et les tons tristes et bruns qu'il revêtirait bientôt, avant le rude hiver. Ce brun monotone et familier qui instillait tout, comme les saisons qui se succédaient invariablement d'année en année. Et cependant, alors que Cordelia posait une main sur la vitre, ce qu'elle vit à l'extérieur la fit sursauter.

Le plus grand garçon du lycée d'Union de l'année 1929 était assis sur un tas de traverses à l'est de la gare. Il la regardait, ses jambes trop longues repliées, ses coudes appuyés sur ses genoux, son visage de gamin marqué par le chagrin. Les manchettes de la chemise blanche qu'il portait pour la cérémonie étaient repliées, sa cravate dénouée, et sa pomme d'Adam projetait une petite ombre pathétique dans la lumière du jour mourant. Ses pieds, trop grands pour ses jambes maigres, étaient spécialement ridicules dans les chaussures de soirée qu'il avait empruntées. Alors que le train filait devant lui, les yeux de Cordelia rencontrèrent les siens, mais il ne leva pas la main pour faire le moindre petit signe. C'était comme s'il était assis là depuis un moment déjà, attendant de la voir passer. Il devait avoir compris avant tout le monde qu'elle était partie, et deviné où elle allait.

Mais un train roule plus vite qu'elle ne l'avait imaginé, et la silhouette de John avait déjà impitoyablement disparu.

Cordelia regarda les cabanes à l'horizon, avec leurs lanternes à kérosène suspendues à leurs fenêtres. Le ciel était à présent voilé d'une couleur violette, et les petites villes et les grands espaces qui séparaient chacune d'elles passaient à une vitesse qu'elle avait pu imaginer, mais qu'elle constatait pour la première fois. Leur passé disparaissait aussi vite qu'elles pouvaient l'espérer, dans l'encadrement rectangulaire des fenêtres du train.

– Je suis sortie directement par la grande porte, murmura Letty.

Ses paupières se fermaient, tandis que chaque mot lui venait plus lentement dans la nébulosité du sommeil qui l'envahissait. Assurément sa journée avait été longue : elle avait dû se réveiller à l'aube pour traire les vaches et finir toutes les corvées avant de s'apprêter pour le mariage. Et quand elle se mettait à parler de choses tristes, la fatigue l'engourdissait et son esprit faiblissait.

– Personne ne s'en est aperçu.

Cordelia observa le visage de son amie, aussi calme et pâle que la lune, mais éclatant de vie.

– Louisa préparait le dîner, je suppose, et les garçons devaient encore être à la ferme...

Même si l'insensibilité de la famille de Letty ne datait pas d'hier, Cordelia savait que son amie était affectée par leur indifférence, blessée qu'ils n'aient pas su voir qu'elle partait pour toujours. C'était évident à la façon dont elle s'était appuyée, alanguie, contre son épaule.

– Ils ne s'en rendront probablement pas compte avant qu'ils n'ouvrent un jour le journal et qu'ils tombent sur le nom de Letty Larkspur... qui je suppose ne signifiera rien pour eux. Mais ils reconnaîtront la photo qui l'accompagnera... peut-être une photo de moi sur scène, lors d'une ovation, des gerbes de roses à mes pieds...

La voix de Letty s'éteignit, ses yeux se fermèrent et ses lèvres légèrement entrouvertes exhalèrent son souffle chaud.

Cordelia fut soulagée de ne pas avoir à lui répondre. Partir d'Union pour la grande ville était l'idée qui avait lié Letty et Cordelia l'une à l'autre, mais Cordelia était une créature globalement plus solide que son amie, et elle savait que rien de tout cela n'arrivait aussi facilement, tout spécialement la renommée et la fortune, ces trésors que tout le monde désire.

Peut-être était-ce parce que Cordelia avait le sens plus aigu des réalités de la vie qu'elle était restée réservée sur son propre rêve. Elle avait laissé croire à sa meilleure amie – la seule en fait –, qu'elle ne cherchait que l'amusement dans leur aventure. Or la vraie raison de son départ était le genre d'histoire dont une orpheline se berce pendant des années, et elle savait en son for intérieur qu'elle n'aurait pas pu supporter qu'on la questionne ou qu'on doute de son projet.

Dehors, l'Ohio sombrait dans la nuit ; elle voyageait à une vitesse sans précédent vers le lieu dont elle avait toujours rêvé. Les autres voyageurs avaient cessé de parler. Tout était tranquille, et la lumière avait baissé. Si elle avait pu prévoir tout ce qui allait arriver dans les deux prochaines semaines, à quel point leur emploi du temps serait chargé, combien leurs nuits seraient sans sommeil et leurs jours enfiévrés, elle aurait essayé de se reposer un peu, elle aussi. Mais ses yeux refusaient de se fermer, elle était si survoltée, sa tête était tellement pleine de rêves éveillés qu'elle ne pouvait se laisser aller au sommeil. Elle voulait voir le soleil se lever dans un autre État, et découvrir tout ce que le monde avait tenu jusque-là hors de sa portée.

3

Le domaine des Marsh portait mal son nom : il était loin d'avoir l'aspect désolé d'un marécage[1] avec son parc entretenu par une équipe de dix jardiniers. On lui avait donné ce nom simplement parce que l'homme qui l'avait fait construire s'appelait Marsh. Il était situé sur la belle langue de terre à l'est de White Cove, au nord de Long Island, à un jet de pierre de Wall Street et de tout l'argent qui y fructifiait, loin des quartiers les plus sordides de la ville.

Les pelouses merveilleusement vertes étaient plantées, aussi loin que portait le regard, d'une centaine de variétés d'arbres, dont beaucoup étaient importés de la campagne anglaise. À l'ombre de leur branchage marchait une jeune fille aux yeux protégés par une visière de tennis, vêtue d'un pyjama flottant en soie rose pâle, et d'une veste en vison très courte qui laissait voir le mouvement rapide de ses hanches étroites. Et ce bien que la journée soit plutôt avancée, que les gens soient déjà habillés pour le dîner, et que la saison ne nécessite guère le port d'une fourrure.

1. *Marsh* signifie marais, marécage. (N.d.T.)

Elle s'appelait Astrid Donal. Sa chevelure mousseuse, couleur jaune d'œuf, était coupée court et dessinait des accroche-cœur sur sa mâchoire. Son visage très doux en forme de cœur était celui d'une très jeune fille, suffisamment jeune pour aimer encore les bonbons, mais plus assez pour n'avoir pas connu les baisers. Si on lui avait demandé à quel moment de la journée on était, elle aurait supposé, par rapport à ce qu'elle venait de vivre, que ce n'était plus le matin, mais il lui aurait été impossible de donner l'heure exacte. Quant à sa veste, elle n'était que l'effet du tempérament bizarre d'Astrid, qui avait souvent froid alors que tout le monde trouvait la température idéale. Mais là, tandis qu'elle traversait les pelouses, elle se mit à avoir vraiment chaud et laissa glisser le vison de ses épaules ; il tomba sur le sol.

– Miss Donal !

Astrid plissa les yeux dans la lumière éclatante du soleil et aperçut sa femme de chambre sur la véranda de la demeure du troisième mari de sa mère, Harrison Marsh II.

– Un appel pour vous !

Astrid gravit la pente douce de l'allée, terminant sa petite promenade plus tôt qu'elle n'en avait l'intention.

– J'ai laissé ma veste quelque part, je crois, annonça-t-elle un peu hors d'haleine quand elle arriva devant la femme de chambre. Pouvez-vous envoyer quelqu'un la chercher, mon amie ?

– Oui, mademoiselle. Il y a un appel pour vous.

– Je vous ai entendue, repartit Astrid sur un ton vif mais non moins aimable, en arrivant dans la pièce du rez-de-chaussée faiblement éclairée. Elle se sentait encore dans l'engourdissement délicieux du réveil, et sourit à la pensée qu'elle pouvait se permettre d'oublier l'heure. Cela ne faisait-il vraiment qu'une semaine qu'elle était revenue de sa pension de jeunes filles du Connecticut, après la traversée en ferry jusqu'au détroit avec ses quatorze valises ? Elle avait encore une année à faire chez Miss Porter pour terminer ses études, mais les sept derniers jours, elle avait eu la conviction et le pressentiment qu'elle n'y retournerait pas. Elle ne savait pas vraiment pourquoi, car elle pouvait être une excellente élève quand elle prenait la peine de se concentrer. Sans doute était-ce parce que la vie qu'elle menait ici la prenait complètement, et que tout en dehors de cette vie-là lui semblait incertain et sans importance.

Elle traversa la bibliothèque percée de grandes fenêtres à petits carreaux, et arriva dans l'entrée principale de la maison. Aucune lampe n'avait encore été allumée, la pièce n'était éclairée que par la lumière bleuâtre du jour qui pénétrait par les vitres. Le combiné du téléphone était posé sur une petite table laquée en bois de rose. Elle ne le prit pas tout de suite, remarquant que l'ourlet du pantalon de son pyjama était plein de boue.

– Allô ? dit-elle.

– Allô, ma chérie.

Astrid ferma les yeux, et un petit sourire releva le coin de ses lèvres. Le son de la voix du jeune homme, profonde et impressionnante comme sa personne, la faisait toujours se sentir toute petite. Elle lui rappela aussitôt les différents endroits où ils avaient été la veille au soir, et tout ce qu'ils avaient fait.

– Bonjour, Charlie. Tu viens de te réveiller ?

– Non, mon bébé, je ne peux pas me permettre de traîner toute la journée comme toi.

Derrière lui, elle perçut un bref échange entre deux hommes.

– Tu t'es levé il y a longtemps, je suppose, pour t'occuper de choses très importantes, le taquina-t-elle.

Elle gardait les yeux fermés, et se balançait dans la fraîche quiétude du vestibule de Marsh Hall. Cela faisait plus d'un an, depuis le début de l'été dernier, qu'elle considérait Charlie comme son petit ami.

– Pas moi, continua-t-elle. Moi, je me suis délicieusement prélassée, puis l'envie brûlante m'a prise de sentir la douceur de l'herbe sous mes pieds.

– C'est parfait. Comme cela, tu seras fraîche et dispose. Je veux que tu sois la plus jolie fille de la soirée, demain.

– Quelle soirée ?

– Celle que donne mon père. Pour son anniversaire.

Tout le monde à White Cove savait que le père de Charlie était l'un des plus grands trafiquants d'alcool de New York, et qu'il se servait de son domaine pour montrer le mode de vie que sa réussite dans ses affaires lui permettait.

– Je te l'ai dit hier soir, précisa-t-il. Tu ne t'en souviens plus ?

– Vraiment ? J'ai dû oublier, répondit-elle, non parce que c'était vrai, mais parce qu'elle détestait planifier ses loisirs.

– Mets la robe argentée que je t'ai envoyée quand tu étais à l'école. Je t'enverrai mon chauffeur.

Astrid eut un petit mouvement de tête agacé. La robe argentée à laquelle il faisait allusion ne lui allait pas, forcément ; Charlie achetait toujours des vêtements deux fois trop grands pour elle, comme s'il ne pouvait toujours pas intégrer qu'elle était beaucoup plus petite que lui. Qu'importe, se dit-elle, elle pourrait la faire reprendre pour demain, une domestique ferait le travail cette nuit.

Astrid ouvrit alors les yeux et réalisa qu'elle n'était pas seule dans la pièce.

– Êtes-vous perdu ? demanda-t-elle à un jeune homme vêtu d'une chemise en jean rentrée dans un pantalon de travail.

Il était grand et fort, et sa peau était bronzée par le soleil.

– Qui est-ce ? s'inquiéta soudain Charlie à l'autre bout de la ligne.

– Personne. C'est sans importance. Envoie donc une voiture demain, en fin d'après-midi. Au revoir.

Et elle reposa le combiné sur son support ouvragé.

– Je vous connais ? murmura-t-elle, tout en sachant que ce n'était guère probable.

Ce beau garçon n'était pas assez élégant pour faire partie de son monde.

À sa grande surprise, il fit oui de la tête. Ses cheveux noirs lui tombaient sur les yeux, et il les rejeta en arrière d'un geste timide avant de répondre :

– Oui, mademoiselle. Mon nom est Luke. Nous avons fait des promenades à cheval ensemble quand nous étions jeunes. Mon père s'occupe des écuries du comte de Gruyter à Great Neck.

– Ah, je le savais ! mentit-elle. Nous devions avoir environ huit ans. (Sa mère avait épousé le comte, son second mari, en 1920, et était restée mariée avec lui pendant un an et quelques mois.) Quoi qu'il en soit, quel bon vent vous amène, Luke ? Est-il possible que vous travailliez encore pour nous ?

– Non... (Il observa un silence gêné et regarda ses pieds.) Je travaille maintenant au *White Cove Country Club*.

Cela la fit sourire, et quand il s'en aperçut, il sourit, lui aussi. Puis elle décida qu'elle n'avait plus envie de savoir quoi que ce soit sur les événements qui avaient précédé son arrivée dans le vestibule cet après-midi-là. C'était l'une de ses qualités : elle était souvent satisfaite d'en savoir peu, et haussa joyeusement les épaules.

– J'ai terriblement faim, pas vous ?

– Oui, moi aussi.

Elle s'approcha gaiement de lui et le prit par la main. Ils traversèrent d'un pas rapide les pièces silencieuses de la maison jusque dans la cuisine, où la cuisinière et son aide étaient occupées à faire du pain. La femme avait un large et bon visage comme doivent l'avoir les cuisinières, et un bref moment, elle et son assistante parurent légèrement scandalisées à la vue de la jeune demoiselle encore en pyjama en plein milieu de l'après-midi et tenant par la main un étrange garçon en tenue de travail. Cela faisait des lustres que la femme était l'employée de vieilles et riches familles, et elle se souvenait du temps où la réputation d'une jeune fille pouvait être ruinée pour bien moins que cela. Mais toutes les règles avaient changé ces dix dernières années, et à Marsh Hall, comme dans nombre de domaines environnants, des gens aux noms distingués prenaient désormais leurs repas à des heures inhabituelles et avec des individus qui ne leur ressemblaient guère.

Ces temps-ci, on pouvait entrer dans un salon de la Cinquième Avenue ou dans une salle de billard et y rencontrer des mondaines enroulées dans des boas de plumes, des journalistes spécialisés en affaires criminelles, des étudiants de Princeton, des héritières portant des pantalons d'homme, des chercheurs d'or, des joueurs, des banquiers et des bootleggers (y avait-il vraiment une différence ?), et occasionnellement quelques incorruptibles égarés. On pouvait croiser trois générations d'initiées, chacune avec ses bijoux de famille, accompagnées de célèbres maffiosi à un match de boxe, toutes sifflant avec un égal plaisir les mastodontes suants et ensanglantés sur le ring, et toutes sortes de gens chic fréquentant le genre de boîte où le cognac était servi dans des tasses à café ébréchées. Ainsi, il était peu probable que la vision d'Astrid Donal avec un garçon d'écurie choque la cuisinière.

– Martha, nous avons faim, dit Astrid avec sa plus belle moue.

C'était une moue de plaisir, car l'odeur de la pâte qui levait et la vue de cette partie rustique de la maison avec son grand carrelage blanc et ses hottes en cuivre au-dessus des fourneaux la mettaient en joie. Elle lâcha la poigne ferme et rugueuse de Luke et traversa la pièce.

– Et si tu nous faisais des œufs ?

– Bien sûr, ma petite chérie. (Martha embrassa Astrid sur le front, et la jeune fille lui enlaça le cou). Assieds-toi. Il y a du café déjà tout prêt.

Astrid fit un clin d'œil à son nouvel ami. Les mains tripotant gauchement sa ceinture, il restait posté au seuil de la cuisine. C'était évident, il trouvait bizarre d'être invité là, en sa qualité de domestique. La jeune fille versa du café dans de fines tasses en porcelaine, et lui fit signe de s'asseoir à côté d'elle sur les hauts tabourets devant la grande table. Ils observèrent Martha qui préparait les œufs brouillés.

Le jeune homme but une petite gorgée et jeta à Astrid un coup d'œil perplexe, se demandant si c'était à lui ou à elle d'entamer la conversation.

– Vous travaillez au club, m'avez-vous dit ?

Il sentait l'herbe coupée et la sueur, et être assise si près du jeune homme lui procurait une agréable sensation.

Il fit oui de la tête.

– J'entraîne les chevaux.

– Je n'ai jamais assez de temps pour faire ce genre de

chose, répondit-elle avec un signe de main insouciant. Mais peut-être devrais-je m'y remettre, maintenant que je sais que vous êtes là.

Elle posa ses coudes sur la table, se pencha vers lui, et le fixa assez longtemps de ses yeux sombres pour le forcer à soutenir son regard.

– Vous m'aideriez ?

Il hocha la tête, mais comme la cuisinière posait brutalement deux bols devant eux, il ne put répondre. Dans chacun d'eux, la femme versa les œufs brouillés, puis y déposa une tranche de bacon.

– Merci, dit-il d'un ton reconnaissant à la cuisinière.

– Oui, merci, ajouta Astrid tout en prenant le bacon avec les doigts et se mettant à le grignoter. Ah oui, je me souviens de vous, reprit-elle, oubliant que l'instant précédent elle avait feint de le reconnaître.

Il y avait quelque chose de familier en lui, elle s'en rendait compte à présent : un garçon tranquille, en veste de flanelle écossaise, qui la promenait sur son poney. Vous étiez trois, n'est-ce pas ?

– Mes grands frères, John et Peter.

Ses yeux brillaient, et elle se rendit compte que cela lui faisait plaisir qu'elle se souvienne de lui.

– Vous me promeniez sur mon poney Arabella autour du corral. Vous et moi étions de la même taille, alors... Vous vous retourniez parfois pour me regarder, chuchota-t-elle doucement, avec un petit sourire mutin.

La mine réjouie du garçon s'effaça à ces mots, et il se mit à rougir. Elle comprit alors qu'il avait eu le béguin pour elle dans son enfance. Elle était parfaitement consciente que la cuisinière lui lançait un regard désapprobateur, mais elle ne s'en soucia pas. Astrid était ainsi – elle aimait Charlie, bien sûr, mais elle était une incorrigible séductrice, et elle était fière de faire rougir un homme d'un seul regard.

– Ah, *toi* ici ?

La cuisinière regarda d'abord vers la porte, ensuite Astrid et Luke. Là, sur le seuil de la cuisine se tenait la mère d'Astrid, Virginia Donal de Gruyter Marsh, dont l'expression sévère confirmait le mécontentement que suggérait le ton de sa voix. Elle était d'un aspect fragile, mais l'effet général qu'elle produisait était celui d'une femme implacable. Il était connu que la maîtresse de maison se réjouissait autant que sa propre fille, voire plus, de la perspective d'une soirée, ce qui troublait toujours cette dernière.

En effet, la mère d'Astrid était en robe de soirée, mais il était manifeste, tout spécialement à la lumière naturelle qui filtrait à travers les grandes fenêtres, qu'elle portait encore sa tenue de la veille au soir. Sa peau pâle était sans éclat, et sa robe noire sans manches, agrémentée d'une large ceinture noire qui ceignait sa taille étroite, s'étageait en volants plissés. Ses cheveux avaient sûrement été parfaitement coiffés pour la party à laquelle elle avait sacrifié son mari la nuit passée, mais pour l'heure, ils s'étalaient sur ses épaules comme des algues. Les boucles de ses chaussures à talons hauts, ornées de diamants et d'émeraudes, étaient la seule partie de sa personne qui brillait. Ce ne fut qu'au bout de plusieurs secondes qu'Astrid réalisa que ce n'était pas elle, mais Luke, que sa mère cherchait.

– Je t'ai cherché partout, appuya vainement Virginia.

Les circonstances exactes au cours desquelles Luke avait été engagé à Marsh Hall, Astrid ne les connaîtrait jamais, bien qu'une vague idée se dessinât dans son esprit. D'ailleurs, sa mère fréquentait assez souvent le *White Cove Country Club*, et quand on en est à son troisième mariage, on n'est pas trop pointilleux en matière de fidélité. Cette idée la dégoûta. Bien qu'Astrid ait hérité du caractère charmeur de sa mère, elle était loin d'être aussi arrogante. Elle adressa un franc sourire à la cuisinière avant de se lever.

– Merci, Martha, je viens de penser qu'il est tard, et je dois faire reprendre ma robe pour la soirée de demain chez Charlie, annonça-t-elle.

Sans jeter un regard autour d'elle, elle avança en direction du couloir. Sur le pas de la porte, sa mère lui saisit le poignet.

Un moment, Astrid s'imagina qu'elle allait la gronder de s'être réveillée si tard, d'avoir décidé de sauter le dîner dans la cérémonieuse salle à manger des Marsh, d'avoir abîmé son beau pyjama ou annoncé d'un ton désinvolte qu'elle allait rejoindre des gens dans la maison d'un célèbre bootlegger. Mais au lieu de cela, sa mère entrouvrit ses lèvres fines, regarda sa fille dans les yeux et lui demanda :

– À quelle heure est la soirée ?

4

Malgré son impatience et ses rêves éveillés, Cordelia devait avoir dormi, car, bercée par les tressautements du train qui ralentissait, elle vit bientôt défiler le paysage des faubourgs de la ville. Un peu plus tard, tout le monde se pressait dans l'allée centrale pour descendre du train.

– Letty, murmura-t-elle, émue, à son amie qui se réveillait doucement à côté d'elle. Nous y sommes.

Letty ouvrit les yeux et regarda à droite et à gauche.

– À New York ?

Entendre le nom de la ville fit naître un grand sourire sur les lèvres de Cordelia.

– Oui.

Elle se leva, serra la ceinture de son trench-coat, prit Letty par la main, et toutes deux rejoignirent le défilé des voyageurs qui se préparaient à descendre sur le quai.

Les jeunes filles prirent ensuite l'escalier métallique qui les conduisit dans l'immense hall de la gare. Comment décrire cet espace monumental qui ne ressemblait à aucun autre qu'elles aient jamais connu ? Un flot mouvant d'une centaine de personnes traversait d'un pas décidé cet espace fantastique au sol de pierre polie et au haut plafond voûté en verre et en fer forgé. Letty resta bouche bée, les yeux levés en l'air.

Une grosse horloge à chiffres romains surplombait les voies. Ses aiguilles marquaient quatre heures de l'après-midi. La première journée de Letty et de Cordelia à New York était presque sur sa fin.

– Nous sommes arrivées, dit Cordelia d'une voix douce et émerveillée.

Elles n'eurent pas le temps de s'arrêter longtemps pour réaliser leur bonheur, car la foule les poussait de tous côtés, et il n'y avait qu'une chose à faire : ne pas rester plantées là. Aussi traversèrent-elles le vaste hall et sortirent-elles à l'air frais.

Le ciel était limpide, et le soleil leur fit plisser les yeux quand elles pénétrèrent sous l'imposant portique en marbre d'un édifice qui leur sembla aussi grand que la petite ville d'Union. Le bruissement des voix autour d'elles, les klaxons des automobiles qui sortaient de la gare pour rejoindre le trafic de la vaste avenue, le crissement des pneus, tout était si fort qu'elles ne purent prononcer un seul mot. Dans toute cette effervescence l'air était grisant, avec ces odeurs de friture et d'eau de Cologne masculine. Mais le plus frappant était cette ville qui ressemblait à un tableau, avec ses édifices qui jaillissaient et se découpaient géométriquement dans le ciel, s'enchaînant l'un derrière l'autre, tous ornés de tourelles et de flèches gothiques dans une longue suite qui s'estompait dans le lointain.

La main de Letty était froide dans celle de Cordelia. Elle était sans doute trop émue pour parler. Toutes deux durent ralentir le pas avant de monter sur le trottoir où s'était amassée une foule composée surtout de femmes immobiles, le nez levé vers le ciel, leur chapeau rabattu en arrière.

– Qu'est-ce qui se passe ? demanda Cordelia à une femme coiffée d'un feutre souple et gris en forme de casque, et vêtue d'une robe à motifs géométriques qui enveloppait élégamment sa longue silhouette.

– Vous ne savez pas ?

La femme se tourna vers Cordelia et Letty d'un air à la fois surpris et agacé. Elle regarda Cordelia en plissant les yeux, mais il était évident qu'elle détournait à contrecœur son regard du ciel.

– C'est Max Darby, le célèbre aviateur, qui décrit des figures dans le ciel...

« Qui ? » allait lui demander Cordelia.

Mais la femme avait déjà relevé la tête. Les yeux de Cordelia se levèrent dans la même direction, et elle aperçut, dans un océan bleu uniforme, plus haut encore que les gratte-ciel, une petite coque d'argent qui tournoyait dans le ciel en répandant une fumée blanche. Éblouie, elle mit sa main en visière.

– Mais... son avion est en feu ! haleta Letty.

– Mais non, répliqua impatiemment la femme au chapeau gris. Il trace des mots dans le ciel, avec cette fumée.

– Oh ! s'exclamèrent encore les deux jeunes filles à l'unisson, le visage levé.

Un frémissement parcourut Cordelia tandis qu'elle regardait les lettres blanches se dessiner audacieusement au-dessus de Manhattan. Un *P* suivi d'un *A* puis d'un *R*... Elle n'avait pas la moindre idée du mot qui était en train de s'écrire, néanmoins ce spectacle enchanteur lui coupa le souffle. Il lui confirmait qu'elle n'avait pas eu tort, que New York était la ville la plus extraordinaire qu'une fille de l'Ohio pouvait imaginer, que c'était un lieu éblouissant où les gens utilisaient le ciel comme bloc-notes et les avions comme stylos. Et dire qu'elle n'était là que depuis une heure...

Le message sibyllin de l'aviateur – PARK ROYALE NOW OPEN – se dilua peu à peu dans le ciel bleu.

– Et si on prenait un taxi, histoire de voir ce que ça fait ? proposa Cordelia.

Elle avança à grandes enjambées dans la rue, tenant sa vieille valise le long de son corps, et leva le bras.

Il y eut un coup de klaxon, et une voiture noire de forme carrée traversa la voie et roula à vive allure vers Cordelia, s'arrêtant pile devant elle. L'espace d'une seconde, Letty crut que l'homme allait foncer droit sur elle et monter sur le trottoir, ce qui lui procura une petite frayeur. Cordelia fit gaiement une légère courbette, ouvrit la portière arrière du taxi et, d'un grand geste de la main, invita Letty à prendre place sur la banquette.

« Impressionnante » était le mot qu'on prononçait à Union pour décrire son amie Cordelia, à cause de sa démarche rapide et impatiente, de ses pommettes hautes et saillantes et de son regard pénétrant. Et bien sûr, il y avait la façon dont elle avait chipé John, le plus beau garçon de la ville, à la fille du révérend Wallace, sans même paraître avoir besoin de lever le petit doigt pour attirer son attention. C'était ainsi que Cordelia agissait toujours, avec une rapidité et un calme qui prenaient toujours ses détracteurs au dépourvu.

Letty caressa le siège de cuir et ne put en détacher les yeux. Ce qu'on faisait dans un taxi était pour elle un mystère, mais elle espéra que Cordelia, qui avait posé les deux valises entre elles et refermait la portière, en avait une petite idée.

– Vous êtes actrices ?

Letty leva les yeux et vit le visage du chauffeur dans le rétroviseur. Il plaisantait, certainement, pourtant il y avait quelque chose d'aimable dans ses traits pâles et fatigués, dans la rondeur de son menton et dans ses yeux bleus qui brillaient sous sa casquette. C'était un visage qui n'exprimait pas la plaisanterie. De toute façon, elle savait qu'elle en avait l'air, d'une actrice, ce qui n'avait pas échappé à Cordelia, raison pour laquelle elles savaient toutes deux qu'elles devaient tenter leur chance dans une grande ville. Sans doute les New-Yorkais étaient-ils tout simplement capables de reconnaître ce genre de chose.

– Oui, répondit gaiement Letty en se penchant en avant. Je suis chanteuse, et aussi danseuse. C'est l'une des raisons pour lesquelles je suis venue ici. Mon amie Cordelia Grey, elle, est juste venue visiter la ville.

– En tout cas, vous avez un bien joli visage, mademoiselle.

Letty s'empourpra et dut détourner les yeux. Elle regarda à sa droite et vit que Cordelia avait sorti un carnet de la poche de son manteau et lisait une page où était écrit, de sa propre écriture :

L'amour est effectivement une belle chose, mais les soupirants peuvent être une redoutable perte de temps pour une jeune fille.

Cara Gatling

Letty mit un moment à se souvenir de ce nom qui lui était familier, avant de réaliser qu'il appartenait au personnage d'une pièce radiophonique qu'elles avaient écoutée l'hiver dernier. Elle n'avait pas imaginé que cette pièce pouvait avoir à ce point intéressé Cordelia. Dessous, Cordelia avait dressé une liste de ce qui ressemblait à des adresses, certaines écrites au crayon et d'autres à l'encre, qui devaient avoir été recueillies depuis pas mal de temps.

– Connaissez-vous la Washborne Residence pour les femmes célibataires ? demanda Cordelia au chauffeur après avoir refermé son carnet.

– Bien sûr, répondit l'homme en démarrant. Greenwich Village, c'est bien ça ?

– Oh, je ne crois pas que nous ayons envie de vivre dans un village, répliqua Letty en essayant de ne pas prendre un ton insolent, mais forçant quand même sa voix pour couvrir le bruit du moteur. Vous comprenez, nous avons fait tout ce chemin pour vivre en ville.

Le chauffeur la regarda dans le rétroviseur. Plaisantait-elle, ou parlait-elle sérieusement ?

– Greenwich Village, répéta-t-il. Croyez-moi, c'est bien en ville, ajouta-t-il avec un clin d'œil.

Letty hocha la tête, rougit à nouveau, et la voiture s'ébranla. Elles regardèrent filer la ville à travers les vitres. Des hommes en chapeau se pressaient sur les trottoirs de chaque côté de la chaussée, d'autres flânaient devant des vitrines au bras de femmes dont les chapeaux étaient rehaussés de fleurs artificielles. Des jeunes filles passaient, faisant bruisser leurs jupes en marchant, les coutures de leurs bas droites comme des flèches, leur petit nez mutin retroussé. Comparées à elles, elles devaient avoir l'air plutôt misérables, se dit Letty, bien que personne ne regardât à l'intérieur de leur taxi. Et de toute façon, toute jeune fille vraiment intéressante se crée son propre style, du moins était-ce ce que disait la mère de Letty.

La voiture descendit la longue et large avenue. Elle s'arrêtait et redémarrait, les projetant parfois en avant quand le chauffeur freinait brusquement. La rumeur de la ville leur arrivait par vagues. À chaque coin de rue, quelque chose était à vendre : des fleurs, des magazines ou des fruits arrangés en pyramides multicolores. La voiture passa devant quelques autres blocs avant de tourner dans une rue étroite et tortueuse plantée d'arbres et bordée de petits immeubles qui étaient néanmoins plus hauts et plus serrés que dans n'importe quelle ville de leur connaissance.

– Nous y voici : c'est la Washborne Residence pour les femmes célibataires.

Le chauffeur leur montra un bâtiment de trois étages en briques rouges un peu en retrait de la rue.

Cordelia sortit délicatement un billet de l'enveloppe de son carnet et paya le chauffeur. Puis toutes deux gravirent le perron avec leurs valises et entrèrent dans le vestibule austère et propret de la résidence. Leurs talons claquaient sur le vieux plancher. Au seuil d'une large porte, elles aperçurent cinq ou six femmes d'âges variés assises dans un salon, en train de boire du café dans des tasses dépareillées, et de se parler à voix basse.

La surveillante de la résidence avait des cheveux gris noués en un petit chignon victorien genre pelote à épingles, et bien qu'elle soit assise derrière un bureau, Letty devina que sa robe devait être assez longue pour protéger ses jambes et ses chevilles des regards libertins. Cordelia s'approcha d'elle et lui demanda le prix d'une chambre.

– Douze dollars la semaine pour une chambre à deux lits, répondit la vieille femme d'un ton froid.

– Douze dollars par semaine ? répéta Cordelia en fermant les yeux.

Letty était arrivée derrière Cordelia et regardait la page ouverte de son carnet où elle avait écrit : WASHBORNE RESIDENCE, CHAMBRES À DEUX LITS, PROPRETÉ ASSURÉE, 7 $

LA SEMAINE. Letty n'avait pratiquement pas d'économies, car son père gardait tout ce que gagnaient ses filles pour le donner à leurs époux le jour où elles se marieraient. Elle se sentit mal à l'aise que Cordelia soit la seule à supporter leurs dépenses, du moins pour l'instant. Mais elles auraient bientôt du travail, qui leur rapporterait beaucoup plus d'argent que ce qu'elles avaient déjà gagné à Union. Peut-être même que Letty deviendrait célèbre du jour au lendemain, et alors, elles n'auraient plus à s'inquiéter de rien.

– Il y a une commode et un lavabo dans chaque chambre. Les douches et les toilettes communes sont au bout du couloir.

La dame replongea alors son long nez dans le journal qu'elle était en train de lire avant l'arrivée des jeunes filles dans la pièce. Au bout d'un moment, elle le replia comme pour dire que l'affaire était réglée, et reprit :

– Vous ne trouverez rien de meilleur marché dans le coin, mes chères, si vous ne voulez pas risquer votre peau ou votre réputation.

Un instant, Letty se demanda si Cordelia n'allait pas repartir, car elle n'avait jamais bien réagi à ce genre de sermon, mais quelque chose d'autre avait attiré l'attention de son amie : elle regardait fixement le journal de la vieille dame.

– Vous permettez ? demanda Cordelia en tendant le bras pour prendre le journal.

Elle le tourna vers Letty afin qu'elle puisse lire elle aussi le gros titre. En haut de la page et en lettres capitales était écrit : DEPUIS SA RETRAITE À LONG ISLAND, LE BOOTLEGGER GREY DÉNONCE DES ACTES DE VIOLENCE.

– Comme c'est drôle ! Il a le même nom que toi ! souffla Letty en saisissant le bras de son amie.

– Étrange, oui, répondit Cordelia un peu mollement.

Pendant ce temps, Darius Grey continue à donner de luxueuses soirées à Dogwood, sa propriété de White Cove, et de tourner en dérision toute accusation d'actes criminels. « Mon business est légitime », affirme-t-il à l'occasion d'un rare moment où ses invités lui laissent un peu de répit, tout en allumant la cigarette de notre reporter. « Mon business, c'est de faire s'amuser les gens, de leur faire passer des moments heureux. Et les habitants de Long Island, de New York et de tout le pays m'aiment pour cela. »

L'article se poursuivait, mais Letty ne put continuer à le lire, car Cordelia rendit brusquement le journal à la gardienne.

– Notre premier jour à New York, et ton nom en première page du journal ! s'exclama Letty tout excitée.

Pour elle, c'était le signe que partir d'Union avait été la meilleure chose qu'elles aient pu faire : c'était leur destin.

– Madame, quand vous aurez fini de lire votre journal, pourriez-vous nous le donner ? En souvenir de notre arrivée ! demanda-t-elle à la surveillante avec un grand sourire.

Derrière elles, une fille rousse étouffa un rire.

L'attention des deux jeunes filles se dirigea alors vers le salon d'où provenait le rire. Letty se sentit moins joyeuse et moins triomphante quand elle se rendit compte qu'elle avait été trop enthousiaste et trop spontanée. Les jeunes filles de la pièce voisine lisaient nonchalamment leurs magazines, elles portaient des vêtements élégants et avaient des souliers impeccables, contrairement à ceux de Cordelia et de Letty après leur course à travers bois.

Cordelia n'avait pas été sourde à l'affront, mais elle feignit de l'ignorer. Elle se retourna vivement vers la gardienne, avec toute l'assurance de quelqu'un qui a les moyens de s'offrir ce qu'il désire, et commença à sortir les douze dollars de l'enveloppe de son carnet.

– Nous la prenons, dit-elle en posant l'argent sur le bureau.

La gardienne prit les billets, les recompta lentement et les mit dans sa poche. Sans un sourire, elle se leva et leur fit signe de la suivre dans l'escalier. Elle marchait en soulevant ses longues jupes pour éviter de trébucher.

– Le couvre-feu est à dix heures, énonça-t-elle d'un ton sévère. Boissons, hommes et cigarettes sont interdits à Washborne. (À ces mots, elle se retourna et fixa les yeux bleus de Letty.) On ne fait aucune exception.

– Oh, nous ne faisons rien de cela, répondit Letty.

Elles restèrent silencieuses sur le palier du premier étage, jusqu'au moment où la surveillante s'éclaircit la gorge et reprit :

– Vous dites ça maintenant, mais je les connais, les filles comme vous, vous arrivez ici avec ces mots-là à la bouche, et ensuite vous faites le contraire.

Le ton revêche de la gardienne et la rigidité avec laquelle elle continua à les conduire le long du couloir impressionnèrent Letty. Elle supposait que toutes les jeunes filles de Washborne avaient des manières irréprochables et suivaient scrupuleusement les règles de la maison, mais bien entendu, elle croyait cela parce qu'elle était nouvelle.

Or à cet instant même – mais elle ne pouvait pas le savoir –, une jeune divorcée appelée Lilly, ses cheveux teints en noir enroulés autour de bigoudis, était en train de parler tout bas à son perroquet Lulu, dont la présence dans les chambres était pourtant strictement interdite selon le règlement de Washborne. Et au deuxième étage, deux filles qui avaient passé la journée dans le bureau des dactylos d'une agence de publicité se faisaient belles pour sortir avec deux jeunes comptables de l'agence. L'une portait une robe jaune citron perlée, l'autre une tenue de satin noir ; elles se rendaient dans un quartier éloigné appelé Harlem et avaient l'intention de danser le charleston, et si elles revenaient pour le couvre-feu, ce ne serait pas de bon gré, mais parce qu'elles y étaient obligées.

– Nous y voici, annonça la surveillante en ouvrant une porte qui donnait sur une petite chambre percée d'une fenêtre et équipée de deux lits à montants métalliques et d'une étroite commode surmontée d'un vieux miroir piqueté.

Les murs avaient dû être roses, mais, ternis et craquelés, ils étaient à présent d'une couleur moins identifiable.

Cordelia entra la première et regarda autour d'elle. Elle se tourna vers la gardienne, leva le menton comme si elle s'attendait à mieux, et, prenant une voix plutôt neutre et froide :

– Cela ira, dit-elle.

– Je n'en doute pas.

La femme les regardait d'un air hautain.

Letty se glissa devant elle pour entrer dans la chambre et alla s'asseoir sur le premier lit, dont le matelas se mit à produire un craquement qui la fit presque sursauter de peur.

– Merci, fit-elle d'une petite voix.

La surveillante ne répondit pas. Elle se contenta de gonfler la poitrine et de dire :

– N'oubliez pas, couvre-feu à dix heures. Et ne faites pas les malignes ! Je sens la mauvaise conduite à des kilomètres.

Tandis que la gardienne se retirait, Letty encaissa le coup, hochant la tête. La porte se referma, et Cordelia tira la langue dans la direction d'où était partie la vieille femme.

Elle écarquilla les yeux, prenant un air théâtralement stupide. Quand Letty vit que son amie se moquait de la situation, elle commença à se sentir beaucoup moins intimidée par son nouvel environnement. Cordelia alla s'asseoir à côté d'elle sur le lit, et toutes deux éclatèrent de rire.

Quand elles se furent calmées, elles enlevèrent leurs vêtements, secouèrent les couvertures de leur lit et ouvrirent la fenêtre qui donnait sur une sorte de puits de ventilation déprimant. Au-dessus de leur tête, quelqu'un marchait avec des hauts talons.

Juste au moment où elles se demandaient ce qu'elles pourraient bien faire, quelqu'un toqua à la porte, et avant que Letty ou Cordelia puissent dire quoi que ce soit, une jeune fille à la chevelure libre et cuivrée passa la tête dans l'entrebâillement.

– Salut, les nouvelles !

Ses lèvres étaient laquées d'un rouge pourpre, et ses yeux brillaient tandis qu'elle les regardait d'un regard évaluateur. Elle ressemblait à une gravure de mode, une garçonne des années vingt.

– Salut, répondirent les nouvelles à l'unisson, la voix de Letty plus posée que celle de son amie.

– Eh bien, leur dit la fille, une main sur la hanche et avec un clin d'œil effronté, vous venez avec nous ou non ?

C'est ainsi que Cordelia et Letty se servirent de ce qu'elles avaient sous la main pour faire comme toutes les filles à tous les étages de la Washborne Residence pour les jeunes femmes célibataires, à savoir noircir leurs cils et brosser leurs sourcils. L'impatience de leur première soirée dans la grande ville leur rosissait les pommettes, remplaçant ainsi le maquillage qu'elles n'avaient pas. Toutes deux avaient emporté deux paires de bas et toutes les tenues qu'elles possédaient, c'est-à-dire très peu. Mais quand elles s'arrêtèrent devant le vieux miroir terni du couloir du premier étage, Letty vit ce qu'elle avait souvent vu lors des danses folkloriques à Union : deux jeunes filles qui ne ressemblaient pas aux autres. La plus grande, avec sa belle bouche aux lèvres pulpeuses et son visage hâlé, mettait en valeur sa jeune amie aux traits fins et dont les grands yeux bleus mangeaient le visage, si pâle sous ses cheveux presque noirs.

Quand il fut temps de partir, le cœur de Letty s'emballa encore à l'idée de sortir dans une ville la nuit. Mais à quoi bon être si nerveuse, puisqu'elle n'avait qu'à suivre Cordelia, si pleine d'entrain et follement excitée.

5

Quand elles arrivèrent dans la rue accompagnées de Norma, la fille aux cheveux cuivrés, et trois autres de ses camarades, la soirée battait déjà son plein. Elles entendaient des rires fuser derrière les vitres des voitures pleines à craquer, ou depuis d'invisibles groupes sur les toits-terrasses. Letty, bras dessus, bras dessous avec son amie, commençait à comprendre que les rires ne lui étaient pas destinés, que personne ne se moquait d'elle parce qu'elle arrivait de sa campagne, mais que l'ambiance était tout simplement à la gaieté. Les deux jeunes filles marchaient, les yeux brillants.

– Où allons-nous ? cria Cordelia à Norma, qui se retourna et revint vers elles pour lui répondre, comme étonnée de cette question.

À cette époque de l'année, dans cette ville surprenante, elles auraient pu frapper à autant de portes qu'elles voulaient et tomber sur une fête qui avait déjà commencé. Toutes sortes de bars clandestins, de speakeasies, s'alignaient le long des rues ; des bars pour les gens bien, et des bars pour les voyous. Il y avait des clubs privés, où les hommes riches consommaient leur propre stock d'alcool illégal ; des tripots pour les gogos ; des lieux où l'on pouvait observer les évolutions aquatiques de nageuses en buvant des sirops à la menthe ; des salles décorées dans le plus pur style Louis XV ; des sous-sols aux murs rouge foncé où personne ne parlait et où une trompette solitaire jouait tristement dans un coin sombre, exprimant l'état d'âme de tous ces gens. Mais les filles qui venaient juste de débarquer à Manhattan ne pouvaient imaginer tout ce qui se cachait derrière chacune de ces portes.

– Nous allons au *Septième Ciel*, bien sûr, répondit Norma, indiquant devant elle le bar que la plupart des jeunes filles de Washborne connaissaient déjà, peut-être à cause de sa proximité, mais aussi parce que c'était, en ce mois de mai 1929, l'endroit où tout le monde voulait être.

Letty suivit le regard de Norma et vit un édifice de pierre de plusieurs étages surmonté d'un clocher, aux fenêtres en ogive et à vitraux.

– L'église ? s'étonna-t-elle.

– Eh bien, j'imagine que pour certains la boisson est en quelque sorte une religion ! lança Cordelia.

Norma réagit à sa plaisanterie par un rire argentin. Bientôt la grande église et son clocher se dressèrent devant elles. La rue était calme, et rien ne pouvait laisser supposer que cet édifice abritait une boîte de nuit. Norma frappa quatre coups à une porte en bois, qui s'entrouvrit.

– Nous venons pour le mariage, dit-elle à un homme aux cheveux lissés qui apparut sur le seuil.

– Quel mariage ?

– Le mariage Murphy, répondit Norma avec une belle assurance.

Au bout de quelques secondes, Letty comprit qu'il n'y avait pas de mariage, mais que ce devait être une sorte de mot de passe. Elle se souvint alors de sa petite sœur Laura, qui se cachait parfois derrière les draps accrochés à la corde à linge, et exigeait d'entendre le mot magique avant de se montrer à nouveau. Mais avant que Letty ait eu le temps de se perdre dans ses pensées mélancoliques, les jeunes filles franchissaient le porche.

À cette heure, il y avait foule sur les trottoirs de la ville, mais Letty eut l'impression de sortir d'un cimetière : en effet, dans l'enceinte de la vieille église de la Septième Avenue, il y avait une multitude de gens et de choses à voir. Elles restèrent debout sur le sol de pierre de l'entrée, contemplant le spectacle mouvementé de ce qui avait été autrefois un lieu de prière. La plupart des bancs avaient été enlevés, et sous le haut plafond étaient à présent disposées des tables rondes occupées par des gens en tenues de soirée. Des vendeuses de cigarettes en costumes dans lesquels certaines femmes n'auraient pas osé se montrer sur la plage offraient des paquets présentés sur des plateaux accrochés à leurs épaules. Des serveurs en habits noirs slalomaient entre les clients, portant des cocktails en équilibre, comme s'ils échappaient à la loi de la gravité. Sur chaque table étaient disposés des verres de toutes les dimensions, décorés de feuilles de menthe et de pailles de couleur. Un orchestre de dix instruments jouait sur l'autel.

– Oh, s'exclama Letty, tout en réalisant qu'elle était bouche bée depuis un moment.

– Nous sommes cinq, déclara Norma à un petit homme en queue-de-pie tout en passant, suivie des autres, devant une foule de gens qui attendaient dans l'entrée.

Une foule en grande partie composée d'hommes qui protestèrent, mais le monsieur en queue-de-pie devait déjà connaître Norma, car il fit passer les filles en priorité et les dirigea vers deux tables à côté du bar. Letty ignorait où une fille avait pu apprendre à parler de cette façon, toujours est-il qu'elle était ravie que Norma ait pu le faire pour elles toutes. Avant qu'elles ne se soient installées, un serveur arriva et leur demanda ce qu'elles voulaient boire. Letty n'en avait pas la moindre idée, car elle n'avait jamais bu d'alcool de sa vie.

– Des bières pour tout le monde ! commanda Norma, puis, quand le serveur fut parti, elle se pencha vers Letty et lui dit : Ne t'inquiète pas, mon chou, nous prendrons quelque chose de plus excitant quand nous aurons rencontré des garçons pour nous l'offrir.

– C'est donc un speakeasy ! s'exclama Cordelia, assise en face de Letty.

Elles observèrent le spectacle autour d'elles : des femmes aux épaules nues langoureusement appuyées sur des hommes en costumes élégants, des jeunes filles guère plus vêtues qu'elles, ne portant pas de bijoux, mais éclatant de rire à toutes les plaisanteries émises par leur partenaire. Il n'empêche que Letty se sentait mal à l'aise dans sa robe en coton rouge au col carré, qu'elle trouvait jolie quand elle la mettait pour aller danser à Union, mais aucune, dans cette salle, n'avait cette coupe resserrée à la taille. Cordelia, quant à elle, portait la robe blanche qu'elle avait confectionnée pour son mariage, et Letty se demanda si son amie, quand elle l'avait coupée, n'avait pas davantage pensé à un lieu comme celui-ci qu'à une église ; elle ressemblait en effet aux autres, avec sa taille basse, sa jupe courte et son ourlet festonné.

– Cinq bières, annonça le serveur en les posant sur la table.

Letty contempla son verre et les bulles qui dansaient dans le liquide ambré avant de le porter à ses lèvres. Elle trouva la première gorgée désagréable et l'avala rapidement pour ne plus en sentir l'amertume dans sa bouche. Puis tout se mit à tourner autour d'elle, et elle se dit que la seule chose qui pourrait la stabiliser était de boire une autre gorgée. Elle avait dû émettre un bruit de dégoût ou de surprise, car pardessus son épaule, une voix d'homme commenta :

– Moi, je dis que ses copines feraient mieux de la sortir d'ici.

Les joues blanches de Letty rosirent, et elle regarda le bout de ses pieds.

À côté d'elle, Cordelia sentit la moutarde lui monter au nez. Ce sentiment de rage lui était familier, quand la famille Haubstadt estimait Letty trop chétive pour faire les mêmes corvées que les autres, ou que les filles d'Union comparaient les jambes de son amie à des baguettes de tambour. Elle pivota sur sa chaise et aperçut un homme à peine plus âgé qu'elle, avec une grande mâchoire carrée et des cheveux blonds assombris par la gomina. Appuyé contre le bar noir laqué qui s'incurvait sous un mur de petits vitraux, il arborait un air supérieur qui hérissa Cordelia. Ses yeux étaient bruns, très écartés sous des sourcils épais, son regard agressif. Sa position, son dos arrondi, sa forte carrure lui firent penser à un serpent prêt à attaquer.

– Vous êtes un spécialiste ? lui rétorqua froidement Cordelia, assez fort pour qu'il l'entende.

L'homme sourit avec affectation et alluma une cigarette.

– Vous verrez bien.

– Je n'en ai pas envie, dit-elle avec indifférence.

Sur ces mots elle prit son verre de bière et avala ostensiblement une longue gorgée. Le liquide amer pétilla dans sa tête, puis elle reposa bruyamment le verre sur la table et leva un sourcil vers l'homme qui s'était moqué de Letty.

D'un air dégoûté, il se retourna vers le bar. Son copain, debout à côté de lui, vêtu d'un costume de la même couleur sombre, et dont la posture relâchée et le regard brumeux trahissaient l'état d'ébriété, avança vers elles et, reluquant Letty, il marmonna :

– Hé, ma p'tite dame, venez donc, je vais vous montrer que nous ne vous voulions aucun mal.

Là-dessus il souleva carrément Letty de son siège et l'entraîna en dansant vers l'orchestre. Cordelia vit qu'il bousculait des couples. Une altercation s'ensuivit. Elle voulut venir en aide à son amie – après tout, c'était sa faute si elles avaient attiré l'attention de ce type – mais elle craignit que tout le monde ne remarque qu'elle vacillait sur ses jambes, après avoir vidé sa bière aussi vite. Norma et les autres filles, engagées dans une conversation au milieu d'une tablée de marins, ne prêtaient plus attention à leurs nouvelles amies. La danse ne dura pas longtemps : une vendeuse de cigarettes l'interrompit en plein milieu, et entraîna Letty loin de l'homme qui l'avait accostée. La fille portait une robe chasuble ivoire, et ses cheveux sombres ondulaient en larges boucles. Elle était beaucoup plus grande que Letty, et ses hauts talons accentuaient la longueur de ses jambes. Cordelia se dit qu'elle avait l'air d'une fille bien et ferma les yeux, priant pour que cesse son vertige.

Elle entendit un petit rire derrière elle, et se retourna pour voir qui persistait à se moquer des deux filles de l'Ohio. Elle essaya d'arborer une expression fière, mais se rendit vite compte qu'elle aurait du mal à la conserver. Le coupable était assis à une table juste derrière elle, et s'était retourné vers le bar pour les regarder. Ses cheveux cuivrés étaient séparés par une raie et peignés sur le côté, et son visage anguleux semblait avoir été taillé à la hache par un sculpteur. Ses longues jambes étaient croisées dans une attitude désinvolte qui suggérait qu'il n'avait jamais connu l'inquiétude ni le besoin. Il portait un ample costume bleu marine. De la poche de poitrine de sa chemise mauve, il sortit un objet en or qu'il entoura de ses mains et avec lequel il s'alluma une cigarette.

– Bonsoir, dit-elle.

– Bonsoir, répondit-il en la regardant de ses yeux verts.

La musique et les voix emplissaient l'air, et elle se sentit soudain emportée par une folle audace. La journée, du début à la fin, avait participé à sa transformation. Comme ce serait amusant de rencontrer quelqu'un qui correspondait à ce qu'elle était devenue, pensa-t-elle juste après lui avoir adressé la parole. Et comme elle aurait de la chance si ce quelqu'un était l'incarnation de tout ce qui était brillant et urbain, bref, de tout qu'elle avait voulu trouver en quittant sa maison.

– J'espère que vous ne vous moquiez pas de moi.

– Pas de vous, mais de cet homme, rectifia-t-il en montrant le type aux épaules larges qui avait insulté Letty.

– Oh ! (Cordelia eut un petit sourire.) Je le trouve sans intérêt.

– J'aime la façon dont vous l'avez remis à sa place. Mais... ne vous connaîtrais-je pas ? (Il repoussa sa chaise pour mieux la regarder.) Vous êtes actrice, ou quelque chose comme cela ?

Cordelia eut un petit rire et s'empêcha de jeter un coup d'œil inquiet à sa robe blanche bucolique. Le blanc, avait-elle constaté, n'était pas une couleur à porter dans un night-club. Mais le chauffeur de taxi ne lui avait-il pas posé la même question ? Peut-être était-ce une phrase que toutes les jolies filles de New York entendaient tôt ou tard ?

– Aviatrice ?

Il avait la voix d'un homme éduqué, en tout cas telle qu'elle se l'était imaginé, spécialement quand il disait des mots qu'elle n'avait jamais entendus.

– *Aviatrice* ?

– Ah, j'y suis... Vous êtes une militante anti-alcool, et vous êtes ici pour nous faire honte de transgresser la loi, et nous dégoûter de nos bourbons !

– Oh, certainement pas !

– Décidément, je suis mal parti. (Il haussa les épaules et soupira.) Excusez-moi, j'ai été tout à fait grossier : vous ne buvez rien. Que puis-je vous offrir ?

Cordelia fit semblant d'hésiter un instant. Il fit signe à un serveur qui passait, qui n'eut pas besoin de plus d'explication pour prendre la commande. Assise si près de ce garçon, les dossiers de leurs chaises se touchant presque, elle vit qu'ils étaient physiquement en harmonie. Puis elle se rendit compte avec plaisir que leurs mains, posées sur leurs dossiers, s'étaient rapprochées.

– Cigarette ?

– Non, merci.

– Vous ne fumez pas ? lui demanda-t-il en faisant la moue.

– Non... (Elle leva les yeux au plafond d'un air pensif.) Je ne fume pas. Disons qu'en règle générale, je ne fume pas... Sauf pour m'amuser, comme maintenant.

– Ah.

Un voile de fumée blanche, qui lui cacha un instant le visage du jeune homme, s'éleva en spirale de sa main.

– En tout cas, reprit-il, je suis vraiment sûr d'une chose : je ne vous ai jamais rencontrée avant, parce que j'aurais sûrement fait tout ce qui est en mon pouvoir pour connaître une jeune fille comme vous.

– Vous dites de fort jolies choses, n'est-ce pas ? fit-elle en s'écartant un peu de lui et en le regardant d'un air méfiant.

Et peut-être ne pouvait-on pas lui faire confiance, en effet. Dans cette ville, comment savoir ? Toujours est-il que lui parler était excitant, et elle avait envie de continuer à le faire sans se soucier des conséquences.

– Mon allusion innocente au militantisme moral vous a donc choquée ? (Il marqua une pause, fixant sur elle un regard pénétrant, comme s'il entendait les battements de son cœur ou lisait dans ses pensées.) Peut-être alors attaquez-vous des banques ou braquez-vous de malheureux pharmaciens, bref ce genre de choses ?

– C'est la classe, de commettre des crimes en plein jour et de passer ses nuits dans une boîte aussi animée que celle-ci, persifla Cordelia avec un petit sourire ironique.

– C'est vrai. Mais, à mon humble avis, de la classe, vous en avez à revendre.

Le compliment l'émut. Il était venu si vite. Elle ne put s'empêcher de penser fugitivement à John, qui était toujours si gentil, mais jamais à sa hauteur. La joue appuyée contre sa paume, elle promena son regard dans la salle électrisée. Quand les gens riaient, la lueur des bougies sur les tables exaltait la blancheur de leurs dents.

– Oh, chère amie, dit-il. On dirait que les compliments vous rendent triste ?

Elle chassa l'image de John de son esprit, ne voyant aucune raison de s'étendre sur ce qu'elle avait quitté, et lui sourit franchement :

– Voyons, quel genre de fille n'aime pas les compliments ?

– J'espère que vous aimez aussi les *old-fashioneds*.

– C'est ce que le serveur nous apporte ? Je n'en ai jamais goûté.

– Quel malheur ! plaisanta-t-il. Mais tranquillisez-vous : ces cocktails sont délicieux. Si vous n'êtes pas de mon avis, nous ferons en sorte que vous buviez quelque chose qui vous plaise vraiment. Le barman est un ami.

– Vous avez beaucoup d'amis, n'est-ce pas ? dit-elle en haussant les sourcils.

– Qu'est-ce qui vous fait dire cela ?

– La façon dont vous vous comportez.

Elle marqua un temps d'arrêt, pensive, inspirant l'air enfumé. Tout le monde s'agitait et bavardait autour d'eux dans l'atmosphère enfiévrée, et elle réalisa que, à sa grande surprise, malgré toute cette effervescence et toutes ces présences, elle n'avait peut-être jamais eu de conversation aussi intime que celle-ci.

– Et aussi le fait qu'il ne vous importe pas de vous trouver seul au milieu de tous ces gens.

Il sourit légèrement :

– Mais comment savez-vous que je n'attends personne ?

– Vous attendez quelqu'un ? s'enquit-elle d'un ton charmeur et un tantinet provocateur.

Quelque chose dans la façon dont il avait prononcé sa phrase lui fit soupçonner qu'une de ces demoiselles à talons hauts assise au bar attendait impatiemment qu'elle s'éloigne. Mais avant qu'il puisse répondre, le serveur revint. Ils se turent, le temps que les verres soient posés sur les napperons, l'eau de Seltz distribuée, et qu'il ait allumé une autre cigarette.

– À vous, qui que vous soyez, dit-il en levant son verre, une fois le serveur parti.

Elle leva son verre et le fit tinter contre le sien.

– À ce moment parfait. Puisse-t-il ne jamais finir, ajouta-t-il avant de boire.

Elle but aussi, mais avec moins d'assurance. La sensation sur sa langue lui fut à la fois douce et brûlante, et quand elle avala la gorgée de liquide épais et sucré, la tête lui tourna, et elle dut fermer les yeux. Le verre était frais contre sa paume, tandis qu'elle sentait la chaleur de la main du jeune homme sur son poignet.

– Vous aimez ? demanda-t-il.

– Oui, répondit-elle en rouvrant les yeux.

Il lui sembla incroyable que la veille, elle se trouvât loin d'ici. Puis elle s'entendit dire :

– J'ai grandi dans l'Ohio, mais je suis née ici à New York. C'est ma première soirée dans la ville depuis mon retour. Je suis venue ici pour retrouver mon père.

Tout cela allait demander beaucoup d'explications, supposa-t-elle. Elle n'était pas pressée. Il avait dit qu'il espérait que ce moment parfait ne finisse jamais, et elle sentait qu'elle pourrait elle aussi continuer ainsi pour toujours. L'air était chaud, et il y avait des boissons fraîches. Dans chaque coin de la salle, les gens observaient des visages dans la foule, à moins qu'ils ne se laissent complaisamment observer, et Cordelia regarda autour d'elle, jusqu'au moment où elle se rendit compte qu'elle faisait partie des femmes qui étaient l'objet des regards.

– Ton père ?... (C'était Letty, penchée au-dessus d'elle. Elle avait une autre couleur de rouge à lèvres.) Je croyais que nous étions ici parce que...

La salle devint floue, et Letty ne put finir sa phrase. Déjà ce soir elle avait été tirée d'affaire par une vendeuse de cigarettes du nom de Paulette, qui l'avait prise à l'écart, lui avait lavé le visage et l'avait assurée qu'elle comprenait, que ce genre de chose arrivait à tout le monde, et qu'elle n'était pas obligée d'aller se confesser ou de quitter la ville avant de découvrir le vrai plaisir de l'alcool. Paulette lui avait alors passé du fard à lèvres très rouge et donné à boire une gorgée de cognac pour l'apaiser. Letty s'était calmée en se disant qu'on pouvait trouver des gens bien partout.

Mais cette tranquillité l'avait quittée quand elle était arrivée près de sa vieille amie et l'avait entendue dire quelque chose d'incompréhensible.

– Je croyais que nous étions venues parce que je voulais devenir une star, déclara-t-elle, tout en trouvant à présent cette idée stupide.

Cordelia rougit, et son regard se fit sombre et mystérieux. Elle se raidit sur son siège et resta silencieuse. Les autres filles de la résidence s'étaient fondues dans la foule. Autour de Letty, tout tournait.

– Mon père... Il est ici.

La lumière tamisée accentuait les pommettes de Cordelia, ce qui lui donnait cet air altier qu'elle arborait parfois. Elle considéra l'homme avec lequel elle venait d'échanger des propos charmeurs, mais il avait déjà détourné les yeux et regardait au loin. Alors elle fit tourner son verre de whisky sur la table et poursuivit, sur un ton nonchalant :

– Pas ici dans ce club, mais à New York. Je vais le retrouver.

Letty arrondit sa petite bouche fardée et arrondit les yeux. Jusqu'ici, elle avait cru tout savoir de Cordelia ; maintenant elle se disait qu'il n'en était rien. Elle voulait demander à son amie pourquoi elle ne lui avait jamais parlé de cette supposition, comment elle lui était venue à l'esprit, si c'était la seule raison pour laquelle elles avaient quitté leur ancienne vie pour cette grande ville effrayante, et si ses espoirs et ses rêves à elle, Letty, avaient quand même joué un petit rôle dans cette décision. Mais elle craignit de se mettre à pleurer en lui parlant. Il faudrait alors qu'elle aille encore se débarbouiller le visage, et elle se sentait déjà suffisamment humiliée comme cela.

Elle courut vers la sortie.

– Letty, attends ! lui cria Cordelia.

Letty essayait de se frayer un chemin à travers la foule qui obstruait la sortie. Tous poussaient dans la direction opposée, vers l'endroit qu'elle venait de quitter. Même dans l'entrée on s'agitait ferme, et parmi tous ces cris de réjouissance, il était peu probable qu'on remarque son comportement étrange.

– Letty ! entendit-elle encore quand elle fut dehors.

Des gens passaient, et les quelques fenêtres allumées des immeubles en brique éclairaient la rue.

Letty ne se retourna pas, mais Cordelia la rattrapa, et les deux jeunes filles marchèrent bientôt côte à côte.

– Ne te fâche pas !

Letty ne lui jeta pas un regard, tandis qu'elles se dépêchaient de retourner à la Washborne Residence.

– Je ne savais même pas que tu avais un père, lui dit-elle enfin. Tu ne m'en as jamais parlé. Je te dis tout, et toi tu n'as même pas...

– Enfin, je n'en suis pas sûre, la coupa Cordelia, histoire de la calmer.

Elles sortirent de l'avenue et s'engagèrent dans la rue tortueuse de Washborne.

– Je sais où il se trouve, soupira Cordelia, parce qu'il est célèbre. Du moins, je le crois. C'est Darius Grey, le bootlegger. Ce n'est pas un hasard si nous avons le même nom. Tante Ida m'a toujours dit que je devais garder le nom de mon père en souvenir de sa vie de débauche qui m'a permis de voir le jour... Et puis j'ai lu les journaux : ce devait être à l'époque où Grey a dû quitter Chicago pour New York. Il n'était pas encore connu, c'est la raison pour laquelle tante Ida m'a laissé entendre que mon père était un obscur criminel. Forcément, comme elle ne lisait pas les nouvelles, elle ignorait ce qu'il était devenu.

– Nous avons fait tout ce chemin parce que tu crois que Darius Grey est ton père ? s'indigna Letty. (Elle était transie de froid, et se sentait très loin de tout ce qu'elle avait connu jusque-là, à une distance qui lui parut infinie.) Tu crois vraiment qu'il va t'accueillir les bras ouverts ? C'est un criminel. Tu crois qu'un homme comme lui voudrait s'occuper d'une fille ? Tu crois qu'il n'a pas laissé une douzaine d'enfants abandonnés derrière lui un peu partout dans le pays ?

Un instant, Letty crut qu'elle allait fondre en larmes. Mais au lieu de cela, elle s'entendit hurler :

– Tu te fais des illusions !

– Moi ? C'est toi qui te fais des illusions, riposta Cordelia. Tu crois qu'il suffit de faire ton apparition à Manhattan pour devenir une star à la seconde même ? Il y a des milliers de filles qui essaient de faire ça, dans cette ville.

L'air de la nuit était frais, mais les deux jeunes filles bouillaient de rage. Elles ne voyaient plus rien autour d'elles, ne se souciaient pas des vieillards qui les regardaient, assis sous les porches de leurs maisons. Quand elles aperçurent la résidence, Letty avait mal à la gorge d'avoir autant crié, et elle avait perdu tout discernement.

– Tu es une menteuse ! hurla-t-elle en commençant à monter l'escalier, la bouche dure et crispée comme un poing, fusillant du regard celle qui avait été sa meilleure amie.

– C'est faux ! contre-attaqua Cordelia en la regardant avec des yeux pleins de colère.

– Qu'est-ce que c'est ?

Elles se retournèrent, surprises, et aperçurent la surveillante dans l'entrebâillement de la porte, coiffée de la même façon et habillée d'une robe de chambre longue jusqu'à ses pieds. Letty pâlit.

– Qu'est-ce que c'est *quoi* ? releva Letty d'un ton innocent.

Tout était calme. On n'entendait que le bruissement des feuilles dans les arbres.

La surveillante, la main sur le montant de la porte, se mit à renifler l'air d'une façon spectaculaire.

– C'est de l'alcool, déduisit-elle.

– Je vous demande pardon ? riposta Cordelia.

Mais leurs visages étaient encore rouges et enflammés, et elles comprirent qu'elles ne pourraient pas convaincre la femme. Ses traits s'étaient durcis, elle les regardait d'un air méfiant, certaine de ce qu'elle disait.

– On ne boit pas et on ne fait pas la bringue dans cette maison ! dit-elle en pointant le nez en l'air, les commissures de sa bouche abaissées. Je vous avais prises pour des filles bien, mais j'ai eu tort. Vous devez partir avant de dépraver les autres.

Ce n'était pas, bien sûr, leur nature dépravée qui les avait mises dans de si mauvais draps, mais leur manque de maturité ; si elles n'avaient pas été nouvelles venues dans la ville, elles auraient su comment tromper la vigilance de la gardienne. Quoi qu'il en soit, elle les raccompagna dans leur chambre et les observa emballer leurs effets.

– Mais nous avons payé pour toute la semaine, protesta Cordelia une fois dans le hall.

– Peut-être Dieu en tiendra-t-il compte pour votre pénitence, répliqua froidement la gardienne avant de leur claquer la porte au nez.

Dehors, la lune inondait les pavés de sa lueur blanche, et

l'air était chargé d'humidité. Letty était si choquée et humiliée d'avoir été jetée à la rue qu'elle en oublia presque sa rage. Presque ; car elle observait Cordelia sous les rayons de la lune : ses traits et son attitude étaient les mêmes que d'ordinaire, mais il y avait quelque chose d'étrange en elle. Pour la première fois, Cordelia s'était montrée cruelle envers elle, et elle eut envie de lui renvoyer la pareille.

– Je ne suis pas sûre de t'aimer encore, lui lança-t-elle.

Cordelia tressaillit imperceptiblement.

– Alors je suppose que tu vas te débrouiller toute seule, maintenant, lui rétorqua-t-elle.

Sur ces mots, elle se retourna et marcha seule dans la nuit, son sac de voyage rebondissant contre sa hanche.

La rumeur de la ville était assourdissante, et Letty se sentit pénétrée par le froid jusqu'aux os. Elle voulut appeler Cordelia et la supplier de rester, lui dire qu'elle ne pourrait pas survivre seule. Mais toute la journée, elle était passée d'un état à un autre, ce soir elle avait crié avec une rage dont elle ne se savait pas capable, et à cette heure avancée de la nuit, elle ne se sentit plus la force de donner de la voix.

6

L'agglomération de White Cove était depuis quelques générations aussi petite que luxueuse ; elle était suffisamment proche de la ville pour attirer l'abondance, mais elle offrait assez de beauté naturelle et de tranquillité pour qu'on puisse être sûr de pouvoir s'isoler et y emporter ses secrets. Ses splendides demeures étaient entourées de haies touffues et de jardins paysagés protégés par de hauts portails. Certaines étaient totalement invisibles aux maisons voisines, d'autres ne révélaient que des lieux sobres et tranquilles : ici quelques colonnes blanches, là un toit de tuiles, là encore une piscine dans laquelle se réverbérait le reflet rose orangé du soleil couchant. Astrid, allongée sur le spacieux siège arrière d'une Daimler qui ne lui appartenait pas, contemplait un ciel qui lui rappelait la couleur délicieuse d'un jus de fruit frais.

Ainsi, pensait-elle, tandis que la voiture franchissait le portail et roulait sur le chemin de gravier, *ce ne sera pas une petite soirée de rien du tout finalement.* On était loin de s'attendre à cela : une route étroite et pierreuse, bordée de pins, reliait les propriétés ; des automobiles dont les pneus baignaient d'un côté dans le caniveau étaient garées de part et d'autre du tronçon de route qui conduisait au domaine des Grey. Des invités en robes et en costumes légers franchissaient nonchalamment les grilles avant de s'aventurer sur la pelouse, observés par des gardiens armés discrètement cachés, qui veillaient à ce que seuls les véhicules connus pénètrent dans la propriété.

– Monsieur Charlie m'a dit de vous déposer sur le côté de la maison, annonça le chauffeur une fois qu'ils furent arrivés à proximité.

Astrid sourit sans rien dire.

Son front était ceint d'un large bandeau argenté orné de turquoises qui couvrait délicatement ses oreilles et était attaché sur sa nuque, découvrant quelques mèches de cheveux dorés et ondulés. Ses lèvres étaient très rouges, et ses paupières fardées de violet ; la robe qu'elle portait était en soie et faite d'un assemblage de losanges argentés, avec une encolure plutôt échancrée, et de très fines bretelles. Charlie la lui avait offerte pour son dix-septième anniversaire ; il la lui avait apportée lui-même à l'école, avec une centaine de roses blanches. Seules les filles étaient autorisées à se trouver dans le campus, et pourtant il y était arrivé sans se faire prendre – mystère qu'elle n'avait jamais élucidé.

Le jour finissant répandait sur l'herbe une lueur jaune pâle, et l'ombre des invités s'allongeait derrière eux tandis qu'ils se dirigeaient vers une grande tente blanche. De minuscules lumières y étaient suspendues, et un orchestre avait déjà commencé à jouer. Toutefois Charlie n'avait pas voulu qu'Astrid se fasse déposer devant la tente ni même devant le majestueux perron de la maison, mais sur le côté. Elle ne put s'empêcher de se demander, comme elle le faisait souvent avec Charlie, si ce n'était pas parce qu'une surprise l'attendait à l'intérieur : un bracelet qu'il voulait lui glisser au poignet avant la soirée, une chambre embaumée du parfum des jacinthes, ou des corbeilles de raisin rose expédié du Texas par bateau. Aussi ne cessa-t-elle pas de sourire, et quand la voiture s'arrêta, le chauffeur en descendit, aida la jeune fille à se glisser hors de l'habitacle et l'accompagna jusqu'à l'entrée latérale. Elle frissonna, comme si elle pressentait la fraîcheur qui ne viendrait que tard dans la nuit, et imagina que Charlie lui avait peut-être choisi une nouvelle fourrure. Ce n'était pas vraiment la meilleure époque de l'année pour cela, mais un tel geste lui ressemblerait.

Elle traversa une antichambre, puis entra dans la bibliothèque d'apparat de style gothique dont les pages des livres n'avaient visiblement pas été coupées. Quand elle vit Charlie, elle s'arrêta. Il lui tournait le dos ; son pantalon marron clair à fines rayures était retenu par des bretelles de couleur foncée. Comme chaque fois qu'elle entrait dans une pièce et le revoyait après quelques heures ou quelques semaines, elle fut impressionnée par sa haute taille, comme si elle l'avait oubliée entre-temps, et son cœur se mit à battre. Comme elle aimait sa stature ! Elle se demanda s'il était possible d'aimer autant quelqu'un.

Derrière lui, assis dans un fauteuil de cuir près de la fenêtre se trouvait Elias Jones, avec son long visage chevalin peu expressif, qui semblait toujours, en loyal et fidèle serviteur, dans le sillage du père de Charlie. Il devait avoir une bonne trentaine d'années. Il leva un regard accusateur vers Astrid, puis Charlie se retourna. Quand elle rencontra ses yeux, elle comprit aussitôt qu'il n'avait pas de cadeau pour elle.

– Merci, Elias, dit Charlie.

Il y avait de la colère dans son ton.

Elias se leva et adressa un salut courtois à Astrid. Quand il ouvrit la porte, la rumeur des voix enjouées des invités des Grey leur parvint depuis la véranda. Ils prenaient leur premier cocktail de la soirée. Elias sortit de la pièce.

– Bonsoir, monsieur, dit Astrid à Charlie avec un petit sourire en posant une main sur sa hanche d'un geste charmeur.

– Ça ne marche pas avec moi, lui lança-t-il en s'approchant d'elle à grands pas.

– Ça ne marche pas... quoi ? l'interrogea Astrid d'un ton innocent.

Il y a un instant, elle savourait le fait d'être l'invitée privée de Charlie, mais à présent elle n'avait qu'une envie : se trouver avec les autres dans le hall.

– Que tu joues les saintes nitouches pour me cacher ce que tu fais.

Le sourire d'Astrid s'éteignit.

– Pour te cacher quoi ?

– Tu le sais très bien, répliqua Charlie d'un ton virulent.

Maintenant c'était au tour d'Astrid de parler avec colère :

– Non, je ne le sais pas, et si tu crois que ça m'amuse de jouer aux devinettes, alors tu te mets le doigt dans l'œil.

– Cette tactique peut marcher avec les profs de ton école de nantis. Mais avec moi, ça ne prend pas. Je sais que tu as flirté avec des étrangers dans ta propre maison, que tu as pris le petit déjeuner dans la cuisine avec eux, et Dieu sait quoi d'autre !

Astrid lui retourna froidement son regard accusateur. L'honnêteté n'avait jamais été son point fort en amour.

– Tu es fou, dit-elle.

Puis elle passa devant lui en le frôlant. Elle était presque arrivée à la porte quand elle se sentit saisie par le bras.

– Je sais tout ce que tu fais.

Elle sentit son souffle dans son oreille, et cela lui fut désagréable. Elle sentit tout ce qu'il avait mangé au déjeuner, et cela aussi, curieusement, lui déplut.

Elle lui fit face. Il fronçait les sourcils et serrait les mâchoires. Ses doigts pressaient très fort son bras, qui devenait de plus en plus rouge. Elle baissa les yeux vers sa main, puis les leva vers son visage.

– Ta jalousie me fatigue, lui déclara-t-elle sur un ton à la fois ferme et léger.

Elle s'arracha de son étreinte et continua à marcher dans la direction des voix excitées, des murmures émoustillés et du tintement rassurant des verres. Précédant Charlie, elle fendit la foule qui occupait la véranda, la traversa et observa en contrebas sur la pelouse les filles en robes moulantes et les hommes qui essayaient de trouver l'audace de leur parler. Elle savait que Charlie l'avait suivie, mais elle était encore tout ébranlée quand il approcha sa bouche de son oreille et lui parla encore :

– Eh bien, si tu ne flirtais pas avec lui (sa voix était devenue plaintive), qui était-ce, et que faisiez-vous ensemble ?

– Si tu as décidé de m'importuner, je n'ai plus qu'à rentrer chez moi. Quel dommage, alors que j'ai mis une si jolie robe, soupira-t-elle distraitement.

– C'est seulement que je n'aimerais pas tabasser un homme qui ne le mérite pas, lui lança Charlie en reprenant son ton bourru.

En bas, Astrid vit un garçon qui aurait pu être beau sans ses oreilles fâcheusement grandes, en train de chuchoter quelque chose à une fille longiligne aux cheveux blonds et raides, qui se mit à rougir. Astrid fut attendrie en pensant au rose qui venait si facilement et malgré elles aux joues des jeunes filles, ce qui était son cas quand elle était tombée amoureuse de Charlie. Soudain, elle fut lasse de cette relation chaotique où elle l'adorait un jour et le haïssait le lendemain, où ils se faisaient mille promesses, et l'instant suivant, se déchiraient.

– Je t'en prie, cessons de nous quereller ! fit-elle en se retournant vers lui.

Le temps qu'elle prononce cette phrase, Charlie s'était déjà détourné, captivé par quelque chose qui se passait près de la porte, et l'attendrissement qu'elle avait éprouvé fit place à de l'agacement. Il y a un instant, elle aurait tout fait pour regagner son indulgence, mais sa distraction l'avait irritée. Elle se redressa, raide et fière, et décida de ne plus lui prêter la moindre attention.

Quelques minutes avant l'altercation chuchotée d'Astrid et de Charlie, un camion de ramassage poussiéreux avait ralenti sur la route principale et s'était arrêté devant Dogwood.

– C'est parfait, ici, monsieur, dit une jeune fille tout à fait différente de la précédente.

– Ici ?

Le fermier regarda loin derrière elle, en direction du portail en fer forgé et des voitures garées le long de la route. Il fronçait les sourcils d'un air dubitatif.

– Vous êtes sûre, petite ?

Cordelia inspira profondément et lissa la jupe de sa robe bleu clair.

– Tout à fait sûre.

Ce fut la seule explication qu'elle estima utile de donner au vieil homme, qui portait le même genre de salopette que tous les vieux fermiers de sa région d'origine, et avait le visage aussi raviné.

Non qu'elle n'éprouvât aucune inquiétude, mais elle n'avait pas l'intention de le montrer. De toute façon, quels que soient ses doutes, son désir de prouver que Letty avait tort, que le lien entre Cordelia Grey et Darius Grey n'était pas le moins du monde fantasque, était le plus fort.

– Merci, ajouta-t-elle, puis elle descendit du vieux camion et claqua la porte.

Un moment, elle laissa sa main posée sur la poignée métallique, ressentant les chaudes vibrations de la machine.

– Faites attention, dit l'homme.

Puis il redémarra et continua son chemin.

Elle resta silencieuse, les membres lourds, jusqu'à ne plus sentir l'odeur de la poussière et laisser se dissiper la sensation d'épuisement qui l'accablait. Cela faisait longtemps qu'elle n'avait pas dormi. Elle avait voyagé toute la nuit et toute la matinée dans un seul but. Elle avait cherché son chemin vers White Cove, et, comme elle l'avait découvert à l'aube, s'était trompée du tout au tout de direction et s'était retrouvée à la pointe sud de Manhattan. Si ses pérégrinations l'avaient menée ailleurs, elle se serait énervée, mais l'odeur de la mer était toute nouvelle pour elle, et elle avait eu ainsi l'occasion de voir les embarcadères, les cabanons, les mâts, les cargaisons, et les flots étincelants sous les premiers rayons du jour.

– Brooklyn, lui avait dit un vieux clochard.

– Brooklyn, s'était-elle murmuré à elle-même.

Elle savait, grâce aux cartes qu'elle collectionnait et examinait, que Brooklyn faisait partie de la ville et se trouvait sur Long Island. Ce nom avait quelque chose d'original et de distingué – différent de Manhattan, mot fier et altier comme la nation indienne dont il porte le nom – et cela lui donna du courage. Elle se souvint que, lorsqu'elle et Letty étaient allées au cinéma à Defiance et avaient levé le pouce pour faire de l'auto-stop au bord de la route, elle s'était dit que les New-Yorkais, cette espèce qui leur était étrangère, ne devaient sans doute pas faire ce geste. Elle avait ainsi voyagé avec toutes sortes de conducteurs différents, et avait dû marcher un bon bout de chemin, également. Cela lui avait pris toute la journée, mais maintenant, à la tombée de la nuit, elle se trouvait enfin sur la route sinueuse qui menait à la célèbre demeure du bootlegger.

Le portail en fer forgé s'ouvrit et, l'espace d'un instant, elle resta paralysée à l'idée qu'elle se trouvait au seuil d'un lieu qu'elle mourait d'envie de voir depuis des années. Elle avait le cœur gros de colère, depuis sa dispute avec Letty. Colère qui l'avait amenée à penser qu'il lui suffisait de quelques petits gestes gracieux de la main et du pouce pour lever le mystère de ses origines. Sa mère, la plus jeune des deux filles Larson d'Union-en-Ohio, avait été remarquée devant le portail d'entrée de la maison de ses parents, dans Elm Street, durant le long et brûlant été de 1909, par un jeune homme qui était le chauffeur d'un célèbre gangster de Chicago, mais dont le nom était à présent oublié. Fanny Larson avait seize ans à l'époque, et le chauffeur sut, au premier coup d'œil, qu'elle était la femme de sa vie. Il en parla à son père, mais les Larson, gens pieux et respectueux des usages, refusèrent que leur fille épouse un individu aussi peu recommandable. Fanny, impressionnée par ce jeune homme si romantique comme elle ne l'avait jamais été par aucun autre homme, quitta le jour même la maison de ses parents pour aller vivre dans l'Est avec lui.

Parfois ils avaient beaucoup d'argent, d'autres fois ils n'en avaient pas, mais rien ne pouvait leur faire oublier cette journée d'été où leurs regards s'étaient rencontrés pour la première fois. Ce ne fut que lorsque Fanny sut qu'elle était enceinte qu'elle se mit à écrire à sa famille et en vint à regretter les choix qu'elle avait faits. Du moins est-ce ce que lui avait raconté tante Ida, qui avait brûlé toutes ses lettres. Mais tante Ida n'aurait jamais brûlé une bible, aussi quand Cordelia eut entre les mains celle de sa mère, elle trouva une lettre d'amour serrée entre ses pages, portant la signature D.G. C'était l'année où Cordelia travaillait dans la boutique de l'oncle Jeb, et où la légende de Darius Grey commençait à se propager dans l'Ouest. C'est à ce moment-là qu'elle avait relié les deux histoires.

Peu après avoir donné naissance à sa fille unique, Fanny tomba malade. Ils n'avaient pas assez d'argent pour appeler un médecin. Ils cessèrent de payer leurs factures, et quand le bébé arriva, ils se retrouvèrent seuls, sans aucune aide.

– La seule chose raisonnable que ta mère ait jamais faite, se plaisait à dire à sa nièce tante Ida, a été de me télégraphier quand elle a su que sa fin était proche. Je suis immédiatement arrivée, je t'ai emmenée loin de ce sale type qu'était ton père et t'ai ramenée à la maison. C'était un homme vraiment mauvais, un sale bonhomme, même, et je pense qu'il m'en aurait empêchée par n'importe quel moyen, même le plus violent, s'il n'avait pas été si usé par l'alcool à cette époque.

Cordelia était certaine que son père n'était alors qu'un homme perdu, et que si la mort de sa femme ne l'avait pas détruit, il aurait tout fait pour que sa fille ne lui soit pas enlevée. Ce n'est pas un méchant homme, se persuadait-elle dans le silence du cabinet noir du couloir de tante Ida, où on l'enfermait quand elle avait enfreint les règles de la maison, ou dans le silence du soir, quand on l'envoyait au lit alors qu'elle n'était pas encore assez fatiguée pour trouver le sommeil. Et aujourd'hui, il lui semblait évident, tandis qu'elle regardait, de l'autre côté de la pelouse, les rangées parallèles de tilleuls qui bordaient la route de gravillons et la courbe douce d'une colline derrière laquelle se dressait le toit étincelant d'une splendide demeure, qu'un homme vraiment mauvais ne pourrait pas vivre dans un lieu aussi beau.

Des gens dans de riches vêtements ornementés, qui semblaient déjà un peu gris, voire éméchés, avançaient par groupes de deux ou de trois le long de la route et franchissaient les grilles d'entrée.

– Mon chou, tu n'as jamais été à aucune soirée chez les Grey ? s'étonnait une fille aux formes voluptueuses en robe de mousseline de soie rose à fleurs, transparente à la lumière du soir.

– Quelle honte ! plaisantait une autre.

– Ah oui, vraiment ! appuyait la première.

Et toutes d'éclater de rire.

Cordelia eut la désagréable sensation d'être observée, et elle jeta un regard furtif vers un poste de garde en bordure de la propriété. Il semblait vide, mais elle sentit une présence à l'intérieur. Pour autant, elle continua de suivre de près le petit groupe fringant dont on pouvait supposer qu'elle faisait partie, vu qu'elle tenait son vieux trench-coat plié sur son avant-bras, à la façon dont elle avait vu les femmes le faire à New York.

– Il paraît que la garden-party est en l'honneur de l'anniversaire de Grey, continua la fille en mousseline de soie.

Elle pensait probablement que se référer à lui par son simple nom de famille faisait chic et décontracté, et cela exaspéra Cordelia. Peu importe de quelle campagne elle avait l'air de sortir, en tout cas elle, Cordelia, était parfaitement à même de repérer une attitude affectée.

– C'est bien une soirée en l'honneur de son anniversaire, acquiesça l'un des garçons. Mais il paraît que Grey a grandi comme un gamin des rues sans connaître ses parents et qu'il n'a aucune idée du jour de sa naissance, c'est pourquoi il fête son anniversaire quand ça lui plaît.

– Et même plusieurs fois dans l'année ! ajouta un autre homme.

Et tous d'éclater de rire à cette remarque audacieuse.

Le groupe avait avancé sur la route. La façade rouge brique et les courbes blanches de la maison apparurent. Tout autour se déployaient le paysage, et ses immenses pelouses plantées d'arbres gonflés par le vent. En contrebas était dressée une grande tente blanche. Une musique flottait dans le vent, et l'espace d'une seconde, Cordelia eut la sensation exquise que les feuilles sentaient la caresse de cette mélodie. Leur doux bruissement, les ombres folâtres qu'elles dessinaient sur l'herbe, tout semblait n'être là que pour plaire à Cordelia.

Un nouveau fou rire la fit revenir à la réalité. Elle leva les yeux et s'aperçut que la fille replète en mousseline de soie et celle qui n'avait jamais été invitée à une soirée chez Grey regardaient dans sa direction, et que maintenant, c'était d'elle dont on riait. Cordelia se redressa très droite et les considéra. Les filles avaient traversé la pelouse, et quand elles ne purent plus continuer à la regarder sans se dévisser la tête, elles se détournèrent et poursuivirent leur chemin vers la maison. Cordelia fit de même. Elle savait que bientôt elles recommenceraient à l'observer, mais elle garda la tête haute, se rappelant que cette maison, en un certain sens, était la sienne. Alors elle ne se soucia plus d'elles.

Cordelia gravit la première volée de marches de pierre du somptueux perron auquel conduisait l'allée circulaire, puis une autre impressionnante volée qui s'incurvait jusqu'au vestibule. La double porte en chêne s'ouvrit. Timidement, elle entra. Le vestibule était plus vaste que n'importe quelle église d'Union, et son plafond semblait s'élancer encore plus haut vers le ciel. À gauche, un large escalier en bois foncé s'élevait en trois volées séparées par des paliers, à droite se déroulait un long couloir d'où provenaient des rires discrets.

– Hé, là !

Cordelia se figea.

– Pas d'invités dans la maison, continua la voix.

Il était jeune, malgré son visage rubicond qui rendait son âge difficile à déterminer. Sa main était posée sur l'étui d'un revolver, qu'il ne pointa heureusement pas dans sa direction.

– Je sais bien. Mais je ne suis pas une invitée, voyez-vous.

– Non ? Alors qui êtes-vous ?

Cordelia hésita un instant, puis ajouta :

– Je suis la surprise qui jaillit du gâteau.

La phrase resta en suspens, aussi étrange qu'audacieuse. Elle ne savait pas d'où elle lui était venue, mais elle continua :

– C'est l'anniversaire de Mr Grey, je crois, et quelqu'un a pensé que ce serait une gentille attention.

– Je suis au courant, je sais quand est l'anniversaire de Mr Grey. (Il pencha légèrement la tête et l'évalua attentivement.) Vous n'avez pas l'air d'une danseuse.

Cordelia lui adressa un sourire timide.

– Vous ne pensez quand même pas que je vais me promener en tenue légère ? (Elle souleva sa valise, en partie cachée sous son trench, la tapotant de son autre main.) Ma tenue de danseuse est là-dedans.

Sa repartie fit naître un sourire niais sur le visage du jeune homme, qui se détendit aussitôt. Sur le moment, Cordelia ne tira sans doute pas toutes les conséquences de l'incident : à savoir que les filles qui avaient les yeux brillants, la peau douce et savaient être charmantes, avaient toutes les chances d'obtenir ce qu'elles voulaient. Étant plus intelligente que la moyenne, elle aurait pu enregistrer tout de suite la leçon, mais rares sont les femmes qui la comprennent avant que leurs charmes ne commencent à se faner.

– Je vois. Excusez-moi, mademoiselle.

– Où est la cuisine ? reprit rapidement Cordelia avant qu'il ne change d'avis.

Il inclina la tête et lui indiqua une porte derrière l'escalier, loin de la rumeur de la fête. D'autres bruits émanaient de la cuisine : les grommellements des servantes, le clapotement de l'eau, le cliquetis des assiettes. Cordelia avança dans cette direction, mais dès que le gardien eut le dos tourné, elle se glissa par une autre porte et pénétra dans une suite de pièces qui devaient côtoyer le vestibule dont elle avait failli se faire interdire l'accès. Elle traversa une immense salle à manger aux murs tendus d'une tapisserie aubergine, au centre de laquelle se trouvait une longue table imposante où de preux chevaliers auraient pu jadis avoir dîné, puis une salle de bal vaste et déserte au parquet ciré, avec pour tout meuble un grand piano blanc. Les rideaux étaient tirés, mais comme ils étaient en voile transparent, elle put apercevoir une vaste véranda de pierre, un autre petit escalier, et un parc qui semblait s'étendre sur des kilomètres.

Elle ralentit le pas, le souffle coupé. Elle savait, d'après les journaux, que Darius Grey était riche, mais cette demeure était au-delà de tout ce qu'elle avait pu imaginer. Tout y était démesuré, tout y brillait. Elle était là, enfin. Elle y avait pénétré subrepticement, il est vrai, invisible et silencieuse, mais elle y était.

Après la salle de bal venait la bibliothèque aux lambris du même bois sombre que ceux de l'entrée, garnie d'étagères chargées de toutes sortes de livres. Des pots de fougères en décoraient les angles, les canapés étaient anciens et superbement tapissés. Elle se dit que sa tante Ida aurait été fort étonnée de voir la collection de livres de l'homme qu'elle croyait si fruste et si mauvais. Sur la table basse massive au centre de la pièce, un verre bordé d'or contenait quelques éclats de glace en train de fondre et un reste de liquide ambré. Quelqu'un se trouvait là il y a peu, et pouvait revenir d'un instant à l'autre. Son cœur battit plus vite, et elle comprit qu'elle ne devait pas s'éterniser.

Elle revint dans le couloir. Dans l'entrebâillement de l'une des portes de la cuisine, elle aperçut les silhouettes de dames et de messieurs qui faisaient tinter leurs verres et conversaient discrètement. Derrière eux, de grandes fenêtres encadraient un ciel flamboyant rayé d'or, au-dessus d'un paysage multicolore.

Cordelia entra dans la pièce, où flottait un doux et lourd parfum – des lys, peut-être, à moins que les femmes ne se soient généreusement parfumées. Si c'était le cas, ce n'aurait pas été leur seul excès, car leurs lèvres étaient outrageusement peintes en rouge, et celles qui fumaient portaient à leur bouche des fume-cigarette incroyablement longs. Cordelia eut l'impression d'être assise au fond d'un théâtre obscur, spectatrice d'une pièce superbement mise en scène rien que pour elle.

Mais cette illusion ne dura pas très longtemps.

– Qui a laissé entrer cette fille ?

Le volume sonore de la pièce enfla, puis le silence

retomba. Elle reconnut un visage dans le groupe. C'était le garçon au regard sombre et cruel, celui qui s'était moqué de Letty la veille au soir au *Septième Ciel*.

– *Qui l'a laissée entrer* ? répéta-t-il, marchant agressivement dans sa direction.

Tous les visages se tournèrent vers elle ; ils exprimaient toutes les nuances de l'amusement, de la surprise et de la contrariété. Le maquillage des femmes accentuait ce que la vue de cette fille simplement vêtue, portant une valise et un vieux manteau, éveillait en elles. Elle savait qu'elle se rendrait ridicule si elle disait à n'importe laquelle de ces personnes qu'elle était la fille de Darius Grey, pourtant, à part cela, qu'y avait-il à dire ? Elle était presque décidée à demander à voir le bootlegger en personne, et espérait que tout se passe au mieux, quand une belle jeune fille au doux visage, au front ceint d'un bandeau exotique et chatoyant sortit du groupe en souriant. Sa peau avait un éclat extraordinaire, comme poudrée d'une poussière de diamant.

– Moi, répondit Astrid d'une voix joyeuse et veloutée.

Et elle la prit par le coude.

Astrid ne pouvait imaginer ce que Charlie avait contre cette fille, et elle le détesta pour le ton tyrannique qu'il avait pris à son encontre. Elle se souvint du jour où elle l'avait accompagné à la chasse avec son père et où elle avait pris conscience qu'ils allaient tuer des créatures sans défense. Peut-être était-ce la raison pour laquelle elle avait maintenant traversé la pièce pour intercéder en faveur de l'inconnue, sa jupe en soie bruissant contre ses jambes, son étole de vison glissant légèrement de son épaule.

Cordelia détourna les yeux de Charlie, sur lequel elle avait fixé un regard froid et méfiant, et observa Astrid. Même si sa propre robe était taillée dans un modeste coton, et qu'elle portait des bottines lacées comme celles d'une maîtresse d'école du XIXe siècle, ses pommettes saillantes, ses longues jambes et ses longs bras la dotaient d'une élégance naturelle. Elle battit une fois des paupières, seul signe de surprise et de trouble qu'elle laissa voir. Astrid lui adressa un sourire radieux, puis se retourna vers l'assemblée pour lui faire face.

Charlie, debout devant elle, les jambes raides, ne la quittait pas du regard. Derrière lui, des invités observaient, ébahis, cette jeune fille du grand monde au bandeau de perles raffiné vêtue d'une robe à cinq cents dollars se rapprocher de l'inconnue en robe de coton rustique. Une femme étouffa un rire et, dans le silence de la pièce, tout le monde put entendre un homme lui chuchoter de se taire.

– Venez, *ma chérie*, dit Astrid, s'adressant à l'assemblée tout autant qu'à la jeune fille, et en la poussant légèrement. Et si je vous faisais servir un verre ?

7

Plusieurs secondes passèrent avant que Cordelia réalise qu'elle était la « chérie » en question, et qu'elles traversaient la pièce pour qu'on lui serve un verre. Cordelia aima la façon dont la jeune fille avait prononcé le mot « chérie », pas de cette façon snob et sirupeuse des femmes du monde dans les films, mais plutôt avec naturel et gaieté, comme si le monde était un champ de jeunes filles en fleurs qui s'appelaient toutes « chérie ». Cordelia n'avait jamais vu une peau si éclatante, elle rayonnait comme si elle n'avait jamais été exposée à la lumière crue ou à l'air pollué.

– Tu aimes les juleps ? demanda-t-elle à Cordelia quand elles furent arrivées devant un serveur en habit et nœud papillon noir, qui tenait les yeux baissés.

– Mais comme tout le monde ! répondit Cordelia, qui n'avait pas la moindre idée de ce qu'était un « julep ».

– Eh bien alors, c'est parfait. (La jeune fille lui adressa un subtil clin d'œil.) Eddie, allez nous chercher deux juleps, s'il vous plaît.

Le garçon acquiesça et sortit de la pièce.

– Je m'appelle Astrid, reprit rapidement la jeune fille.

Elle conduisit la nouvelle venue à travers la foule éparse d'hommes en costumes d'été et de femmes en robes chatoyantes qui semblaient tous s'être donné le mot pour éviter de regarder dans leur direction, vers la baie vitrée qui donnait sur le grand jardin. Cordelia n'aurait jamais pu imaginer qu'un mur vitré puisse être aussi haut – il devait faire six ou sept mètres –, elle restait bouche bée, la tête en l'air, et dut se forcer à la baisser.

– Comment t'appelles-tu ?

– Cordelia.

– Eh bien Cordelia, je suis ravie que tu sois là. Je n'ai pas la moindre idée d'où tu viens, mais je suis vraiment soulagée que tu arrives pile maintenant. Quelle merveilleuse audace de porter une robe si délicieusement différente de toi ! Il faudra que tu me dises où tu l'as trouvée. En tout cas, la soirée s'annonçait sinistre ; nous avons besoin de sang neuf ! J'espère que tu aimes autant la danse que les juleps, parce que j'ai l'intention d'en boire beaucoup et de danser toute la nuit. Et je n'ai pas la moindre envie d'avoir un cavalier attitré ce soir, du moins pas le genre de garçon qui te colle toute la soirée pour être sûr qu'aucun autre homme ne va oser poser les yeux sur toi. Tu vois ce que je veux dire ?

– Oui, répondit Cordelia, et bien qu'elle n'ait jamais assisté à une telle scène, ce fut avec une totale sincérité qu'elle ajouta allégrement : Je vois parfaitement.

– Alors c'est parfait. Tu comprends, je me sens si jolie ce soir que je veux que tout le monde puisse me regarder sans avoir à me sentir gênée vis-à-vis de qui que ce soit, et en plus, je suis sûre que nous allons devenir de très bonnes amies, et aussi que...

– Ma chère Miss Donal !

– Oui ? fit Astrid en se retournant.

Cordelia avait encore son bras accroché au sien, aussi fut-elle obligée de se tourner avec elle dans la direction de la voix basse et déterminée qui avait interpellé sa nouvelle amie. C'était le serpent de la nuit précédente, accompagné d'un homme aussi grand que lui mais plus âgé, et qui ne semblait pas avoir la fougueuse agressivité du plus jeune. Le teint bronzé de l'homme mûr tranchait sur son costume en lin blanc ; un teint qui n'était pas très différent de celui des gens de l'Ohio à la fin de l'été, du moins ceux qui menaient une vie dure. Les favoris blancs qui ornaient ses tempes lui donnaient un air particulièrement distingué, et il attirait les regards de toutes les personnes présentes. Quant à ses yeux, ils étaient marron clair. Cordelia sut immédiatement que c'était Darius Grey. Elle fut déçue et ressentit une légère angoisse. En effet, elle avait cru jusqu'ici que lorsqu'ils seraient enfin face à face, il la reconnaîtrait immédiatement ; or il ne faisait que l'observer d'un regard intense et impénétrable. Toute l'assistance suspendait son souffle, silencieuse, et pour la première fois Cordelia songea que Letty avait peut-être raison, que son père n'était peut-être qu'un homme ordinaire, égaré ou disparu ; que l'homme élégant qui était en face d'elle n'était pas son parent, et que tout espoir de connaître un jour la vérité de ses origines était définitivement brisé.

Le célèbre bootlegger tenait un plateau d'argent portant deux hauts verres bordés d'or remplis de glace et d'un liquide ambré orné de feuilles de menthe, ce qui semblait incongru, vu le pouvoir qu'il exerçait manifestement sur l'assemblée : tout le monde le fixait sans oser parler, suspendu à ses lèvres. Et ce fut en effet lui qui brisa le silence :

– Qui est cette personne, Miss Donal ?

Astrid attira Cordelia avec elle dans la pièce.

– Monsieur Grey, j'aimerais vous présenter mon amie Cordelia... (Elle s'interrompit, comme si elle avait provisoirement oublié son nom de famille.) Cordelia... ?

– Grey.

Cordelia fut incapable de prononcer ce nom tout haut. Elle le murmura. Son visage était devenu froid, ses yeux brillants.

– Cordelia Grey ? (Une ombre traversa un instant le visage du bootlegger, qui céda aussitôt la place à un sourire.) Aucun lien de parenté, je suppose.

– C'est une rien du tout, ricana le garçon. Une provocatrice. Je l'ai vue au *Septième Ciel*, l'autre soir.

La gorge de Cordelia se serra quand elle réalisa qu'elle était à deux doigts d'être jetée dehors. Si elle perdait courage, elle perdrait aussi sa chance de s'expliquer, et elle se retrouverait bientôt piquée au bord de la route comme la petite cruche pour qui on la prenait à Union.

– Je suis votre fille, dit-elle d'une voix hésitante, essayant de ne pas paraître effrayée.

Les yeux de Darius Grey se détournèrent du jeune homme à son côté pour observer l'intruse, puis ses sourcils se levèrent lentement et une foule d'émotions se lut sur son visage. Dans ses yeux se mêlaient la surprise, la sympathie et tant d'autres sentiments qu'elle ne put tous les identifier.

– Ma fille ?

Dans la bouche de Darius, ce mot résonna d'une tout autre façon que celui qu'elle venait d'employer. Dans sa bouche à elle, il lui semblait prosaïque, presque implorant ; alors que là, il lui évoquait une rare et fantastique créature.

Astrid relâcha le bras de Cordelia, et les hôtes cessèrent de jouer à ceux qui ne s'intéressaient pas à ce qui se passait devant la baie vitrée. Cordelia respira, et parla du ton aussi sûr et égal qu'elle le put :

– Ma mère s'appelait Fanny Larson, et je suis née en avril 1911 à New York. Je ne m'en souviens pas – de New York, je veux dire – parce qu'elle est morte quand j'étais encore un bébé et qu'on m'a emmenée à Union, dans l'Ohio, la ville de sa naissance. Ma tante Ida, qui m'a élevée, disait toujours que je devais être sauvée – elle parlait de mon père comme s'il était un homme comme vous... J'ai donc voulu savoir si vous étiez vraiment mon père.

Dehors, le ciel lavande revêtait des teintes plus sombres, et en bas sous la grande tente blanche, la musique et la fête battaient leur plein. Mais dans la véranda, le silence était total, et les invités attendaient la suite, médusés.

Darius Grey fit une moue, comme s'il cherchait l'explication d'un petit mystère.

– Vous avez trouvé le chemin jusqu'à ma propriété, vous êtes entrée dans ma maison, vous vous êtes approchée du groupe intime de mes plus fidèles associés. (Il fit un geste de la main.) Ce lieu est très bien gardé. Comment avez-vous réussi à entrer ?

Cordelia se sentit rougir. Elle n'avait eu aucune difficulté à dire au gardien de l'entrée qu'elle était danseuse, mais c'était une tout autre chose de le dire à l'homme qu'elle pensait depuis longtemps être son père.

– J'ai dit au gardien de la porte principale que j'étais la fille qui sort du gâteau, déclara-t-elle d'une voix blanche.

Dans un coin de la pièce, une femme pouffa de rire. Puis le rire gagna toute l'assemblée, y compris le serpent, et Cordelia vit qu'Astrid s'amusait aussi de l'humour de sa repartie. Même Darius Grey, si prodigieusement impassible, sourit.

– La fille qui sort du gâteau ? s'esclaffa-t-il. Comme dans le film où une danseuse sort du gâteau d'anniversaire d'un gangster. Surprise !

Le cœur de Cordelia se mit à battre à tout rompre, et elle baissa les yeux vers ses pauvres chaussures éraflées, se souvenant avec horreur que c'était dans un film, qu'elle avait vu un jour avec Letty, qu'elle avait appris qu'on louait parfois des danseuses de music-hall pour qu'elles jaillissent des gâteaux. Sauf que dans le film, la fille accomplissait une mission vengeresse : son fiancé avait été assassiné pour avoir été le témoin accidentel d'un meurtre, et quand tout le monde avait crié : « Surprise ! » elle avait sorti un pistolet de son manchon et avait tiré sur le gangster.

Mais elle eut tort de s'inquiéter, car contre toute attente, Darius lui répondait maintenant sur un ton appréciateur :

– Seule une fille qui serait la mienne pourrait convaincre un homme comme Danny qu'elle est une danseuse, avec une robe pareille. (Il hocha la tête et regarda Cordelia d'un air admiratif.) Elle doit avoir les yeux des Grey, capables d'hypnotiser un homme ou un animal.

Tout le monde tourna alors discrètement la tête pour mieux observer l'inconnue dans sa robe démodée. Cordelia se redressa et allongea le cou, se sentant envahie, après la réflexion de Grey, d'une joie sans pareille. Darius, de son côté, avait fermé les yeux.

– Fanny..., fit-il d'une voix lointaine, d'un ton presque fleur bleue.

Les quelque vingt personnes qui peuplaient la pièce se penchèrent, comme en suspens, et Cordelia vit que même Astrid, qui venait de prendre sa défense, la considérait maintenant avec un flegme teinté de perplexité. Darius rouvrit les yeux. Tout le monde attendait qu'il parle. Il poussa un long soupir :

– Ta mère portait un manteau exactement comme celui-ci.

– C'est le sien.

Un instant, Cordelia, qui détestait pleurer en public, crut qu'elle allait s'étouffer.

C'est alors que le visage de Darius changea d'expression, et il hurla, d'une voix pleine de colère :

– Eddie !

Le serveur qu'Astrid venait de renvoyer apparut alors, volant carrément vers son patron.

– Oui ? fit-il, un peu effrayé.

– Prenez ceci, dit Darius d'un ton impatient en lui avançant le plateau si brusquement que tous, y compris Cordelia, frémirent, pensant que les verres allaient tomber et se briser sur le sol. Mais Eddie se révéla un serveur éprouvé, et il s'en retournait bientôt, le plateau toujours parfaitement horizontal. Darius lui cria, sur un ton exaspéré :

– *Ed*... Et les affaires de mademoiselle ?

Cordelia baissa les yeux, se souvenant que sous son manteau se trouvait la valise bosselée qu'elle essayait de cacher. Eddie se précipita pour la prendre, tout en maintenant le plateau en équilibre dans sa main gauche.

– Mettez ses affaires dans la suite Arum, lui ordonna Darius.

Cordelia pouvait à peine imaginer ce que signifiaient ces deux mots, cependant elle se sentit soudain protégée, comme si on l'enveloppait dans un châle luxueux et qu'on lui servait un thé rare.

– Ce sera celle de Cordelia, continua-t-il.

Quand tous deux furent déchargés, l'un de son plateau, l'autre de son manteau et de sa valise, Darius s'avança vers elle les bras ouverts. Il l'attira vers lui d'une main, et de l'autre lui ébouriffa gentiment ses cheveux. Ce geste l'apaisa. Elle réalisa alors que toute sa vie, jusqu'à ce moment précis, elle avait brûlé du désir de fuir non seulement le lieu où elle vivait, mais aussi la personne qu'elle était censée être. Pour la première fois, dans cette pièce parfumée aux murs de verre, dans les bras protecteurs du père qu'elle n'avait jamais connu, elle éprouva l'impression fugace d'être exactement là où elle devait se trouver, et d'être enfin elle-même.

Quand leur étreinte se desserra, Darius recula légèrement, les bras tendus, pour la regarder à nouveau.

– Comme tu ressembles à Fanny ! (Sa voix s'était radoucie.) Charlie, dit-il, s'adressant au jeune homme à ses côtés, dont le visage exprimait encore l'irritation, embrasse ta sœur que nous avions perdue depuis longtemps.

Les yeux de Cordelia s'agrandirent, mais elle réussit à rester droite et calme quand Charlie s'inclina, lui prit la main et lui appliqua froidement un baiser sur la joue.

– Vous êtes Charlie Grey ? dit-elle, regrettant aussitôt sa question.

Elle baissa les yeux et ne put dissimuler son embarras. Elle sentit que le ton qu'elle avait eu en posant cette question naïve révélait qu'elle avait lu tous les articles sur les Grey de Long Island, dans sa maison poussiéreuse et provinciale, pleine d'espoir à l'idée de rencontrer un jour sa vraie famille.

Mais Charlie avait déjà détourné les yeux, et Darius ne semblait pas avoir remarqué sa maladresse.

– Ainsi, tu le connais ? Fort bien. Mon fils était déjà né quand je suis tombé amoureux de Fanny, et c'était une des raisons pour lesquelles Ida ne m'aimait pas. Dieu sait qu'elle avait le droit de ressentir les choses ainsi. Mais tout cela, c'était il y a longtemps. Pour l'heure, continua Darius en joignant les doigts bord à bord dans un geste soudain très homme d'affaires, je suis impressionné par tout ce que tu as fait dans ces tristes vêtements ; je suppose qu'ils convenaient dans le trou perdu où tu vivais, mais je ne laisserai pas ma fille dans ces guenilles ! Miss Donal, mon petit, pouvez-vous aller voir Jones et lui demander ce dont nous disposons ici ? Nous trouverons sûrement une belle robe qui ira à merveille à Cordelia. Ce qui n'exclut pas que demain, bien entendu, nous l'emmènerons acheter ses propres toilettes, mais en attendant, aidez-la à s'habiller, s'il vous plaît. Je veux que ma fille paraisse aux yeux de tous dans des atours dignes d'elle.

Astrid reprit alors le bras de Cordelia de cette façon chaleureuse et possessive qui lui semblait naturelle. Les femmes reculèrent dans un bruissement soyeux de jupes pour laisser passer les deux jeunes filles, se disant que lorsque Cordelia Grey reviendrait, elle serait mieux habillée que n'importe laquelle d'entre elles.

En 1929, tout un chacun savait que Grey le bootlegger donnait des soirées mémorables. Dès le début de sa carrière, racontait-on, il avait compris qu'il pourrait mieux vendre son alcool s'il était présenté dans un décor prestigieux, et comme il trouvait la vie des gens triste et vaine, il se mit à mener une existence décadente. C'est ainsi qu'il donnait d'innombrables fêtes dans son parc, qui offraient aux gens de quoi nourrir leurs bavardages. Mais le soir où il se montra sous la grande tente blanche – tard, comme d'habitude – non pas avec une danseuse de music-hall ou une mondaine excentrique à son bras, mais avec une jeune personne que tout le monde appelait maintenant sa fille, ce soir-là fut particulièrement inoubliable.

– Ce soir, on célèbre la venue de ma fille que la Providence a eu le bon goût de m'envoyer ! cria-t-il à la foule, plus tard dans la soirée.

Et tout le monde se bouscula pour mieux voir.

– Je vous présente... Cordelia Grey !

Cordelia observait la scène avec des yeux avides, ne voulant rien laisser passer. Après avoir échangé en chuchotant des impressions sur le genre de fille qu'elle était, on s'accorda à dire qu'elle ne ressemblait à aucune autre. Le mince bandeau métallique qui ceignait sa tête et disparaissait presque dans sa chevelure fauve était le genre de parure que portait Astrid Donal. Sa robe n'avait rien de spécial – un drapé de soie turquoise sans manches à petite traîne, qui mettait en valeur ses jambes bien dessinées et semées de taches de rousseur – mais de toute façon, ce n'était pas sa tenue qui attirait le plus l'intérêt.

Il fut bientôt deux heures du matin, le temps avait passé plus vite que jamais, et les danseurs étaient fatigués. Le ciel était criblé de millions d'étoiles, et la jeune fille que tout le monde voulait rencontrer avait réussi à échapper à la foule qui peuplait la tente pour se cacher dans l'obscurité, d'où elle pouvait avoir une meilleure vision de la fête. Astrid avait lissé les cheveux ondulés de Cordelia avec une crème qui sentait les produits chimiques et le gardénia et les avait noués en un magnifique chignon sur la nuque. Tandis qu'elle avançait sur la pelouse, son chignon commençait à se dénouer lentement.

Outre sa robe, taillée dans un tissu doux et soyeux qui glissait avec une légèreté surnaturelle sur sa peau, Astrid l'avait équipée d'une paire de hauts talons en daim noir. Cordelia ne voulait pas les abîmer en foulant la pelouse, aussi marcha-t-elle pieds nus. L'herbe était sèche, fraîche et douce, et elle sentait bon. Astrid, qui avait du mal à marcher en talons hauts sur un terrain inégal, trébucha, et les deux filles tombèrent ensemble dans un grand éclat de rire.

Cordelia posa sa tête dans l'herbe, sur le doux coussin de ses cheveux. Astrid lui pressa le bras, et Cordelia sentit ses ongles dans sa chair. Astrid avait bu un peu trop de champagne, et ses mouvements étaient gauches et languissants. Cordelia, elle, qui n'avait pas oublié les événements fâcheux de la nuit précédente, s'était montrée prudente sur la boisson.

– Regarde, mon chou !

Cordelia montra une traînée blanche qui traversait le ciel. « Mon chou », « mon ange » étaient devenus des mots familiers.

– Une étoile filante.

– Oh ! s'émerveilla Astrid.

Cordelia avait déjà vu beaucoup d'étoiles filantes, mais ici elles semblaient plus proches, avec la musique en bruit de fond et la lueur conviviale qui émanait de sous la tente et se diffusait sur la pelouse. Elle avait l'impression qu'il lui suffirait de tendre le bras pour attraper la prochaine étoile qui aurait l'audace d'entrer dans l'orbite de sa planète. C'était John, se souvint-elle, qui lui avait le premier expliqué qu'une étoile filante n'était nullement une étoile, mais un corps céleste qui explosait quand il approchait trop près de la Terre. La mère de John, aussi croyante que tante Ida, n'aurait jamais cru de telles sornettes, mais son père, qui lisait tous les soirs un magazine scientifique en fumant sa pipe – peut-être rien que pour contrarier sa femme –, avait expliqué ce phénomène à son fils. John en avait parlé un soir à Cordelia, après s'être sauvé d'un pique-nique paroissial. Ils étaient restés longtemps étendus sur le dos ce soir-là, contemplant le ciel traversé de traînées lumineuses, et John lui avait demandé si elle croyait au destin. Elle avait beaucoup ri et lui avait rappelé qu'elle n'était plus une enfant et lui non plus, et qu'ils ne devaient pas croire aux contes de fées.

Mais la campagne de l'Ohio était loin maintenant, et là où elle se trouvait, à observer le ciel, elle avait du mal à ne pas ressentir que son destin était en quelque sorte en train de s'accomplir.

– Cordelia, où allais-tu ? (Astrid se mit en appui sur ses coudes et la regarda avec des yeux ronds.) Tu vas leur manquer.

– Où veux-tu que j'aille ? lui répondit Cordelia, encore sous le choc du tournant qu'avait pris sa vie, et tout en essayant de penser à autre chose.

– Eh bien je n'en ai pas la moindre idée, mais j'espère que tu ne vas pas disparaître, parce que, parce que, bégaya Astrid en luttant contre un bâillement, parce que je suis déjà tellement habituée à t'avoir ici. S'il te plaît, ne pars pas, ne pars jamais. Mais je tombe de sommeil. Pas toi ?

– Non, dit Cordelia, avant de réaliser que tout compte fait elle aussi avait sommeil. Allons-y. Je voudrais remercier mon... père – le mot ne lui était pas encore tout à fait naturel, mais elle savait qu'il le serait bientôt – et lui souhaiter bonne nuit.

– D'accord, fit Astrid en se remettant péniblement sur ses talons. Dis aussi bonne nuit à Charlie. Il n'est pas aussi méchant qu'il en a l'air. Tu sais...

Elle étouffa un autre bâillement, puis comme elles commençaient à marcher, elle ajouta, comme une pensée après coup :

– Je l'aime.

Quand les deux jeunes filles retournèrent vers la tente, chacune avec une paire de chaussures au bout d'un bras, la soirée allait sur sa fin. Quelques couples dansaient encore, les filles suspendues au cou de leurs partenaires, les bras mous comme des rubans. Les autres s'étaient dispersés en petits groupes tranquilles ; certains jouaient aux cartes sur des tables blanches, d'autres étaient engagés dans des conversations chuchotées à propos des facéties de la soirée. Les gardes armés dont Cordelia avait senti la présence invisible quand elle avait pénétré dans le domaine de Grey s'étaient un peu avancés dans l'ombre, mais les invités qui attendaient de voir ce que devenait la soirée ne semblaient pas leur prêter une attention particulière.

– Mr Jones ! chuchota Astrid à l'homme au visage chevalin qui sortait de la tente et marchait dans leur direction. Êtes-vous là pour me causer des ennuis ?

Derrière lui, Cordelia remarqua une centaine de regards curieux.

– Ma chère, répliqua l'homme sur un ton parfaitement impassible, mon rôle est de vous les épargner.

– Cordelia, c'est Mr Elias Jones. Il travaille pour ton père, continua Astrid, feignant de ne pas avoir entendu la réponse de l'homme. N'est-ce pas ?

– Oui, c'est cela, répondit Elias Jones en adressant un signe de tête plutôt sec à Cordelia. Mr Grey est allé se coucher. Il voulait vous dire bonne nuit lui-même, et à quel point il était heureux de vous avoir retrouvée et ramenée au sein de sa famille. Mais il aura tout le temps d'en profiter. Il a également commandé une voiture pour vous emmener en ville demain pour que vous vous achetiez de nouveaux vêtements. Il espère que vous l'accompagnerez, Miss Donal et, pour plus de commodité, il a suggéré que vous restiez dormir cette nuit. Il y a assez de place dans la suite Arum pour vous deux, et vous savez à quel point les routes peuvent être dangereuses à cette heure. Je vais faire prévenir à Marsh Hall, pour que vos parents ne s'inquiètent pas.

– Oh, ma mère ne s'inquiète jamais de toute façon. En tout cas merci, Elias, dit Astrid qui avait du mal à garder les paupières ouvertes et s'était mise à parler d'un ton rêveur. Mais au fait, où est Charlie ?

Elias s'éclaircit la gorge.

– Vous n'avez pas beaucoup participé à la soirée, ce soir, Miss Donal.

– Oh, c'était d'un ennui ! soupira Astrid en reprenant Cordelia par le bras. Viens, allons voir aux cuisines si les servantes peuvent nous apporter une glace au lit...

Ce qui fut fait, accompagnée d'eau gazeuse venue d'Italie et de serviettes qui, par quelque étrange artifice, étaient encore chaudes en arrivant dans leur chambre. Cela faisait longtemps que Cordelia, depuis son départ, n'avait pas profité d'une vraie salle de bains, aussi passa-t-elle un moment délicieux sous la douche chaude de la suite Arum, admirant les robinets et autres équipements étincelants, et la pièce d'une dimension qui aurait pu, dans de nombreux pays du monde, être celle d'un salon. Quand elle en sortit, propre et enveloppée d'un épais peignoir en éponge, Astrid était déjà endormie sur un côté du lit double. Cordelia se glissa sous les couvertures, posa sa tête sur deux ou trois oreillers garnis de duvet, et sombra dans le sommeil avant d'avoir pu commencer à faire l'inventaire de tous les meubles et objets magnifiques qui décoraient sa nouvelle chambre.

Elle dormit longtemps. Quand elle se réveilla, reposée, une lumière de fin de matinée filtrait à travers les hautes fenêtres. Elle se trouva un peu désorientée, le temps que ses yeux s'accommodent à la lumière. Astrid ronflait encore doucement à côté d'elle. Un plateau d'argent avec une cafetière en argent et une assiette de croissants avaient été placés sur la table de nuit. La pièce semblait encore plus somptueuse à la lumière de midi que la veille au soir, et Cordelia poussa un soupir de satisfaction. Puis, prenant le billet qui se trouvait sur le plateau, elle éprouva sa première déception de fille enfin reconnue de Darius Grey.

Mon petit,

Je suis désolé, mais mes affaires m'appellent au Canada. Je serai de retour dans quelques jours, et nous fêterons alors plus dignement nos retrouvailles. J'ai demandé à Charlie de s'occuper de toi jusqu'à mon retour – tu verras que ce n'est pas une chose légère que de faire partie de ma famille, mais je lui confie ma vie et la tienne. Jusqu'à mon retour...

Avec toute mon affection,

Ton père

8

Que fait la nouvelle ?

Contrairement à Paulette, la vendeuse de cigarettes du *Septième Ciel*, ses colocataires, Fay et Kate, n'avaient pas encore adopté le prénom de Letty. Mais même si le terme « nouvelle » était quelque peu désobligeant, il impliquait que Letty, nouvelle ou pas, se trouvait quelque part, même si elle n'était là que provisoirement en attendant de savoir où aller, et qu'elle était en voie d'être reconnue comme l'une des leurs. Le « quelque part » en question était un appartement en entresol, sombre même en plein jour, et dont le plancher était gauchi. Il était meublé de vieilles choses en velours râpé et à glands, qui avaient l'air de venir de ce que sa mère aurait appelé « une maison de mauvaise vie ».

Après sa dispute avec Cordelia et leur expulsion de la Washborne Residence, Letty était retournée au night-club parce que c'était le seul endroit qu'elle connaissait, et l'aimable jeune fille qui lui était venue en aide au cours de la soirée l'avait encore secourue en la ramenant ici. Elle avait dormi longtemps, et quand elle s'était réveillée, elle avait trois nouvelles amies à la place de celle qu'elle venait de perdre.

Les cheveux de Fay étaient si décolorés qu'ils en étaient presque blancs ; ceux de Kate, en revanche, étaient bruns et frisés. Toutes les deux se promenaient dans l'appartement en kimonos qui leur arrivaient à mi-cuisse, bien qu'il fût midi largement passé. Elles étaient cependant impeccablement coiffées et maquillées depuis le matin, juste après leur lever, tout comme la veille quand Letty les avait rencontrées pour la première fois. Étendue à plat ventre sur un vieux tapis persan, en train de lire un magazine qu'elle avait pris dans la salle de bains, la « nouvelle » ne trouva rien à répondre à la question posée et fut soulagée quand Paulette le fit pour elle :

– Elle lit des annonces pour des essais qu'elle est trop timide pour oser passer, et les encercle d'un trait pour des raisons qu'elle ne saisit pas totalement.

Paulette parlait d'un ton neutre depuis la kitchenette, sans lever les yeux du café qu'elle était en train de préparer. Ses cheveux bruns soigneusement crantés brillaient dans la lumière de l'après-midi. Ses lèvres étaient laquées de rouge foncé, et son visage légèrement poupin. Elle était aussi grande que Cordelia. Le plafond de la kitchenette était bas, comme tous les plafonds de la maison, mais encore un peu plus bas à cet endroit, si bien que sa tête touchait presque les carreaux en étain.

– Ah bon, et pourquoi ne veux-tu pas y aller ?

Fay s'assit sur un siège à côté de Kate, allongée sur le divan prune en velours déchiré et aux coussins d'où le duvet sortait par endroits. De sa position, elle pouvait lire les annonces du journal de Letty.

– On ne te mordra pas, tu sais.

Letty la regarda et haussa légèrement les épaules.

– J'irai, mais pas tout de suite, dit-elle.

Paulette avait raison : elle savait qu'elle n'avait pas vraiment l'intention de se rendre à aucune de ces auditions, sans savoir exactement pourquoi.

– Oh, mon chou, tous ces rôles extraordinaires qui te font rêver !

La manche du kimono de Fay, blanc avec des fleurs bleues, presque aussi pâle que ses cheveux et son teint, frôlait l'épaule de Letty tandis qu'elle regardait la dernière page du *Weekly Stage*.

– Tu devrais commencer par quelque chose d'un peu moins ambitieux.

Elles espéraient toutes se retrouver un jour sur les planches, mais Fay était pour l'instant la seule d'entre elles qui gagnait de l'argent avec ce métier, en tant que membre de la troupe d'un grand spectacle de variétés. Letty regardait ses longues jambes de danseuse étendues sur le bord du canapé, se demandant si elle serait un jour à la hauteur d'un tel métier.

– Allons, nous devrons toutes nous débrouiller seules pour faire notre chemin dans la vie, dit Paulette en arrivant vers elles, une tasse de café fumante dans les mains.

– Triste, mais vrai, lança Kate du canapé sur lequel elle s'allongea, s'apprêtant à réparer une large ceinture perlée qu'elle avait abîmée la veille au soir.

– Oh, non, pas la nouvelle pièce de Gordon Grange, il est d'un ennui ! s'exclama Fay, qui continuait à épier par-dessus l'épaule de Letty la liste des rôles pour lesquels on recherchait des filles.

C'était un auteur dramatique dont sa mère parlait avec admiration, et le rôle exigeait une petite brune fluette, exactement le type de Letty. Elle n'aurait pas pu l'admettre devant ces filles qui parlaient déjà comme si elles étaient revenues de tout, mais elle avait décidé que le rôle était fait pour elle, et que si seulement elle pouvait trouver le courage de se lancer, le destin lui offrirait son premier vrai travail.

– On dit de lui que c'est un génie, mais les génies sont comme les autres hommes, tu sais.

– Sauf qu'ils demandent plus qu'ils ne donnent, ajouta Kate.

– Il te suffit d'essayer, dit Fay en tapotant sa tête blonde. Tu auras peur au début, et puis plus du tout, et puis hop, ça marchera. Tu ne peux pas t'imaginer combien de fois on m'a dit non avant que je...

– Avant que tu dises oui ! s'esclaffa Kate en rejetant sa tête bouclée en arrière.

Perplexe, Letty s'assit et replia ses jambes sous sa jupe bleu marine. Elle n'était pas tout à fait sûre de ce qu'avait voulu dire Kate, et craignait que Fay n'en soit blessée. Mais elle vit que celle-ci trouvait la remarque très drôle, et riait même plus fort que Kate. Letty, qui s'était mise à rougir, replongea le nez dans ses annonces.

– Allez, mon chou, ne t'occupe pas d'elles, la rassura Paulette. (Elle tendit la tasse de café à Fay et se baissa vers Letty pour arranger ses cheveux.) Tu trouveras ta voie. En tout cas, Fay, tu sais bien que tu n'es pas une mauvaise fille. Tu ne t'es jamais aussi mal comportée que Clara Hay.

– Ça, c'est vrai, assura Fay en appuyant sa nuque sur le sofa et en décroisant et recroisant les jambes.

– Qui est Clara Hay ? demanda Letty.

– Oh, c'est juste une fille qui travaille avec moi au club. Elle n'a pas une once de talent, mais elle réussit en faisant des trucs que ne font pas les autres.

Peut-être Paulette avait-elle vu que son amie était gênée, car elle agita la main en l'air et ajouta :

– Peu importe. N'y pense plus. L'important, ce sont tes cheveux. Ta coiffure est vraiment trop démodée. Est-ce que je peux l'arranger ? Tu es d'accord ?

Sans lever la tête, Kate lui passa les ciseaux posés sur un guéridon. Letty tourna ses grands yeux vers Paulette, laquelle lui souriait si gentiment qu'il lui fut impossible de ne pas souscrire à sa proposition.

– Viens là.

Paulette tira une chaise en bois de sous la petite table de la kitchenette et lui fit signe de s'y asseoir.

Ce que fit Letty, non sans hésitation. Elle ferma les yeux et retint son souffle, essayant de chasser la pensée de ce que sa mère en aurait dit. Le calme se fit dans la pièce quand Paulette plaça les ciseaux à un centimètre au-dessous de son oreille et commença à couper. Depuis qu'elle était arrivée à New York, Letty n'avait pas entendu de bruit aussi fort que celui-ci, et la vue des boucles brunes qui tombaient sur ses genoux lui coupa le souffle.

– C'est déjà mieux, dit Kate.

Letty plissa les yeux. Le métal froid glissait autour de son cou, et elle sentit d'autres mèches tomber le long de son dos. Son visage se figea, ses oreilles bourdonnèrent, et elle perdit la sensation du temps qui passait. Elle réalisa que la coupe était terminée quand Paulette s'exclama, avant de reposer les ciseaux :

– Et voilà !

Quand Letty releva les paupières, la pièce lui sembla plus lumineuse. Fay tendit un miroir à main à Paulette, qui le passa à Letty. Sa chevelure brune, considérablement raccourcie, encadrait maintenant son visage lisse et pâle en forme de cœur. Une frange traçait une ligne nette sur son front, faisant ressortir l'éclat de son teint. Elle semblait brusquement plus âgée et plus fragile ; son cou n'avait jamais paru aussi mince. Dans le miroir, elle vit Paulette, le regard brillant, impatiente de s'assurer qu'elle aimait sa nouvelle coupe. Letty réussit à lui sourire courageusement. Mais sa lèvre inférieure se mit à trembler, et elle sentit qu'elle allait pleurer. Elle se leva et se précipita vers la porte d'entrée.

Dehors, sous la voûte bleue du ciel, tout était calme, et les gens du quartier vaquaient tranquillement à leurs affaires. Tout ce que Letty entendait, c'était sa propre respiration fébrile tandis qu'elle avançait le long de l'immeuble. Quand Paulette la rattrapa au coin de la rue, elle avait les joues ruisselantes de larmes.

– Oh, ma petite chérie, je n'aurais pas touché tes cheveux si j'avais su que tu y tenais tant ! s'exclama sa nouvelle amie, fronçant les sourcils de façon exagérément compatissante tandis qu'elle la prenait dans ses bras pour essuyer ses larmes.

– Mais non ! protesta Letty en levant les bras pour cacher son visage. Je n'y tenais pas tant que ça !

– Non, bien sûr que non. Demain tu aimeras ta coupe, je te le promets.

Un dernier sanglot secoua Letty, et quand elle fut un peu calmée, elle sentit que Paulette la saisissait par les épaules pour la faire se retourner.

– Regarde !

Letty obtempéra. Elles étaient devant la vitrine d'un barbier, et elle y vit le reflet d'une fille qu'elle reconnut à peine. Son aspect tout entier se trouvait changé par sa coupe très courte, et la fragile adolescente qu'elle paraissait avant avait l'air maintenant d'une mince jeune fille audacieuse, et même sophistiquée. Son chagrin reflua, et l'espace d'un instant elle ressentit une sorte de vide et de silence à l'intérieur d'elle-même. Ses longs cheveux de soie avaient disparu, et sa meilleure amie était partie. Tous les anciens lieux qu'elle avait connus, tous les gens, agréables, blessants ou ennuyeux, étaient très loin maintenant, et même si elle le voulait, elle n'avait pas l'argent pour revenir. Une sensation de légèreté l'envahit :

– Je ne pleurais pas mes cheveux, dit-elle.

Un petit sourire éclaira son visage. Jusqu'ici, elle s'en rendait compte maintenant, elle n'avait pas vraiment laissé derrière elle son ancien nom, et pour la première fois, c'était Letty Larkspur qu'elle avait vue dans le reflet de cette vitrine. Elle avait perdu beaucoup de choses, mais elle se voyait soudain en toute clarté. Ses yeux brillaient quand elle se retourna pour faire face à Paulette.

– Je me sens si légère !

– Tu es magnifique.

Paulette sourit, puis arrangea un peu la frange de sa nouvelle amie.

– Je suis désolée d'avoir été si gourde. C'est juste que tout d'un coup l'Ohio et tout le reste me semblaient si loin !

– Eh bien, c'est parce qu'ils sont réellement très loin, repartit Paulette, très pince-sans-rire. Mais bientôt, tu vas voir, tu oublieras qu'il existe d'autres lieux à l'ouest de la Douzième Avenue.

Letty, qui n'aurait même pas su comment arriver dans la Douzième Avenue, se contenta de hocher la tête.

– Tu sais, reprit Paulette, je ne suis pas non plus d'ici. Je suis du Kansas. Je ne me souviens même plus quel train j'ai pris, ni comment je parlais, avant. À mon arrivée, je me suis liée d'amitié avec un serveur du *Plaza*. Il a longtemps écouté la façon dont parlaient les gens chic, et il m'a appris à prononcer les consonnes. Heureusement. Parce que avant...

Elle s'interrompit et loucha malicieusement, ce qui fit pouffer les deux filles.

– Mais je t'ai fait courir en tenue de nuit, n'est-ce pas ? s'esclaffa Letty.

Elle avait compris que sous le manteau noir ceinturé de Paulette, il n'y avait sans doute rien d'autre que le slip qu'elle portait quand elle lui avait coupé les cheveux, et que cela devait être très gênant pour elle. Mais Paulette leva les paumes vers le ciel d'un air indifférent :

– Personne ne le sait, alors quelle importance ? Mais au fait, tu n'as pas faim, toi ?

– Oh si !

– Alors viens, allons prendre un petit déjeuner.

Elles se dirigèrent vers un snack de la Sixième Avenue, où les dîneurs étaient serrés autour de longues tables ; leur diversité frappait encore plus dans cette pièce sobre carrelée de blanc. Des policiers occupaient leur pause-café à se délecter d'un ragoût de viande aux légumes, coude à coude avec les escrocs de la ville qui furent un jour leurs ennemis, tandis que des hommes aux cheveux longs avaient déposé leurs guitares hawaïennes pour avaler leurs sandwichs au pastrami à côté d'hommes du monde dans leurs habits de soirée de la veille, penchés sur une tasse de café fumant et une assiette d'œufs sur le plat.

– Des pancakes, j'ai envie de pancakes. Pas toi ? demanda Paulette à Letty de l'autre côté de la longue table de marbre gris.

Prendre son petit déjeuner si tard dans l'après-midi parut tout d'abord une conduite fort désinvolte à Letty, d'autant plus que le dîner à Union était servi la plupart du temps à cette heure de la journée. Mais une fois habituée à cette idée, elle pensa que les pancakes étaient exactement ce dont elle avait envie. Elle mourait de faim, en fait. Elle aurait pu en avaler dix. Elles commandèrent pancakes et cafés, et observèrent les clients qui mangeaient tout en bavardant avant de retourner à leurs occupations dont certaines étaient sûrement très importantes. Comme elles attendaient d'être servies, Letty parla à Paulette de sa vie à la ferme et des leçons de danse quotidienne que sa mère donnait à ses enfants, et Paulette lui raconta des anecdotes sur le night-club et le travail qu'elle y faisait.

– Et quand son soupirant s'est mis à dodeliner de la tête, vu les nombreux martinis qu'il avait bus, elle a simplement changé de table et s'est mise à flirter avec un autre type !...

Elle terminait juste cette anecdote quand un serveur débarrassa leurs assiettes. La Letitia d'hier aurait sûrement été déconcertée par cette histoire, mais la Letty d'aujourd'hui avait désormais des manières suffisamment citadines pour la trouver drôle et se mettre à en rire franchement.

Quand elles revinrent dans la rue, la journée était déjà bien avancée, et Letty eut l'impression de connaître Paulette beaucoup plus intimement. Elles s'engagèrent dans Barrow Street.

– Tu veux vraiment monter sur scène, n'est-ce pas ? l'interrogea Paulette après avoir sorti sa sucette de la bouche.

– Oui, dit Letty après une seconde d'hésitation.

– Tu ne seras jamais la reine du battement de jambes, j'en ai peur.

– Non, soupira Letty. Mais je sais chanter.

– Encore mieux. Montre-moi.

– Maintenant ?

Elles débouchèrent dans une avenue pleine de monde, où les gens marchaient dans les deux sens. Derrière les vitrines qui la bordaient, des vendeuses, penchées sur les comptoirs, observaient le spectacle de la rue.

– Ici ?

– Pourquoi pas ?

– Mais... au milieu de tout ce monde ?

– Ah, et alors ? Les gens sont centrés sur eux-mêmes, de toute façon.

Letty ferma les yeux et cessa d'avancer. Son reflet dans les vitrines, celui d'une jeune fille à l'élégante coupe au carré, lui revint à l'esprit. Elle leva les mains et commença à chanter une chanson qu'elle avait entendue à la radio, qui disait le plaisir de danser pieds nus jusqu'à deux heures du matin. Sa voix, timide au début, s'éleva ensuite dans toute son ampleur et là, oubliant les gens qui l'entouraient, elle commença à se balancer légèrement au rythme de la mélodie.

Quand ce fut fini, elle fit volte-face et s'inclina devant Paulette. Puis elle lui jeta un coup d'œil furtif exprimant une fierté mêlée de crainte : qu'en avait-elle pensé ? Paulette avait une expression à la fois étonnée et admirative.

– Excellent ! lui dit-elle.

Mais avant que Letty ait le temps de la remercier ou même de ressentir tout le plaisir de cette subtile et délicate approbation, une autre lui parvint :

– Bravo ! cria un homme.

Elle se retourna.

Des gens l'entouraient, certains la regardaient avec attention, mais la plupart vaquaient à leurs occupations, tout comme Paulette le lui avait dit. Ses yeux se posèrent ensuite sur le monsieur en question. Blond, coiffé d'un canotier, il se penchait à la portière d'un tramway qui roulait au ralenti. Son nez avait du caractère, mais son visage était doux et gentil comme celui d'un collégien. Il avait quelque chose d'un ours en peluche, avec son costume gris à chevrons. Il portait sur elle un regard observateur mais discret. Il avait des yeux enfoncés, que ses sourcils obscurcissaient. Quand il se rendit compte que Letty l'avait vu, il recommença à applaudir.

– Bravo ! répéta-t-il.

Pour cacher son émoi, Letty fit une grande révérence, les pointes de ses cheveux bruns balayant ses pommettes quand elle baissa la tête. Elle la releva aussitôt et saisit la main de Paulette pour se mettre à courir avec elle avant qu'il ne remarque l'embarras qui la faisait rougir jusqu'à la racine de ses cheveux.

– Où puis-je vous revoir ? lui cria le jeune homme.

Le tramway avait redémarré et passait maintenant devant les jeunes filles qui couraient main dans la main en remontant l'avenue.

– Vous savez où est *Le Septième Ciel* ? lui cria Paulette.

L'homme fit oui de la tête.

– Elle y travaille ! Venez la voir !

L'homme leva son chapeau et l'agita dans leur direction tandis que le tram continuait son chemin vers Uptown, et les filles ralentirent leur course pour se mettre à marcher rapidement.

– Il n'était pas mal ! fit Paulette en riant et en reprenant son souffle. Tu vois le genre d'attention qu'un petit talent et une bonne coupe peuvent t'apporter ?

Letty acquiesça.

– Mais je ne travaille pas au *Septième Ciel*, fit-elle remarquer.

– Effectivement, et le loyer ne se paie pas tout seul, ma vieille. Nous devons te trouver quelque chose.

– Le loyer ?

Elles quittèrent l'avenue pour tourner dans une rue secondaire. Ce mot n'avait jamais résonné si agréablement dans l'esprit de Letty.

– Tu veux dire que je pourrais partager votre appartement ?

– Oui. Tu es avec nous, maintenant. Désolée de t'en informer, mais ça coûte plus cher que la vie dans l'Indiana.

– L'Ohio, la corrigea Letty avec un sourire.

– L'Ohio. Le propriétaire, Mr Cole, m'aime bien, et il te le louera aussi si je le lui demande gentiment.

– Merci, murmura Letty.

Ce fut tout ce qu'elle trouva à dire. Comment aurait-elle pu en effet communiquer la reconnaissance qu'elle éprouvait envers celle qui, en moins d'un jour, avait radicalement changé son destin ?

9

Quand Cordelia se réveilla pour la deuxième fois dans la suite Arum, à Dogwood, elle reconnut immédiatement les lieux. C'était comme si elle avait ouvert les yeux dans cette chambre tous les matins de sa vie. Désormais elle savait que les étranges pâtisseries de forme arquée qu'on lui apportait le matin s'appelaient des « croissants », et elle soupçonnait que les étranges fleurs qui garnissaient les grands vases d'argent rectangulaires disposés dans toute la pièce s'appelaient des arums – fleurs comparables aux lys, quoique d'une forme plus austère et futuriste, comme si elles avaient poussé sur la lune.

Elle se redressa et s'adossa à la tête de lit tapissée de cuir blanc. Le soleil devait déjà être haut dans le ciel ; il inondait la pièce. La robe qu'elle portait la nuit précédente était jetée sur le fauteuil blanc à côté de son lit. Elle avait dormi dans son slip noir, qui avait coûté mille fois plus cher que n'importe quelle robe qu'elle avait jamais possédée. De l'autre côté de la pièce, sur le grand tapis qui s'étendait comme un chemin de neige fraîchement tombée, se trouvait une douzaine de sacs de chez *Bergdorf Goodman*. *Bergdorf*, elle le savait maintenant, était une boutique de la

Cinquième Avenue où l'on vendait des vêtements féminins pour des sommes astronomiques, où elle avait passé la veille avec Astrid la plus grande partie de la journée. Plus tard, elles avaient dîné dans un hôtel luxueux où Charlie et sa bande les avaient rejointes quelque temps avant de faire reconduire les deux jeunes filles à White Cove dans la Daimler. Elle sourit à la pensée de ses nouveaux vêtements et de toutes les soirées à l'occasion desquelles elle allait les porter, mais le souvenir de Letty lui revint alors, et sachant à quel point elle aurait aimé cela, elle aussi, sa joie s'estompa.

Elle se versa une tasse de café et traversa la pièce jusqu'à la terrasse. Dehors l'air était chaud, un parfum de feuilles et de poussière de pollen y flottait. La tente blanche sous laquelle elles avaient dansé l'avant-veille au soir, espace de temps qui lui paraissait avoir duré toute une vie, était encore intacte, même si les verres de champagnes brisés et les chaussures abandonnées avaient été ramassés. Deux hommes en T-shirts et pantalons à bretelles avançaient sur la pelouse en direction de l'entrée, l'un d'eux un fusil à l'épaule.

– Miss Grey... ?

Elle se retourna à l'appel de son nom.

– Oui ?

Elias Jones, debout sur le seuil du vestibule, détourna le regard quand il vit qu'elle ne portait qu'un slip.

– Je suis... désolé. Nous ne sommes pas habitués à voir des dames, ici, de jeunes dames, des dames comme vous ! Mr Grey m'a donné l'ordre de mettre à votre service une femme de chambre. Vous n'aurez donc plus à supporter ces maladroites intrusions.

– Comme c'est gentil.

Cordelia sourit en s'apercevant qu'on était aux petits soins pour elle et, tout en tâchant de paraître imperturbable à l'évocation de la femme de chambre, elle fut révoltée, quelque part au fond d'elle-même, à l'idée qu'une jeune fille puisse consacrer ses journées de travail à s'occuper d'elle.

– Mais vous ne m'avez pas dérangée, ajouta-t-elle en souriant.

– Je vous envoie quelqu'un demain, continua Jones en s'éclaircissant la voix et en ignorant son sourire. Entretemps, ne manquez pas de me faire savoir si vous avez besoin de quelque chose.

– Merci.

– Vous avez un appel, également.

Cordelia acquiesça et le suivit dans la pièce adjacente garnie d'un bureau parfaitement encaustiqué, d'un petit tapis orange au dessin géométrique et d'un téléphone noir.

– Allô ? dit-elle quand Jones eut quitté la pièce.

– C'est moi, mon ange. J'espère ne pas t'avoir réveillée...

– Non, pas du tout.

La tristesse qu'elle avait ressentie en pensant à Letty s'évanouit au son de la voix d'Astrid, qui lui rappela qu'elle avait une amie pour de bon, avec laquelle s'amuser dans ce monde de riches qui était tout nouveau pour elle. De toute façon, si Letty avait cru Cordelia quand elle lui avait parlé de son père, elle aussi se serait réveillée dans cette maison, maintenant.

– Sauf que je suis toujours en slip, j'ai dormi avec.

– Oh, mon chou, j'espère qu'Elias ne t'a pas surprise dans cette tenue pour te prévenir de mon appel ?

– Si ! (Cordelia ne put s'empêcher de rire en pensant à la façon dont Jones avait blêmi à sa vue.) Tu crois qu'il va me le pardonner un jour ?

– Te pardonner ! Ma petite chérie, je parie cher que ce fut pour lui le moment le plus exaltant de sa journée.

– Ça va être une belle journée, n'est-ce pas ?

– Il n'y aura que des beaux jours, à partir de maintenant. C'est justement pour cela que je t'appelle. Tu as mangé ?

– Non.

– Allons déjeuner au club, tu veux bien ?

– Ce n'est pas un peu tôt pour aller dans un night-club ?

– Le country club, idiote.

– Oh.

Cordelia tripota son ourlet. Bien sûr, *The White Cove Country Club* : elle avait lu que les Grey n'en étaient pas membres, parce que quelqu'un d'autre avait approvisionné le club en alcool, mais bien entendu toutes les autres familles riches du coin en faisaient partie.

– Oui, bien sûr. Dois-je le dire à Charlie ?

– Non !

La réponse précipitée d'Astrid surprit Cordelia, qui se demanda si elle avait commis un impair.

– Mais je croyais que tu l'aimais ?

– Mais oui, j'aime Charlie, Charlie m'aime, et tout le monde le sait, répondit-elle d'une voix enjouée et enfantine. Sauf que je ne suis pas d'humeur à le voir, en ce moment.

– Bon, d'accord.

– Donc évite de croiser Charlie en partant, et essaie de demander à Danny, tu sais, le petit jeune, le vigile que tu as embobiné le soir de la fête, de te conduire...

Cordelia eut un petit sourire, puis elle se souvint qu'Astrid ne pouvait pas la voir. Si certaines maisons d'Union avaient des téléphones, celle de tante Ida n'en possédait assurément pas. C'était nouveau pour elle, et un peu particulier, de parler ainsi avec la voix désincarnée de quelqu'un.

– Je te vois au club dans une heure ?

– Parfait, ma chérie. *Bisous, bisous*[1] !

– *Bisous*, répondit Cordelia, sans savoir ce que signifiait ce mot.

Une heure plus tard, quand la fille de Darius Grey, que tout le monde mourait d'envie d'apercevoir, entra sur la terrasse du *White Cove Country Club*, Astrid Donal était déjà installée à une table en coin offrant une vue magnifique sur le paysage. Comme tous les clients assis sous l'auvent à rayures bleues et blanches au-dessus des tables rondes, Astrid portait un pull-over blanc ras du cou, et un chapeau de paille qui ombrait son joli visage.

À côté d'elle se trouvait Billie Marsh, sa demi-sœur, étudiante au Barnard College à Manhattan, qui portait d'habitude des couleurs sombres, mais respectait cet après-midi le code vestimentaire implicite du lieu avec son pantalon et son chemisier blancs. Elle ne se conformait pas pour autant à la tradition selon laquelle les femmes qui fumaient devaient le faire discrètement ; son paquet de Chesterfield était ostensiblement posé sur la table devant elle. Ses cheveux bruns à la coupe masculine étaient lissés derrière ses oreilles, et de petites lunettes de soleil rondes cachaient ses yeux. Les deux jeunes filles ne semblaient pas, à première vue, membres de la même famille, et il était possible, compte tenu des vies que menaient leurs parents, qu'elles envisagent tout arrangement privé comme plus ou moins provisoire.

– Ça ne peut pas être elle, fit Billie en soufflant un nuage de fumée, d'un ton qui disait le contraire.

Il y eut un petit bruit musical de tasses en porcelaine

1. En français dans le texte.

qu'on reposait sur leurs soucoupes. La rumeur des conversations se tut d'un coup, puis une sorte de bourdonnement s'éleva. Astrid vit alors une grande fille approcher de la table des Marsh dans une robe rouge à encolure bateau, ample à la taille et ajustée aux hanches. Astrid avait vu cette robe la veille chez *Bergdorf* sur Cordelia, et lui avait dit qu'il fallait absolument qu'elle la prenne. Elle lui allait à ravir. Mais la coupe était très audacieuse pour une institution aussi ancienne et convenable que le *White Cove Country Club*, et la couleur rouge était une révolution, contrevenant à des décennies de tradition.

– Elle a du courage, commenta Billie.

– Oui, répondit Astrid juste avant que Cordelia n'arrive à portée de voix. C'est l'une des premières choses que j'ai remarquées chez elle.

S'ensuivit un petit moment d'embarras, au cours duquel Cordelia semblait hésiter sur la bonne façon de se présenter et de les saluer. Mais Astrid tendit rapidement les bras vers elle pour accueillir sa nouvelle amie qu'elle embrassa sur les deux joues.

– Cordelia Grey, je te présente ma demi-sœur, Billie Marsh. (Les filles se serrèrent la main.) Elle insistait pour te rencontrer.

– Enchantée, dit Billie.

– Moi de même, répondit Cordelia avant de s'asseoir.

– Je meurs de faim, dit Astrid. Pouvons-nous commander, s'il vous plaît ?

Elles retournèrent à leurs menus, et Astrid remarqua que Cordelia regardait par-dessus son épaule les gens autour d'elles qui murmuraient tous en mettant leurs mains devant leurs bouches.

– On me regarde, chuchota-t-elle.

– Oui. (Astrid referma d'un coup sec le menu.) Ignore-les, ma chérie. Ils sont affreusement choqués que tu portes du rouge. On s'habille en blanc, au club !

– Tu as rendu un service d'intérêt général, vraiment, ajouta Billie du ton impassible qui lui était habituel.

– Exactement. (Astrid fit signe au serveur.) Comme ça tout le monde aura de quoi bavarder au dîner.

– Ils ont tous envie de te rencontrer, tu sais. (Billie ôta sa cigarette de sa bouche et sourit.) Je ne suis pas la seule.

– Je ne savais absolument pas que j'étais censée venir en blanc. (Un léger désarroi se peignit sur le visage de Cordelia, puis elle haussa les épaules, et ses yeux brillèrent à nouveau.) Mais je suis toujours ravie de me rendre utile, et de toute façon, tu ne disais pas que tu mourais de faim ?

– Mais oui !

Elles commandèrent du bacon, de la laitue, des sandwichs à la tomate et du thé glacé, et se réjouirent de se voir observées par les membres très collet monté du club privé, manifestement ravis de ce petit scandale. Leur déjeuner arriva, et Astrid, qui commençait à mordre dans son sandwich, était au comble de la félicité. Chaque bouchée était fraîche, croquante et salée, elle avait une nouvelle amie attachante et captivante, elle qui n'avait pas eu l'occasion de parler à quelqu'un d'intéressant depuis longtemps, et elle était enchantée d'avoir réussi à éviter Charlie. Sans compter qu'elle avait attiré sa sœur dans le club où il se faisait un point d'honneur de ne pas mettre les pieds.

Il lui avait menti ; c'était un mensonge subtil mais, elle en était sûre, il lui avait menti. En effet, Cordelia et lui s'étaient rencontrés dans un night-club, un soir où il lui avait assuré n'avoir rien fait, hormis régler une petite affaire – elle s'en souvenait précisément. La nuit d'avant, quand elle et Cordelia étaient sorties avec la bande de Charlie, cela lui avait été confirmé – Danny, le plus jeune des hommes de Grey, ne cessait de s'excuser à cause d'un incident qu'il avait provoqué au *Septième Ciel*, disant qu'en fait, tout était la faute de Charlie. Astrid en était sûre. Même si le mensonge ne la dérangeait pas particulièrement, elle devinait qu'une fille devait toujours réagir à ne serait-ce que la plus petite transgression par une bouderie d'un jour ou deux, pour que son compagnon s'interroge, et pour lui rappeler qu'il allait devoir se dépasser pour la reconquérir. Cependant, rien de tout cela ne troublait Astrid à ce moment-là. La journée était belle et limpide, et quand Billie eut fini de manger et qu'elle alluma une autre cigarette, ce geste lui sembla ponctuer l'agréable indolence de la journée.

Mais bientôt, le plaisir d'Astrid s'évanouit.

– Bonjour, les filles.

De l'autre côté du muret de pierre qui bordait la salle à manger en terrasse, se tenait la troisième Mrs Marsh, vêtue d'un jodhpur et coiffée d'une bombe de velours noir. Avec son petit sourire narquois, elle avait l'air d'une personne très satisfaite d'elle-même. Luke se tenait à quelques mètres derrière elle. La gorge d'Astrid se serra. Le contraste entre son physique, son corps dur et musclé et son regard triste et doux était aussi saisissant que l'autre jour. Elle trouva le même plaisir à le regarder. Le soleil brillait ; elle fut contente de devoir plisser les yeux, pour cacher leur expression. Ainsi il ne verrait pas qu'elle était sous son charme.

– Quelle est cette charmante personne ? demanda la mère d'Astrid.

– C'est ma nouvelle amie Cordelia Grey, annonça Astrid avec une sorte de fierté dans la voix, mais sans pouvoir sourire. Je te présente ma mère, Virginia.

– Ah, la fameuse Cordelia Grey ! s'écria emphatiquement Mrs Marsh.

Elle avança d'un pas et tendit la main pour serrer celle de Cordelia. Elle semblait fascinée, son regard brûlait d'une curiosité qui aurait pu contrarier Astrid si elle n'avait pas eu à lutter pour ne pas regarder derrière elle le beau garçon en jeans, qui avait du mal à ne pas faire de même. La peau de son visage sur lequel tombaient ses cheveux noirs était délicate. Il essayait de détourner son regard de la jeune demoiselle Donal.

– Nous avons tous entendu parler de vous, vous savez, continua Virginia Marsh. Quel bonheur que vous ayez retrouvé votre père. J'espère que vous viendrez nous rendre visite. Mon mari et moi aimons les distractions.

– Merci, répondit Cordelia.

– Je vous présente Luke, mon maître d'équitation.

– Je ne pensais pas que vous aviez besoin de leçons, Mrs Marsh, remarqua Billie en allumant une autre cigarette.

– On peut toujours se perfectionner.

La mère d'Astrid bougea, cachant ainsi à sa fille la vue de Luke, ce qui emplit Astrid d'une tristesse incompréhensible. Elle ne voulait rien de particulier du garçon qui la conduisait autrefois sur son poney, sauf qu'elle trouvait ses yeux agréables à regarder, qu'elle n'avait pas envie de cesser de le faire, et ne pensait à rien d'autre. Il était comme l'été, l'été qu'elle aimait tant. Si elle pouvait formuler un vœu, ce serait de vivre un éternel été.

– Et Luke est un excellent maître d'équitation.

– Je veux bien le croire.

Astrid se pencha de sorte qu'une partie du visage du jeune homme lui fût de nouveau visible, et ses doux cheveux blonds tombèrent de façon ravissante sur l'une de ses joues.

– Il faudra que vous me donniez une leçon, un de ces jours, ajouta-t-elle.

Ce disant, elle coula vers Luke un regard charmeur. Virginia Donal de Gruyter Marsh se raidit et prit la main du jeune homme.

– Il est très occupé, ma chérie. Nous demanderons au club de mettre quelqu'un d'autre à ta disposition. Tu as vraiment besoin de t'astreindre à une discipline.

Puis la dame tourna les talons et marcha en direction de la pelouse, traînant le beau jeune homme derrière elle comme un accessoire. Astrid bouillait de rage : elle ne pouvait souffrir sa mère. Son désir que le jeune homme se retourne et la regarde à nouveau le disputait au souhait que Virginia se torde à l'instant la cheville, en plein soleil, sous le regard de tout le *White Cove Country Club*. Mais Virginia Marsh ne vacilla pas, et quand Astrid s'obligea à détourner les yeux des silhouettes qui s'éloignaient, elle remarqua que sa nouvelle amie se levait de table.

– Où va Miss Grey ? demanda Billie tandis que Cordelia s'éloignait.

– Je n'en ai pas la moindre idée.

Cordelia, elle aussi, marchait sous le soleil à pas légers, réalisant soudain que New York, cette métropole aux millions d'âmes, n'était qu'une petite ville comme n'importe quelle autre. Parce que, seul et debout sur la pelouse, une cigarette entre les doigts et les yeux tournés vers le terrain de golf, se tenait le garçon aux cheveux cuivrés qui lui avait dit de si jolies choses le soir où elle s'était disputée avec Letty.

– Je suis désolée d'être partie si vite l'autre soir, avant même de savoir comment vous vous appeliez, dit-elle en s'approchant de lui.

Il tourna la tête. Surpris de la voir, il sourit.

– J'avais l'espoir de vous rencontrer quelque part.

– Vraiment ?

L'air était chaud sous le soleil, et la conscience de porter un vêtement d'une couleur qui n'était pas de règle dans un club de loisirs se dissipa sous le regard appréciatif du jeune homme. Sa vue lui provoqua le même trouble vertigineux qu'au night-club, et elle sut alors que ce vertige-là ne devait rien à ses premières gorgées d'alcool.

– Oui, je n'ai pensé qu'à cela. En fait...

– Thomas !

Ils se retournèrent d'un même mouvement. Une femme mince au visage ombré par le bord de son chapeau blanc lui faisait signe au loin sur la pelouse.

– Maintenant vous connaissez mon prénom, dit-il tout en levant le bras pour répondre au signe de la femme au chapeau blanc. J'espère que vous n'êtes pas déçue, il m'a toujours semblé plutôt commun.

– Thom. (Elle balança la tête, savourant la sonorité du prénom.) Vous ne m'en êtes pas moins sympathique pour autant.

Il sourit.

– Thomas ! appela encore la femme.

– Ma mère, expliqua-t-il d'un air à la fois agacé et indulgent. Je n'aime pas particulièrement le golf, mais je lui ai dit qu'aujourd'hui je l'accompagnerais. Je crois que je vais devoir tenir ma promesse...

– Oh.

Cordelia sourit bravement, espérant que son visage ne trahirait pas à quel point elle était déçue à l'idée de le voir s'éloigner, peut-être pour toujours, sans aucune garantie de le revoir.

– Je vous souhaite une bonne journée. À bientôt.

– Attendez, dit-il, bien qu'aucun d'eux n'ait bougé d'un seul pas. Pourrai-je vous revoir ?

Elle ne put retenir le sourire qui s'épanouit sur son visage.

– Bien sûr.

– Demain ?

Elle fit oui de la tête et se mordit la lèvre.

– Je passerai vous prendre à six heures. Où habitez-vous ?

– Vous connaissez Dogwood ?

Son regard se voila imperceptiblement. Quand elle l'avait rencontré, la première fois, elle avait cru que ses yeux étaient verts, mais maintenant elle les voyait presque bruns, sous une autre lumière, ou sous l'emprise d'une humeur différente. Elle supposa qu'il savait qui était le propriétaire de Dogwood, et peut-être était-il intimidé par l'idée de sortir avec une fille de bootlegger. En tout cas, cela ne sembla pas le faire hésiter.

– À six heures, alors ?

– Oui, seulement... (Elle s'interrompit, se demandant si Charlie allait jouer le rôle de chaperon et l'accompagner.) Seulement, pourrez-vous passer me prendre sur la route en face ?

– Thomas ! cria sa mère pour la troisième fois.

Thom sourit et se pencha pour baiser la main de Cordelia.

– Alors à demain, dit-il avant de s'en aller.

Même après s'être retournée, elle eut conscience qu'il la regardait encore. Elle sentit presque l'agréable poids de son regard sur ses épaules. Comme elle traversait la pelouse émeraude, silhouette rouge sur un fond de ciel bleu parsemé de nuages blancs, elle s'aperçut qu'il n'était pas le seul à la regarder. Tous ces visages blancs sur ces corps vêtus de blanc, sous l'auvent ou sur la pelouse, semblaient se mouvoir légèrement comme pour mieux la voir. Lorsqu'elle retourna dans la salle à manger, la table des Marsh était devenue celle dont on parlait le plus de l'après-midi, et elle commença à comprendre que ce n'était pas seulement la couleur de sa robe qui attirait l'attention.

– Sais-tu qui est ce garçon ? demanda Astrid à Cordelia qui prenait place.

Elle avait un ton incrédule, un peu tendu, qui laissa entendre à Cordelia que ce garçon avait une certaine importance.

– Il s'appelle Thom. (Cordelia prit une gorgée de thé glacé et adressa un clin d'œil à son amie.) Mais je préfère ne pas en savoir davantage sur lui pour le moment.

Les yeux d'Astrid pétillèrent, elle leva un sourcil, puis sourit d'une façon bienveillante, laissant son amie libre de ne pas s'expliquer. Ne connaissait-elle pas elle aussi les inquiétudes de l'amour ? Elle n'allait pas empêcher Cordelia de faire ses propres erreurs, encore moins de prendre du bon temps.

10

Laisse-moi faire, et s'il te pose des questions, contente-toi d'être belle sans essayer de répondre trop intelligemment, d'accord ? chuchota Paulette en traversant d'un pas rapide la piste de danse du *Septième Ciel*.

– Très bien.

Letty la suivait, étonnée de voir à quel point l'aspect du night-club semblait différent avant son ouverture, quand la lumière du jour filtrait à travers les hautes fenêtres cathédrales. Le plancher éraflé et les petites tables rondes sans bougies avaient l'air ternes. Il n'en restait pas moins que la salle exhalait la promesse de l'éclat et de la gaieté qui viendraient après le coucher du soleil.

– Oh, Mr Cole ! s'exclama Paulette d'une voix chantante, plus douce que celle qui lui était habituelle.

Letty reconnut tout de suite le petit homme en queue-de-pie qu'elle avait vu en entrant dans le night-club avec Cordelia et les filles de Washborne.

– Oui ? fit-il sèchement, levant les yeux d'une pile de journaux dans un coin du bar.

– Mr Cole, c'est la jeune fille dont je vous parlais. Letty Larkspur. N'est-elle pas divine ?

Le regard de Mr Cole se déplaça avec indifférence de Paulette à la fille qui se tenait derrière elle.

– Elle est petite.

– Nous lui mettrons des talons hauts, répondit vivement Paulette.

– Mais je n'ai plus besoin de vendeuses de cigarettes.

– Oh, Mr Cole, je sais. (Paulette battit des cils, et sa voix se fit encore plus douce.) Mais vous ne vous souvenez pas que vous vous plaigniez que nous vous faisons défaut dès que vous nous faites une remontrance ? Ne pensez-vous pas que ce serait une bonne idée d'engager maintenant une nouvelle fille, pour que vous ne soyez pas pris de court la prochaine fois que l'une d'entre nous fait une faute ? Je vais tout lui apprendre moi-même, et elle travaillera dur, je vous le promets.

Mr Cole soupira. Son regard glissa encore une ou deux fois de l'une à l'autre, puis il regagna son tabouret de bar et replongea dans ses paperasses. Découragée, Letty regarda Paulette, qui retenait son souffle. Il avait probablement été stupide de leur part de penser que Letty était suffisamment avertie pour évoluer au milieu de tous ces beaux citadins, nuit après nuit.

C'est alors que Mr Cole déclara, tournant le dos sur son tabouret :

– Une semaine. Je vous prends à l'essai une semaine. Si, à la fin de cette semaine, j'estime que vous ne me convenez pas, vous devrez partir, et sans rechigner.

Cela n'avait pas vraiment l'air d'une offre d'emploi, pourtant Letty comprit très vite que c'était le cas. Elle rayonnait.

– Oh, merci, Mr Cole ! se réjouit-elle. Je travaillerai dur et ne vous causerai aucun problème, je vous le promets !

Paulette lui tendit la main avec un clin d'œil complice.

– Viens, mon ange, laisse-moi te montrer comment il faut faire.

Tandis qu'elles traversaient le club, Letty ne put s'empêcher de tourner la tête pour regarder la piste de danse avec un certain respect. Plus tard, la musique et les éclats de rire s'envoleraient jusqu'au plafond voûté, et Letty serait enfin là à sa place, et c'en serait fini de cette timide étrangère qui jetait des regards furtifs dans la salle. Un jour, elle l'espérait, elle grimperait les échelons, mais pour l'heure, une porte s'ouvrait sur un nouveau monde fascinant.

Quelques notes de fanfare sortant d'un cornet à piston attirèrent son attention vers le chœur. Quand elle se retourna, elle s'aperçut que tous les hommes de l'orchestre l'observaient depuis quelque temps déjà, et le rouge lui monta aux joues. Le trompettiste se tenait au bord de la scène, en manches de chemise, penché vers Letty et cherchant son regard tout en exécutant quelques mesures. Un instant, elle crut qu'elle ne pourrait dissimuler son embarras, mais quand elle réalisa que cette mélodie lui était familière, elle ne se sentit plus aussi intimidée.

– Je connais cette chanson, mais où l'ai-je entendue ? demanda-t-elle en avançant vers la scène.

Il baissa son instrument.

– C'est juste un air que nous jouions à l'orchestre militaire de l'université, il y a longtemps, à Cleveland. Je doute que vous l'ayez entendu, ma petite dame.

– Non, non, j'en suis sûre. Je suis de l'Ohio, et il me suffit d'entendre une chanson une seule fois pour ne jamais l'oublier. Je suis chanteuse, vous savez.

– De quelle région de l'Ohio ?

– D'Union. Mais ma mère était danseuse au ballet de Cleveland, et quand nous étions petits elle nous y emmenait chaque fois qu'il y avait un défilé. (Disant cela, Letty ne put s'empêcher de rougir.) Bien sûr, Cleveland était pour nous une grande ville, car à cette époque-là, New York n'était encore qu'un rêve pour nous.

– Je suis né à Defiance, répondit-il en souriant. Vous deviez être une petite fille quand j'en suis parti.

Ils rirent tous deux en s'apercevant que le monde n'était finalement pas si grand que cela. Puis l'homme leva sa trompette et joua quelques autres mesures. Letty chantonna, les yeux fermés, émue par la musique et le souvenir de sa mère qui aimait tant les cérémonies militaires.

– Allez, lui dit Paulette en la tirant doucement par la main.

– Restez plus tard, un soir, pour chanter avec nous, Letty, lui lança le trompettiste alors qu'elle s'en allait.

– Ils avaient l'air gentils, chuchota Letty, souriant à l'idée de cette invitation, tandis qu'elles s'éloignaient de la piste de danse et entraient dans le vestiaire.

Des portants de vêtements bordaient les murs ornés de miroirs, comme si des danseuses de music-hall et non des vendeuses de cigarettes venaient s'y habiller. Le coin tout au fond était occupé par un vieux lit de repos, où les filles, supposa Letty, devaient se délasser pendant leur pause.

– Ah, ça, pas de problème ! s'esclaffa Paulette. Les musiciens d'orchestre sont toujours aux petits soins pour les nouvelles vendeuses de cigarettes ! Écoute, mon ange, j'observe quelques règles simples de comportement quand je travaille et quand je suis dehors en ville, et il serait sage que tu les suives, toi aussi. La première : ne pas sortir avec les musiciens.

– Oh, mais je ne veux pas sortir avec David ! Il doit avoir au moins dix ans de plus que moi, de toute façon. C'est juste qu'il avait l'air gentil... et ça me plairait de m'entraîner au chant avec l'orchestre.

– OK, dit Paulette en lui souriant du coin des lèvres. Mais fais attention.

Consciente de tout ce qu'elle devait à Paulette, Letty lui demanda d'une voix douce :

– Quelles sont les autres règles ?

– Deux : ne jamais accepter un verre pendant ton service. Sinon tu finiras par devoir rembourser tous tes salaires à la maison, à cause de tout l'argent que tu lui auras fait perdre. Trois : si tu acceptes un verre de la part d'un homme, après ton travail ou quand tu sors, laisse-le toujours boire avant toi. Cela t'épargnera de te réveiller dans des appartements inconnus. (Paulette lui jeta un regard complice et se dirigea vers un portant où étaient suspendues des tenues de couleur blanc cassé.) Nos tenues... Mr Cole insiste sur le blanc. Une couleur qui nous fait ressembler à des vierges célestes... Ah ! Règle numéro quatre : si un client te donne un bon pourboire, ne t'extasie pas, fais comme si ce n'était qu'une faveur. Fais comme si tu y avais droit, parce que, mon chou, c'est le cas. Ils apprécieront.

Letty approuva et regarda par-dessus l'épaule de Paulette qui choisissait une tenue.

– Cinq : dis-en le moins possible. Les hommes trouvent cela mystérieux, alors ils voudront en savoir plus sur toi, et ils te donneront pour cela des pourboires mirobolants. Ou bien ils t'offriront des verres ou t'apporteront des cadeaux. Quoi qu'il arrive, ta compagnie sera recherchée. Dis-moi, ce n'est pas formidable ?

Avec un grand sourire, Paulette prit une petite robe chasuble et la décrocha du portant. Letty préféra quant à elle une robe d'un style plus féminin, plus classique, avec des volants à l'encolure et à l'ourlet, serrée à la taille, que même son père aurait approuvée. Sauf que celle-là montrait beaucoup ses jambes, recouvertes de résille acajou. Tandis qu'elles s'habillaient et se maquillaient, d'autres filles entraient les unes après les autres en échangeant les derniers potins, agitant des cigarettes à moitié consumées et enlevant leurs bigoudis.

Paulette partagea quelques autres petits tuyaux de survie avec Letty, mais si elle avait voulu être vraiment honnête, elle aurait pu inclure la leçon suivante : qu'il est souvent profitable d'oublier. Oublier les couleuvres qu'on avale, oublier les coups que la vie vous porte, et aller de l'avant. Depuis chaque immeuble, dans toutes les directions, dans chaque rue de la ville, des gens pas encore assez vieux pour avoir des rides sur le front dissipaient leurs mauvais souvenirs dans les rires, confortablement installés dans des tombeaux d'oubli. Ceux qui suivaient la parole de Dieu et ceux qui préféraient s'adonner à ce que les prêtres appelaient le « vaudou », ou quelque chose de ce genre. Des gens de partout, qui cherchaient l'oubli dans l'alcool, dans la religion, ou dans la satisfaction béate de l'accumulation de leurs biens. Ils se réjouissaient à l'avance, imaginant des lendemains qui chantent, écartant de leur esprit toutes les horreurs qui risquaient d'interrompre brutalement leurs rêves, écoutant les jolies histoires de ceux qui prêchaient du haut de leur chaire.

Dans le vestiaire du *Septième Ciel*, juste au moment où Letty commençait à bien intégrer l'art de badiner, Paulette lui annonça :

– C'est l'heure.

La gorge de Letty se serra.

– Allez, courage et bonne chance, lui dit Colleen, la fille avec qui elle venait de discuter en compagnie de la chanteuse du club. Elle s'appelait Alice Grenadine. C'était la petite amie de Mr Cole, et elle chantait comme un pied.

– Ne t'inquiète pas, tu seras parfaite, lui dit Paulette en attachant un plateau à la taille de Letty, où étaient soigneusement disposés des paquets de cigarettes, des friandises et autres plaisirs de bouche.

Avec un sourire rassurant, Paulette se tourna vers le bruit et la lumière. Letty inspira profondément et suivit son amie qui marchait vers la piste de danse. Le temps qu'elles s'habillent et récapitulent les particularités de leur travail, le *Septième Ciel* s'était transformé. La lumière était chaude et diffuse, et les tables se remplissaient. La rumeur enfiévrée des voix montait dans l'air.

Letty poussa soudain un cri de douleur : concentrée sur les clients, elle s'était cogné le coude contre le bois d'un tabouret de bar. Mais la gêne qu'elle ressentit de se montrer aussi empotée fut plus grande que sa douleur. Elle plissa les yeux, s'efforçant de ne pas pleurer.

– Je suis désolée. Je...

– Ne vous inquiétez pas. (C'était la voix d'un homme, douce et sincère.) En fait, je suis venu ici en espérant tomber sur vous, et maintenant il se trouve que c'est vous qui êtes tombée sur moi...

Letty rouvrit les yeux. Elle mit un moment avant de reconnaître l'homme qui, du tramway, avait applaudi la veille à sa chanson. Letty fut tellement soulagée de voir un visage bienveillant qu'elle lui rendit son sourire. Cela parut lui plaire, d'autant qu'il rougit. Il avait le béguin pour elle, pensa-t-elle, du moins il la trouvait jolie, et elle se sentit moins embarrassée par sa maladresse. Puis elle comprit enfin qu'il avait joué sur les mots.

– Excellent, monsieur.

– Mr Lodge. Mais mon prénom est Grady.

Elle sourit, les yeux pétillants. Il avait un joli nom et un beau visage, et il était vêtu du même costume à chevrons et de la même culotte de golf que la veille. Il ne portait en revanche plus son canotier, et ses cheveux blonds étaient séparés par une raie au milieu.

– Et vous, comment vous appelez-vous ?

– Letty Larkspur.

– Letty Larkspur, répéta-t-il.

Elle vit qu'il semblait apprécier son nom autant qu'elle avait apprécié le sien.

– Quel joli nom. Vous devez être de New York, avec un nom pareil.

– Non, je viens de l'Ohio, répondit-elle, remarquant que Paulette l'observait de loin, parmi les tables. Mais maintenant je vis ici.

– Alors bienvenue à vous, Miss Larkspur. Je trouve que vous avez l'air d'une citadine.

Elle jeta un regard inquiet à son habillement, qu'elle n'aurait certainement jamais osé porter à Union.

– Merci, Mr Lodge. Et vous, d'où êtes-vous ?

– Je suis un des rares natifs de New York, je m'y connais, donc. Je suis écrivain, aussi, et je passe une grande partie de mon temps à observer les gens. Croyez-moi, je vois tout de suite quand quelqu'un se démarque des autres, a quelque chose de particulier qui vaut la peine d'être découvert, et vous avez cette particularité, Miss Larkspur.

Avant qu'elle ait eu le temps de comprendre ce qu'il voulait dire par là, Mr Cole s'approcha du bar.

– Larkspur, vous n'êtes pas là pour flirter. Ne restez pas là.

Elle ne sut plus où se mettre quand elle se rappela qu'elle n'était qu'à l'essai, et se dit que ce n'était pas le moment d'avoir l'air embarrassé. Après avoir regagné la piste de danse sans un regard aux deux hommes, elle se découvrit une étrange confiance en elle-même. Paulette lui avait conseillé d'en dire le moins possible, et elle avait sans doute bien fait de filer ainsi sans un mot. Elle essaya de paraître affairée, ce qui fut très rapidement le cas, et se dit que sa sortie avait dû sembler tout à fait à propos et déterminée.

Malgré son embarras, elle ne put s'empêcher d'être troublée par l'attention qu'elle suscitait. Personne n'avait jamais paru s'intéresser à elle à Union, excepté quelques garçons de ferme aux dents en avant et aux mains sales. Cordelia lui avait toujours expliqué que, dans leur province arriérée, seules les filles robustes capables de résister à des années de labeur et de maternités intéressaient les hommes, et qu'une jeune fille aussi délicate et radieuse que Letty les jetait dans la perplexité. Et bien qu'un doute planât désormais sur tout ce que Cordelia lui avait dit depuis toujours, Letty voulut bien croire que peut-être, cette fois-là, elle avait exprimé une vérité.

Après avoir réalisé quelques ventes, un peu rougissante et maladroite, mais avec succès, elle trouva le courage de regarder dans la direction de Grady. Il était encore là, l'observant depuis le même tabouret de bar tandis qu'elle évoluait avec son plateau entre les tables autour desquelles se pressaient les clients. C'était presque comme s'il l'applaudissait, comme l'autre jour, mais cette fois secrètement.

Une femme menue, coiffée de ce qui ressemblait à un bonnet de bain à perles, acheta un paquet de Lucky Strike, et une fois que Letty eut compté sa monnaie, elle entendit Paulette dire à l'oreille de la femme, avec un grand sourire :

– Une soirée de travail, et Letty Larkspur a déjà un fan !

Letty sourit et ne dit rien. Mais elle commençait à penser qu'elle allait pouvoir aller jusqu'au bout de la semaine et garder ce travail aussi longtemps qu'elle en aurait besoin. Et ce dont elle était sûre désormais, c'est qu'elle pourrait se débrouiller seule dans la ville, et qu'elle n'avait nul besoin de Cordelia pour survivre.

II

Malgré la nouvelle vie incroyablement belle de Cordelia et le luxe inhabituel des draps dans lesquels elle s'endormit, des rêves sombres et angoissants habitèrent son sommeil. Quand elle enleva son loup après cette nuit tourmentée, elle ne trouva rien de terrifiant au spectacle de sa chambre. Une jeune fille aux yeux bleus asymétriques et aux cheveux courts pas très propres, vêtue d'un uniforme noir et blanc, était debout à son chevet avec le plateau du petit déjeuner.

– Bonjour, mademoiselle, dit la jeune fille avec un accent anglais chantant. Je m'appelle Milly, je suis votre femme de chambre.

– Bonjour.

Cordelia reposa à nouveau sa tête sur les oreillers et referma les yeux. Des mèches de cheveux dorées par le soleil l'auréolaient. Le contenu de son dernier rêve s'évanouissait, il ne lui en restait que des bribes, il y était question de John, qui était mort, et d'une poursuite dont elle était l'objet. Dans son rêve elle portait le même slip en satin pêche que maintenant, sauf qu'il était déchiré et plein d'accrocs.

– Du café ? insista la fille.

– Merci. (Cordelia ouvrit un œil et la considéra. Une éventualité désagréable lui passa par l'esprit.) Où dormez-vous ?

– Au premier étage... Juste au-dessus de la cuisine.

Cordelia hocha la tête, soulagée, car la chambre de la jeune fille était assez loin pour qu'elle n'ait aucune chance de se rendre compte si sa maîtresse quittait la maison, tard le soir, sans la surveillance de son frère. C'était sûrement la raison de l'anxiété qui avait envahi sa nuit, supposa-t-elle : elle était tellement décidée à retrouver Thomas, ou Thom – peu importe comment on l'appelait – que sa seule crainte était que Charlie ne le découvre et qu'il n'insiste pour l'accompagner. Et là, ce serait nettement moins drôle.

– Très bien. Ce n'était qu'une petite curiosité de ma part. Vous pouvez poser le café.

Tandis que la servante traversait la pièce pour déposer le plateau sur une petite table, Cordelia replia son bras sur son visage, prête à retomber dans la somnolence, mais un bruit d'explosion dans la propriété mit brutalement fin à sa langueur.

Elle sentit l'angoisse de son rêve revenir en elle.

– Qu'est-ce que c'était ?

Milly avait serré les épaules, comme si elle était effrayée.

Cordelia rejeta les couvertures et enfila rapidement un peignoir en lin ivoire. Elle dévala deux par deux les marches de l'escalier principal. En descendant la dernière volée, elle entendit une autre explosion, cette fois plus forte et plus proche. Elle connaissait ce bruit. C'était celui d'un coup de fusil. Elle l'avait souvent entendu, quand son oncle Jeb voulait effrayer les coyotes.

Elle franchit les portes coulissantes, passant sous un étrange trophée de chasse, et entra dans la salle de bal. Les fins rideaux vaporeux qui recouvraient les portes-fenêtres du mur occidental ondulaient sous la brise, effleurant le parquet ciré de la salle. Cordelia entra dans la véranda composée de plusieurs niveaux reliés par des volées de marches en pierre dessinant des lacets, chacune décorée de balustres sculptés et de statues de pierre.

Dehors, la lumière blanche et radieuse l'éblouit quelques secondes, puis elle aperçut son père vêtu d'un luxueux peignoir en éponge par-dessus un pyjama noir dont le pantalon retombait sur des pantoufles en daim style mocassins. Debout au bord de la terrasse, il lui tournait le dos, un fusil de chasse sous le bras, se profilant sur les tons bleus et verts des collines de Dogwood.

Un peu à l'écart derrière lui, sous une arche en pierre qui le protégeait du soleil, Elias Jones était assis sur une chaise pliante en toile, regardant au loin, les yeux dans l'ombre de son chapeau. Jones tenait l'extrémité d'un fil relié à une machine installée juste devant la pantoufle droite de son père.

– *Pull !* hurla Darius.

Jones hésita, puis lança un objet circulaire qui vola au-delà des niveaux inférieurs de la terrasse et au-dessus de la pelouse. Cordelia vit son père lever le canon de son fusil pour suivre la trajectoire de l'objet blanc, puis tirer. L'objet explosa, ses débris s'éparpillèrent sur l'herbe.

Une odeur mêlée d'agrumes et de soufre emplit l'air. Soulagée que les tirs soient inoffensifs, Cordelia soupira suffisamment fort pour attirer l'attention des deux hommes.

Darius se retourna et, la voyant debout sur le seuil de la salle de bal, il l'appela :

– Cord !

Elle sourit et s'avança vers les bras tendus de son père. Cela lui faisait bizarre de le voir ainsi, dans la lumière du jour. Les mèches blanches de ses cheveux blond clair le vieillissaient davantage qu'elles n'accentuaient sa distinction, et bien que son visage bronzé aux mâchoires carrées fût encore beau, les rides autour de ses yeux accusaient son âge. Il posa une main sur la tête de sa fille et la serra tendrement contre lui.

– Jones, qu'allons-nous faire ? plaisanta-t-il. Je m'en vais quelques jours, et maintenant elle dort jusqu'à midi, exactement comme Charlie ! Bientôt elle sera aussi catastrophique que son frère, et je n'aurai personne à qui laisser mon royaume !

Cordelia regarda Jones, se demandant brièvement si elle devait dire à son père qu'elle était sortie tous les soirs avec Charlie et son cercle d'amis, puisque Darius lui-même avait décidé de la laisser sous la surveillance de son fils, et qu'elle n'avait en principe rien à se reprocher. Puis elle se souvint que, la veille, en flirtant sur la pelouse, elle avait éprouvé pour la première fois un sentiment inconnu. N'ayant jusqu'ici pas connu de père protecteur qui s'inquiétait des intentions des jeunes gens à son égard, elle éprouva le désir de lui cacher son intérêt pour Thom, espérant qu'il n'en ait pas entendu parler.

– Venez, Miss Grey, dit Jones en se levant. Prenez mon siège. D'autres affaires m'appellent, de toute façon.

– Oui, assieds-toi, ma chérie, lui dit Darius. Puis, à Jones : Fais-nous apporter du café, s'il te plaît.

Jones ne sembla pas réagir à cette requête, mais claqua assez fort les portes de la salle de bal en partant. Hasard, ou expression de sa colère ? Cordelia n'aurait pu le dire. Elle regarda son père, qui ne semblait pas troublé le moins du monde. Quand il se remit à parler, ce fut si affectueusement qu'elle sut qu'il ignorait qu'un jeune homme inconnu allait passer la prendre dans quelques heures sur la grand-route.

– Lance-moi quelques pamplemousses, ma chérie.

Elle suivit la direction de son doigt, à droite de sa chaise, et aperçut un cageot plein de gros fruits jaunes. L'odeur d'agrumes venait de là. Elle se pencha, en prit trois et les lança l'un après l'autre vers son père.

– Tu en as déjà mangé ? lui demanda-t-il en attrapant le dernier.

Au cinéma, parfois, elle avait vu de sveltes jeunes femmes se délecter d'un demi-pamplemousse à leur petit déjeuner, mais elle, elle n'y avait jamais goûté.

– C'est infect. Ceux-ci viennent directement de Floride. (Il se pencha et remit le fruit dans le cageot.) Dix dollars le cageot.

– Dix dollars le... ?

Elle n'arrivait pas à croire qu'il puisse dépenser autant d'argent pour des cibles de tir, mais elle essaya de ne pas paraître choquée.

– Oh mais ne t'inquiète pas, je ne vais pas faire faillite. J'en possède une quantité industrielle parce qu'une amie à moi faisait un régime à base de pamplemousses. Tu n'en as jamais entendu parler ? On mange des pamplemousses et des biscottes au petit déjeuner, des pamplemousses et des olives au déjeuner, et des pamplemousses à volonté pour le dîner.

Il fit un bruit dégoûté et cracha. Puis, comme s'il venait juste de réaliser qu'elle était là, il fronça les sourcils et jeta un regard attristé à sa fille.

– Ne crois pas que... cette amie... Crois-moi, aucune femme ne pourra jamais remplacer ta mère. Chère Fanny ! (Il soupira.) Comme elle aurait aimé cette maison. Si seulement j'avais eu les moyens de la faire construire à l'époque, quand je l'ai connue... (Ses traits s'altérèrent, une expression tourmentée le traversa.) Alors tous ces malheurs ne seraient pas arrivés.

– Vous l'aimez encore ?

Cordelia ne voulait pas laisser paraître à quel point cette question était importante pour elle. Elle se l'était posée tous les jours depuis ses dix-huit ans.

Darius ferma les yeux et les coins de sa bouche s'abaissèrent, comme si une douleur poignante venue de loin le submergeait soudain.

– Ta mère avait un type de beauté très pur. Elle aurait tout fait pour moi, aurait tout donné. Je mettais ses objets au mont-de-piété, nous vivions au jour le jour. J'imaginais que nous avions la vie devant nous.

Quand il rouvrit les yeux, son regard était particulièrement sombre.

– Oui, je l'aime toujours. Mais maintenant que je t'ai retrouvée, j'ai l'impression de ne pas l'avoir perdue tout à fait.

Cordelia se sentit heureuse. Comment répondre à une telle déclaration ? Elle se pencha pour ramasser l'extrémité du fil que Jones tenait.

– Voulez-vous que je... ?

Son père sourit.

– Merci, mon ange. Quand je crierai « *Pull !* » tu appuieras sur ce bouton.

– D'accord, dit-elle en s'adossant de nouveau sur la chaise et en croisant ses longues jambes.

Elle se sentait encore légèrement ensommeillée, mais c'était bon de se trouver là, assise à côté de son père, juste après son réveil. Le soleil, qui sortait de derrière un nuage de brume, fit étinceler les marches de pierre et les pelouses qui s'étendaient jusqu'aux vergers.

– De toute façon, continua Darius en se mettant en position de tir et en calant le fusil contre son épaule, la Floride est totalement corrompue. On commande une expédition de fruits hebdomadaire, et ils n'arrêtent plus, malgré vos protestations. C'est comme cela que je me retrouve avec une quantité invraisemblable de cageots, j'en ai encore pour quatre mois, et pas une seule pépée au régime pour les consommer. (Il haussa les épaules d'un air résigné.) *Pull !*

La puissance soudaine de sa voix la fit sursauter. Elle se ressaisit et appuya sur le bouton. La machine lança le pamplemousse dans le ciel, son père suivit sa trajectoire avec le canon de son fusil et pressa la détente. Le coup partit, résonna contre l'arcade de pierre, se prolongea jusqu'à la pelouse, et le fruit explosa dans l'air. L'odeur – celle d'une boîte d'allumettes qui s'enflamme, mêlée à celle du jus d'orange – s'éleva à nouveau. Darius inspira, les narines dilatées.

– Ce sont les odeurs de l'Amérique, énonça-t-il solennellement. Comme je te le disais : ne jamais investir en Floride. Tu t'en souviendras ? C'est un marécage infesté de serpents.

Le seul investissement que Cordelia ait jamais fait était un billet simple pour New York, néanmoins elle acquiesça.

– Ne jamais investir en Floride, répéta-t-elle.

– C'est comme l'Australie. Entièrement peuplée d'escrocs.

Il s'éclaircit la voix et rechargea son fusil. Avant que la moindre pensée ait pu traverser l'esprit de Cordelia, il continua :

– Je sais qu'à tes yeux j'ai l'air d'un escroc, mais crois-moi, je ne suis pas comme eux. Je suis un homme d'honneur, et je ne suis pas violent. Je fournis de l'alcool aux gens riches, du bon, importé d'Europe *via* nos voisins du Nord et du Sud, et je suis payé grassement pour le risque que je prends. Mais je ne suis pas un criminel, et tôt ou tard j'aurai engrangé assez de richesses pour pouvoir me lancer dans des affaires légales. Donc ne laisse personne te dire que ton papa est un criminel, d'accord ?

À part les dévots et les bigotes, personne ne se souciait de savoir comment Darius Grey gagnait son argent, et beaucoup le considéraient avec une sorte de respect mêlé de crainte. Comme elle n'avait pas envie qu'il sache avec quelle ferveur elle avait toujours lu les articles de journaux à son sujet, elle se contenta de répondre :

– D'accord.

– Très bien. Maintenant, aimerais-tu apprendre à te servir de ce bel objet ?

– Moi ? s'étonna-t-elle tout en se levant, tâchant de ne pas paraître effrayée.

Le fusil était plus lourd qu'elle ne s'y attendait, et quand elle essaya de le soulever, elle se trouva gauche. Mais Darius avait eu raison de souligner que l'objet était beau, avec son bois énoué et ses incrustations d'or, et elle aurait presque aimé que Thom pût la voir ainsi, telle une hors-la-loi, auréolée de la lumière romantique d'un rayon de soleil.

– Comme ça, dit Darius en lui montrant comment tenir le fusil. Là, contre ton épaule droite. Quand tu es prête, crie : *Pull !* Observe la trajectoire de la cible, mais ne perds pas de temps, compris ?

– Oui.

Cordelia imita la posture qu'il venait de lui montrer : bien campée sur ses jambes, les épaules bloquées, le regard fixé sur le canon. Elle entendit son père s'éloigner, prendre une grande inspiration et crier :

– *Pull !*

Elle dut appuyer très fort sur la gâchette, et remarqua à peine la trajectoire du fruit. La force avec laquelle le choc de retour du canon heurta son épaule lui coupa le souffle. Une volée de pigeons jaillit en criaillant d'un grand buisson, non loin des pamplemousses tombés sur la pelouse.

Ses yeux bruns grands ouverts, elle se tourna vers son père.

– Ce n'était pas bon, n'est-ce pas ? dit-elle.

Darius rit, puis lui sourit de son large et beau sourire.

– Tu veux la vérité sans détour ?

– Oui.

– Ce n'était pas très bon. (Il plissa les yeux et lui tapota l'épaule.) Mais tu apprendras. Cela demande un peu d'entraînement. Cela tombe bien, je n'ai rien de spécial à faire, maintenant. Et toi ?

L'horrible pensée lui traversa l'esprit qu'il faisait allusion à une certaine route où un certain jeune homme prévoyait de la rencontrer dans quelques heures. Mais comme Darius continuait de lui sourire, elle se dit qu'elle était peut-être un peu paranoïaque. Aussi lui répondit-elle simplement :

– Moi non plus.

– Alors c'est parfait, voyons donc si tu es une bonne élève.

Elle ne progressa pas tout de suite, mais quand le cageot fut vide, Cordelia avait réussi à toucher quelques pamplemousses en vol. Jones ne leur avait pas fait apporter le café, mais son père était si attentif, si diligent dans ses instructions, qu'elle ne voulut pas compromettre, avec une observation désagréable, le sentiment d'amitié et de complicité qui grandissait entre eux. Au bout d'un moment, il posa le fusil et lui déclara :

– Je pense que tu es prête pour apprendre à tirer au pistolet.

Ils prirent donc le reste des pamplemousses et les alignèrent sur un mur bas peint à la chaux près de la piscine turquoise. Il lui montra comment charger le pistolet à six coups. Il était plus lourd dans sa main qu'elle ne l'aurait imaginé, et avant de pouvoir se raviser, elle s'entendit lui demander :

– Vous vous êtes déjà servi de ce genre d'arme ?

– Servi ? (Il rit.) Je crois comprendre ce que tu veux dire. Non, non bien sûr que non. Je te l'ai dit, mes affaires n'impliquent aucune violence. Et de toute façon, je suis un homme bien trop important pour porter mon propre pistolet.

– Ah... bien sûr.

Elle n'eut alors plus rien d'autre en tête que de lui montrer combien elle apprenait vite. Elle se campa solidement sur ses jambes, leva les deux bras, plissa les yeux et appuya sur la détente. Le premier coup atteignit la cible, faisant exploser un pamplemousse rose contre le mur. Mais elle rata les coups suivants et au bout du compte n'en réussit que deux. Elle se tourna vers son père pour savoir ce qu'il allait en dire, mais son regard était perdu dans le lointain.

– Ça ira comme ça, tu ne penses pas ?

Sa voix était basse, presque lasse. Le cœur de Cordelia chavira, elle eut envie de revenir à quelques minutes en arrière, quand ils plaisantaient et parlaient légèrement.

Elle s'efforça de lui adresser son plus beau sourire, bien que déçue que leur premier après-midi ensemble tourne court.

– Oui. Merci pour la leçon.

Il passa un bras autour de son épaule.

– Tu vises bien. Tu seras bientôt une bonne tireuse.

Sur ces mots, il lui prit le pistolet des mains, en ouvrit la chambre et fit tomber les douilles sur le bord de la piscine.

– Tu as l'air d'avoir sommeil. Pas d'entraînement quand tu bâilles comme cela !

– Je ne bâillais pas, protesta Cordelia, qui n'avait pas conscience d'avoir montré le moindre signe de fatigue.

Il ne répondit pas.

– Tu ne dors pas bien ? Le lit n'est pas confortable ? s'inquiéta-t-il tandis qu'ils se mettaient en route vers la maison. Si tu as besoin de quoi que ce soit, n'hésite pas, demande-le. Je veillerai à ce que tu l'obtiennes.

– Oh. Merci ! (Cordelia rougit.) Mais je dors très bien, merci.

– Bien, bien !

Ils passèrent entre les rideaux blancs et pénétrèrent dans la salle de bal qui, remarqua Cordelia pour la première fois, ne devait pas avoir beaucoup d'utilité dans une maison où la plupart des invités étaient tenus de rester dehors lors des soirées qui s'y déroulaient.

– J'espère ne pas t'avoir ennuyée, avec mes histoires d'affaires...

Il s'interrompit, comme s'il réfléchissait à ce qu'il venait de dire. Les portes-fenêtres étaient encore ouvertes et, tout au bout du plancher en teck, elle aperçut les boiseries cirées qui avaient été le premier détail de la maison qui avait attiré son regard.

– Je rêve que tu t'y intéresses un jour.

Cordelia, surprise, haussa les sourcils.

– Je... Ce sera certainement le cas, fut la réponse qui lui vint à l'esprit.

– Bien. Dans mon travail, on doit être perspicace et savoir quand on doit se séparer de quelqu'un. Un ancien associé,

Duluth Hale, m'a pas mal occupé l'esprit ces jours derniers. Il faisait partie de ceux dont je devais me séparer. C'était un ami, je l'ai laissé s'occuper de très près de mes affaires, mais il ne sera jamais rien de plus qu'un bootlegger qui ravitaille les tavernes ici et là, et les jeunes bourgeois tout juste sortis de l'université.

Cordelia fronça les sourcils, mais resta silencieuse, à l'écoute.

– Il a conquis une mondaine, continua-t-il, qui l'a épousé pour contrarier ses parents, lesquels lui ont confié l'approvisionnement du *White Cove Country Club* dont ils étaient propriétaires, juste pour ne plus avoir à se faire du souci pour elle.

– J'ai lu dans un journal que vous n'y étiez jamais allé, c'est vrai ?

Darius acquiesça.

– Astrid et moi sommes allées y déjeuner hier. Je suis désolée, je ne l'aurais pas fait, si j'avais su.

– Ce n'est pas grave. Miss Donal est une jeune femme d'un excellent milieu, et tu peux aller partout où elle t'emmène. La seule chose : ne fais pas de sentiment, débarrasse-toi des poids morts, sinon ne t'étonne pas si un jour tu t'aperçois que tu ne peux plus compter sur l'un de tes amis. Tu as cette force, je te le dis, tu sais quand il faut te séparer de quelqu'un.

Troublée, elle essaya de paraître sincère et de mériter ses compliments. On aurait dit qu'il connaissait toute son histoire, qu'il savait que son train avait filé devant John Field quand elle quittait l'Ohio, qu'elle s'était séparée de sa plus vieille amie après une dispute stupide dont elle avait d'ailleurs oublié les détails. Elle n'avait pas eu l'intention de se débarrasser d'un fardeau, elle n'avait fait que ce qu'elle devait faire, mais une fois la chose accomplie, elle s'en était remise sans peine. Elle ressentit une certaine tristesse en prenant conscience de cela, mais également un grand réconfort de se voir si profondément, si mystérieusement comprise.

– Merci, dit-elle d'une voix calme.

Cette fois elle lui exprimait sa reconnaissance pour tout ce qu'il lui avait déjà donné, les grandes comme les petites choses.

– Maintenant va te reposer, ma chérie. Tu as l'air de tomber d'épuisement. Nous dînerons ensemble ce soir comme une vraie famille. À six heures. J'en ai assez que vous, les jeunes, fassiez bombance sans moi !

– Oh, mais...

Le rouge lui monta au visage, et bien qu'elle ait tant envie de dire à son père qu'elle aimerait dîner en famille, elle sentit que rien ne devait l'empêcher de rencontrer Thom.

– Mais j'ai promis à Astrid que j'irais à la garden-party que donne sa mère ce soir.

– Ah, fit Darius.

Il ne releva pas et sourit chevaleresquement. Pour elle, cette fable gâtait un peu ce bel après-midi, mais il ne semblait pas se douter qu'il y avait mensonge dans l'air.

– Ne t'en fais pas, ma petite chérie. Amuse-toi bien ce soir, nous dînerons ensemble demain...

Il l'embrassa sur le front et la laissa partir. Elle était presque montée jusqu'au deuxième étage quand elle l'entendit s'exclamer :

– Ma fille est revenue !

Elle jeta un coup d'œil par-dessus la rampe, mais elle ne le vit pas.

– J'ai toujours su qu'elle me reviendrait ! entendit-elle encore.

12

Il se trouve qu'il est plus facile de sortir de Dogwood que d'y entrer, caractéristique qui s'applique à de nombreux lieux de ce monde, mais pas vraiment aux situations de la vie.

Parmi les nouvelles possessions de Cordelia se trouvait une montre à cadran rectangulaire et à chiffres romains, qui était alors attachée à son poignet par un fin bracelet d'or. C'est ainsi qu'elle sut qu'il était exactement 17 h 49 quand elle se rendit compte que sortir de sa nouvelle maison était en effet mille fois plus facile que d'y entrer. Elle avait fait un détour par le parc, dans une robe à encolure bateau en mousseline de soie bleu nuit, à taille basse et au dos très décolleté, chaussée de sandales en peau de serpent à talons hauts qui ne cessaient de s'enfoncer dans la terre meuble. Ce soir elle avait voulu être jolie sans être trop voyante et elle fut consciente d'avoir au moins rempli cet objectif, après s'être faufilée derrière le dos du vigile sans qu'il s'en aperçoive. Il était appuyé contre le poste de garde, son regard dirigé vers la route, et il ne fallut à Cordelia qu'un tout petit peu de courage pour filer derrière lui dans la direction opposée.

La circulation était rare à cette heure, et le calme régnait alentour. Elle ralentit le pas, et son cœur battit moins fort. Même ses pieds ne faisaient aucun bruit en se posant sur le sol, un tapis d'aiguilles de pins amortissant chacun de ses pas. Une brise se leva autour de 17 h 52 ; les ombres s'allongeaient.

Elle craignait que Charlie ou que quelqu'un d'autre ne se mette à sa recherche, et aussi qu'il lui soit difficile de regagner plus tard l'accès au domaine des Grey. Mais à 17 h 56, quand elle arriva sur la route, toute pensée négative avait quitté son esprit.

Thom était déjà là, en costume blanc et cravate, appuyé contre son auto noire étincelante, les chevilles et les bras croisés. Il semblait l'attendre depuis quelque temps déjà, et ses traits ne montraient pas la moindre nervosité. Le calme et le silence régnaient. Il observait la route, dans sa direction. Quand il la vit approcher, il lui sourit.

Un instant, ils se regardèrent, se demandant comment ils devaient se saluer. Puis, avant que son émotion ne devienne trop visible, elle lui tendit la main.

– Ainsi, vous êtes la fille de Darius Grey ? lui dit-il toujours souriant, en lui serrant la main.

– Oui, il paraît.

Il siffla, puis laissa retomber sa main.

– Tout le monde parlait de vous, au club. Une question me brûle les lèvres : que font de leur temps les filles qui ne connaissent pas leur père, avant le moment merveilleux de leur retour inattendu ?

Cordelia éclata de rire, montrant ses belles dents. Elle essaya de se rappeler la remarque d'Astrid à propos de Thom, et lui répondit :

– Peut-être vous le dirai-je quand je vous connaîtrai mieux.

– Vous avez sans doute raison, approuva-t-il en contournant sa voiture.

Quelques secondes plus tard, il ouvrait la portière côté passager, invitant Cordelia à prendre place, comme un gentleman était censé le faire.

Quand elle s'installa, elle sentit la caresse de son regard attentif mais non moins tranquille et discret, qui resta un instant fixé sur elle avant qu'il referme la portière. Émue, elle tourna son visage vers lui et plissa les yeux. Sa beauté l'éblouit, elle eut du mal à le regarder en face – ce qu'elle n'eut pas à faire longtemps, car sans cesser de sourire, il referma la portière. Le bruit métallique résonna dans son esprit comme une traversée dans un autre monde : le monde de Thom, quel qu'il soit. Cet homme qu'elle ne connaissait pas, et qui possédait une si belle voiture, pensait-elle tandis qu'il retournait du côté du conducteur et posait les mains sur le volant garni de cuir.

– En ville ? lui demanda-t-il tout en faisant faire demi-tour à la voiture.

Elle fut soulagée de ne pas avoir à lui préciser qu'elle préférerait ne pas courir le risque de repasser derrière les gardes de son père.

– J'irai où vous m'emmènerez.

Elle avait voulu faire une réponse charmante, et quand elle eut prononcé ces mots, elle réalisa à quel point elle les pensait.

C'est ainsi qu'ils roulèrent sur la grand-route de White Cove, jetant de temps à autre un regard vers la mer bleue qui apparaissait entre les arbres, avec ses bateaux colorés voguant ici et là sur le détroit. Puis ils entrèrent dans la grande banlieue avec son architecture compacte et anarchique. À l'approche du crépuscule, ils échangèrent quelques mots sur la chaleur qu'il faisait et sur l'excellence des cocktails traditionnels. Cordelia tressaillit de joie quand ils traversèrent à toute allure le pont de Queensboro. Un croissant de lune se découpait sur le fond lavande du ciel, et le soleil couchant était déjà à moitié caché sous la ligne d'horizon que formaient les toits des gratte-ciel de New York.

– Qu'est-ce que c'est ? demanda Cordelia, montrant une longue bande de terre au milieu d'East River au-dessus de laquelle ils passaient.

– Blackwell's Island, expliqua Thom. C'est là qu'on enferme les criminels, vous ne le saviez pas ? May West y a passé dix jours, elle s'est vantée d'avoir emporté ses culottes en soie dans sa cellule. Et puis Dutch Schultz...

– Qui est Dutch Schultz ? s'enquit Cordelia, sans prendre le temps de se demander si elle n'aurait pas dû le savoir.

– Dutch Schultz ? Mais c'est le bootlegger du Bronx...

Il s'interrompit et jeta un coup d'œil à sa passagère. Son regard lui fit battre le cœur et oublier de quoi ils venaient de parler.

– Vous êtes vraiment toute nouvelle dans cette ville, n'est-ce pas ?

– Vous ne me croyiez pas jusque-là ? dit-elle en riant.

– Je suppose que vous n'avez aucune raison de me mentir, ne me connaissant pas.

Elle fut désappointée de constater que son ton était devenu grave, comme s'il réfléchissait à quelque chose.

Quand la voiture passa dans l'ombre de l'une des travées du pont, Thom cessa de plisser les yeux et reprit un ton plus léger :

– Si vous êtes vraiment toute nouvelle à New York, tant mieux pour moi ; comme cela, il me sera plus facile de vous impressionner.

– N'y comptez pas, repartit-elle d'un ton taquin.

À présent le plancher du pont descendait et, dans le crépuscule qui s'épaississait, le regard pétillant et amusé du jeune homme et l'éclat de son sourire étaient encore plus frappants. Tout l'enchantait en lui.

Je n'arrive pas à croire que je sors avec un homme comme lui ! Je n'arrive pas à y croire ! se disait-elle.

– Eh bien, *baby*..., commença Thom en tournant brusquement le volant et en prenant à toute vitesse la bretelle de sortie.

La facilité avec laquelle sa voix pouvait soudain passer d'une tonalité réservée et timide, comme celle d'un collégien, à celle, saccadée et un peu rude, d'un homme mûr, la surprit. C'était comme la couleur de ses yeux, pas vraiment précise, mais d'une nuance qu'elle n'avait jamais vue chez personne. Elle aimait l'idée de rouler en voiture avec un tel homme.

– Je ne vous lâche plus ! continua-t-il. Je vais vous montrer ce qui se cache derrière toutes ces façades impassibles !

Ils roulèrent dans une large avenue, doublant presque toutes les autres voitures, passant devant de vastes entrées abritées par des auvents de couleur verte et gardées par des portiers en uniforme. Elle pensa qu'elle ne connaissait pas du tout Thom, qu'elle n'avait jamais connu un homme de son genre – en existait-il, d'ailleurs ? – et que cela ajoutait au plaisir excitant de faire cette petite virée avec lui. En quelques jours, tout avait changé pour elle. Comment auraitelle pu ne pas considérer chaque moment comme la promesse d'une surprise, comme un trésor plus beau que ceux qu'elle avait connus jusque-là ?

Ces pensées tournoyaient dans sa tête alors qu'elle traversait le hall du luxueux hôtel aux murs lambrissés de chêne et décorés de miroirs. Puis elle sentit le sol s'élever sous ses pieds.

– Oh ! s'exclama-t-elle en saisissant la main de Thom.

Elle se rendit compte alors qu'ils étaient dans un ascenseur, et qu'ils montaient tout en haut du building. Elle se mit à rire. C'était la première fois qu'elle se trouvait dans un tel appareil.

Sur le toit, il y avait un petit bar et des gens qui dansaient langoureusement dans la fraîcheur de la nuit. Thom commanda des cocktails à base de whisky. Ils se penchèrent par-dessus le bord de l'édifice, et Cordelia fut parcourue d'un agréable frisson de peur quand elle s'aperçut de la hauteur vertigineuse à laquelle ils se trouvaient. Elle balaya du regard tous les étages des gratte-ciel, et regarda des miniatures d'hommes et de femmes entrer et sortir des taxis. Au-delà s'étendait Central Park, qui formait une forêt bien plus vaste qu'aucune étendue de verdure imaginable, même quand elle vivait à la campagne, à ceci près qu'elle était nettement limitée par le dégradé continu des édifices et par les rues qui découpaient l'île de long en large et de haut en bas.

Un instant plus tard, Thom se retourna et s'accouda au garde-fou de pierre sculpté qui les protégeait d'une chute fatale. Un moment, elle crut qu'il allait l'embrasser. Elle se sentit rougir.

Mais il ne l'embrassa pas.

– Vous vous ennuyez, ici, n'est-ce pas ? dit-il en fronçant les sourcils.

Il n'y avait rien à faire d'autre que de sourire devant son inquiétude, car sans vouloir l'exprimer, elle sentait qu'elle ne s'ennuierait jamais, où qu'elle soit, tant qu'elle se trouverait en sa compagnie. Peut-être l'entendit-il penser, car il lui sourit et la regarda dans les yeux. Il lui prit la main, puis ils se dirigèrent vers l'ascenseur et sortirent de l'hôtel.

– Bonsoir, Mr Hale, dit le portier quand ils passèrent devant lui.

Ce nom lui sembla familier, mais avant qu'elle ait eu le temps de se demander où elle l'avait entendu, ils roulaient vers Downtown, dans le vent du soir d'une délicieuse fraîcheur. Ils s'arrêtèrent dans l'une des cinquantièmes rues West, dans un lieu dépourvu de ventilateur plafonnier, dont le portier semblait également connaître Thom. Un orchestre de cinq musiciens jouait dans la cave. Ils transpiraient dans leurs chemises boutonnées jusqu'au cou, et Cordelia écouta, les yeux brillants, la mélodie de leurs instruments. Comme il y avait trop de monde qui se pressait autour des tables pour pouvoir danser, tous deux décidèrent, dans leur enthousiasme, qu'ils ne rentreraient pas chez eux avant d'avoir trouvé un endroit où ce soit possible. Ils se rendirent dans une salle de billard, une longue et vaste pièce où les tables vertes étaient éclairées par des lustres, et Thom lui apprit à jouer. Elle n'essaya pas de lui cacher son esprit de compétition quand ils entamèrent une partie, et il ne se laissa pas démonter par ce trait de caractère. Elle le battit. Ils descendirent le perron et se retrouvèrent sur le trottoir, main dans la main.

Maintenant, dans la voiture, elle commençait à s'orienter et reconnut l'édifice monolithique de Penn Station, l'Hudson au-dessus duquel planaient les nuages de la nuit qui se détachaient sur le ciel indigo, illuminés par les reflets de cette ville électrique, le flux intense du trafic malgré l'heure tardive, et les buildings dont on ne pouvait apercevoir le sommet qu'en renversant la tête en arrière. C'était vertigineux. Les phares qui venaient sur eux, les milliers de fenêtres qui les surplombaient, derrière lesquelles tremblotaient des scènes de vie dont elle ne saurait jamais rien. Elle se sentit brûler intérieurement en pensant à tout cela, et à l'idée d'exprimer ce qu'elle ressentait à Thom. Plus tard, quand cette soirée magique se serait gravée dans son souvenir, la promenade en voiture serait son impression dominante : tous deux, assis côte à côte dans cette superbe et rutilante automobile, roulant à toute vitesse vers de nouveaux lieux...

– Thom Hale, articula-t-elle quand elle repensa à son nom. J'espère que vous n'êtes pas un parent de Duluth Hale ?

Il tourna les yeux vers elle, puis regarda à nouveau la route.

– C'est mon père, répondit Thom au bout d'une minute.

– Mais votre père et le mien...

– Ne s'entendent pas, termina Thom en grimaçant.

– Vous saviez que j'étais la fille de Darius Grey... et vous aviez toujours envie de sortir avec moi ?

Elle se dit que cela signifiait peut-être la fin de la soirée, à présent qu'ils connaissaient leurs identités réciproques, et anticipa la déception qu'elle allait ressentir.

Mais Thom haussa les épaules.

– Au début, je ne savais pas qui vous étiez. Mais après vous avoir vue, comment pouvais-je m'empêcher de vous revoir ?

Ils s'arrêtèrent à un feu de circulation. Le moteur tremblait, et l'odeur de l'essence était douce et écœurante. Cordelia ouvrit la bouche, mais avant de savoir quoi répondre à une aussi belle déclaration, elle sentit la main de Thom sur sa taille, et quand elle tourna la tête vers lui, elle vit qu'il était sur le point de l'embrasser. Son baiser fut doux et intense, et l'espace d'un instant elle oublia tout. Elle eut la sensation que ce baiser n'aurait pas de fin. Mais les klaxons retentirent derrière eux. Ils se rendirent compte que le feu était passé au vert, et de l'embouteillage qu'ils avaient causé.

Après cela, tout fut différent. Elle se sentait proche de lui, et le ton badin qu'ils avaient employé ne fut plus de mise. La voiture passa devant un autre immeuble, puis un sourire s'étira lentement sur le visage de Thom.

– Je sais où l'on va pouvoir aller danser, lui dit-il.

– Cela ne va pas te surprendre, maintenant, lui chuchota Cordelia en se lovant sur son siège et en regardant Thom avec des yeux éblouis. Je te suivrai n'importe où.

13

À White Cove, c'était l'heure bleue. Ce qui, dans cette partie du monde, est synonyme de l'heure du cocktail. Il en était ainsi depuis que le premier débitant de boissons américain avait décidé d'édifier un manoir à cet endroit, et peut-être même avant cela, les pêcheurs locaux ayant une tradition quasi héréditaire de finir leurs jours dans les cabanes qui faisaient face au détroit.

Astrid Donal n'avait jamais mis les pieds à White Cove, mais elle avait connu d'innombrables soirées qui commençaient en fin d'après-midi et duraient jusqu'aux heures grisantes de la nuit. Sa mère avait été l'hôtesse d'un grand nombre de ces réceptions, comme elle l'était de celle-ci, où Astrid était une invitée d'honneur quelque peu réticente.

– Oh, oui ! s'exclamait la troisième Mrs Harrison Marsh II, plissant les yeux dans une expression de joie affectée, à sa voisine et plus proche rivale, Mrs Edgemont Phipps, née Narcissa Beaumont.

Mrs Phipps et Mrs Marsh avaient commencé leur carrière de jeunes débutantes ensemble, mais toutes deux avaient aujourd'hui des visages nettement plus émaciés.

– Nous sommes si heureuses de la revoir.

Astrid, quelques mètres plus loin, regardait par la baie vitrée avec un petit sourire. Du salon du rez-de-chaussée, on apercevait l'allée qui s'étendait jusqu'au bras de mer, et la route qui longeait le rivage jonché de coquillages. Comme sa mère, elle était en blanc ; sa robe était composée d'un corsage souple à fines rayures argentées et d'une jupe qui moulait ses hanches et s'évasait jusqu'à son ourlet bordé de plumes, à mi-mollet. La robe de sa mère, carrément plus décolletée, présentait la même touche de fantaisie.

– Plus je la vois, plus elle ressemble à une *lady*, répondit Mrs Phipps, vêtue d'une robe rouge austère qui accusait son physique rébarbatif.

Sur ces mots, elle se détourna de la vue d'Astrid, sans doute parce que sa propre fille, Cora, n'était pas un modèle d'élégance et de beauté, et elle changea de sujet :

– Quel été nous allons avoir ! J'imagine toutes ces soirées, j'ai des milliers d'idées...

Mrs Phipps continua sur ce ton. Astrid s'éloigna de la fenêtre, et la voix de la dame se fondit dans une symphonie orchestrée par le tintement des glaçons contre le cristal, les commérages chuchotés, et les rires béats.

La foule était principalement formée de personnes qui avaient les moyens de commencer leur journée au milieu de l'après-midi. Le beau-père d'Astrid avait ouvert son cellier. Les invités buvaient du bon champagne français dans des timbales, et les derniers cocktails alcoolisés dans des gobelets ou autres récipients. Sa mère avait fait redécorer le salon ainsi que toutes les autres pièces quand elle était devenue la maîtresse de Marsh Hall. Les meubles en bois de palmier incrustés d'or resplendissaient d'un éclat mesuré, et les sobres tapis sud-américains évoquaient le minimalisme très chic des occupants de la maison. Les vases en cloisonné noir et blanc étaient garnis de branches chargées de fleurs roses ; la note dominante, comme d'habitude, était un luxe discret.

– Miss Donal ? dit un serveur en s'approchant de la jeune fille avec un grand plateau en cuivre.

Comme elle n'était pas d'humeur festive, elle se dit que sa mère se rendrait compte à quel point cette soirée était malvenue pour sa fille si elle remarquait que celle-ci refusait de boire. Mais quand la jeune fille vit tous ces verres à cocktails givrés au sucre, elle ne résista pas, et décida d'en prendre un pour traverser la pièce.

Elle but une gorgée, renversant légèrement sa tête auréolée de ses cheveux blonds et mousseux, et le breuvage grisant lui fit aussitôt voir sa situation sous un aspect plus acceptable. Certes, cette circonstance n'était pas si pénible que cela... Mais elle se sentait carrément exclue. Sa nouvelle amie Cordelia, qui lui avait promis d'être là, l'avait appelée quelques heures avant la soirée pour lui dire qu'elle ne se sentait pas bien. Il y avait eu de nombreuses livraisons au cours de l'après-midi, de la part du fleuriste, de l'épicier et du livreur de glaçons, mais pas un seul appel de Charlie pour elle.

– Tu ne sembles pas particulièrement ravie d'être là.

Par-dessus le bord givré de son verre, Astrid vit Billie, vêtue d'un pantalon noir à taille haute et d'une petite veste de matador incrustée de pierreries qu'elle avait achetée en Espagne à un torero de sa connaissance contre une caisse de vin rouge, du moins était-ce ce qu'on racontait. La maison étant vaste, les demi-sœurs ne s'étaient pas encore croisées, et ce fut presque une surprise pour elle de la voir. On ne pouvait pas dire de Billie qu'elle était jolie, mais elle avait du chien. Ses cheveux bruns, séparés par une raie au milieu et lissés derrière ses oreilles, étaient tellement pommadés qu'ils avaient l'air mouillés, et son ton était aussi sec que d'habitude.

– Non, je passe un bon moment, lui répondit Astrid.

Billie leva l'un de ses fins sourcils et observa la foule.

– Et pourquoi pas ? Les mêmes visages que toujours, les mêmes sujets de conversation.

– Je trouve que la soirée aurait dû être en ton honneur, reprit Astrid après un silence. Tu as fini tes classes, toi aussi.

– Mais je ne suis pas vraiment revenue, répondit Billie d'un ton enjoué. Je vais partir pour l'Europe dans quelques jours, et de toute façon, je déteste être le centre de l'attention.

– Comme c'est ennuyeux ! répondit Astrid sans animosité particulière, et sans même savoir à quels mots de sa demi-sœur elle réagissait.

Elle avait passé beaucoup de temps en Europe dans son enfance, entre deux mariages de sa mère, le plus souvent à attendre des trains ou des bateaux en partance, et le souvenir qu'elle gardait de ce continent n'était pas très gai. Elle pensait aussi que c'était le devoir d'une jeune fille – à condition bien entendu qu'elle soit resplendissante et charmante – de tout faire pour être le centre d'intérêt d'une réception, du moins pendant une grande partie de la soirée.

– Je préfère observer dans les coulisses, poursuivit Billie d'un ton un peu nostalgique.

Avant qu'Astrid ait le temps de se demander ce qu'elle voulait dire par là, un grand éclat de rire attira leur attention à toutes deux. Elles se retournèrent vers la porte voûtée de la salle de bal. C'était Harrison Marsh II, qui avait en commun avec sa fille une intelligence féroce et un nez prononcé, mais était nettement plus bedonnant. Il avait un gabarit de vieux sportif, et son énorme estomac était moulé dans un gilet à motif cachemire. Son visage était marbré de rouge. Le beau-père d'Astrid aimait croire qu'il savait toujours plus sur toute chose que son interlocuteur ou son interlocutrice occasionnels, et en ce moment particulier on aurait eu du mal à penser que ce n'était pas le cas, car Narcissa Phipps s'était placée dans son orbite. À la façon dont ils riaient, cependant, il était clair que le sujet de leur hilarité n'avait pas pour thème les bouleversements culturels produits par la Grande Guerre, ni la philosophie grecque, ni même Greta Garbo.

– Oh, arrêtez ! s'esclaffait Mrs Phipps d'une façon qui semblait plutôt l'encourager à continuer. Vous êtes trop drôle, vraiment ! Oh, vraiment ! Ha-ha-ha-ha-ha !

Une vingtaine d'invités élégamment vêtus, demeurés figés et silencieux après ce débordement, séparaient Mr et Mrs Marsh. Ils avaient sûrement remarqué l'attitude plutôt engageante de Mrs Phipps, et le regard sévère de l'épouse de l'homme aux paroles desquelles était actuellement suspendue Mrs Phipps. L'instant suivant, la mère d'Astrid prenait par le bras l'inconnu qui venait d'entrer dans le salon, un beau jeune homme habillé d'une façon un peu trop chic et qui avançait le dos voûté, comme s'il se sentait coupable. Le couple traversa la pièce, l'hôtesse jetant des regards frénétiques autour d'elle pour s'assurer que tout le monde la voyait bien, tandis que son compagnon ne décollait pas les yeux de ses souliers flambant neufs.

– Vous connaissez Luke ? fit Mrs Marsh en découvrant largement ses dents et en s'approchant de son mari et de Mrs Phipps.

Là-dessus, la musique du piano s'éleva à nouveau depuis la pièce voisine, et les invités reprirent leurs échanges polis.

– Je me demande ce qu'ils trouvent à se dire..., songeait Billie, observant son père et sa belle-mère depuis le centre de la pièce.

Astrid, toujours à côté de sa demi-sœur, était loin de penser à cela. Le bras maigre de sa mère serrait celui de son jeune compagnon, elle se pressait contre lui et jetait des regards exaltés autour d'elle. À l'évidence, elle avait pas mal bu ce jour-là, et elle tenait à faire savoir ostensiblement quelque chose – qu'Astrid voulait par-dessus tout ignorer.

Elle se détourna de ce spectacle exaspérant, et ce qu'elle aperçut à l'extérieur de la véranda dissipa ses préoccupations de ces dernières heures. C'était Charlie, en costume, et avec un bouquet de marguerites.

– Puis-je entrer ? dit-il en posant une main contre la vitre.

Astrid fit un subtil mouvement de tête, puis s'éloigna de Billie et de l'affrontement déguisé en conversation mondaine dans lequel sa mère et son beau-père étaient actuellement engagés. Elle fendit la foule à toute vitesse, tournant la tête à droite et à gauche pour adresser un clin d'œil ici et là. Quand elle traversa le vestibule, elle ne put s'empêcher de sautiller sur le sol de pierre, se mordant la lèvre inférieure pour réprimer un sourire.

La porte d'entrée était ouverte pour accueillir les derniers arrivants, et une fois qu'elle l'eut franchie, elle ne put plus retenir son sourire. Charlie était là, debout, dans un costume bleu pâle, son bouquet à la main. Derrière lui le paysage tranquille s'étendait jusqu'au détroit, le feuillage frissonnait sous la brise, et toutes sortes d'automobiles étaient garées sur la pelouse. Astrid s'appuya contre le chambranle de la porte et croisa les bras sur sa poitrine.

– Est-ce que je vous connais ? demanda-t-elle.

– Je l'espère, répondit-il sur un ton moins badin que le sien.

Elle leva la tête.

– Difficile de dire si je vous connais vraiment, ça fait simplement une éternité, n'est-ce pas ?

Il s'avança, laissa tomber les marguerites, s'agenouilla, passa ses bras autour de ses cuisses et la souleva du sol comme une poupée de chiffon.

– Je suis désolé, *baby*. J'ai eu des ennuis, dit-il en posant son menton contre son ventre et en la regardant. C'est pour ça que je n'ai pas pu t'appeler plus tôt.

– Repose-moi.

Elle mit ses mains sur ses épaules et le repoussa loin d'elle, essayant manifestement de se dégager.

Une fois qu'il l'eut reposée à terre, elle vérifia sa jupe pour s'assurer qu'il ne l'avait pas froissée. Il se pencha vers elle, approcha ses lèvres des siennes, mais elle se détourna, si bien que son baiser atterrit sur sa joue.

– Arrête ! Je suis là, maintenant, non ?

– Mais c'est exactement où je ne veux pas être…, rétorqua-t-elle.

Son amusement et son humour l'emportèrent sur son attitude hautaine, et elle s'arrêta de parler.

Charlie sourit et lui prit la main. Elle fut tellement charmée par ce sourire que toutes ses défenses tombèrent.

– Viens, lui dit-il. Sortons d'ici !

Ils traversèrent en courant la pelouse transformée en parking jusqu'à la voiture de Charlie. Quand ils eurent fait demi-tour sur la route qui longeait le rivage, elle avait oublié qu'elle avait été furieuse contre lui, et ne s'en souvint vaguement que lorsqu'il demanda :

– En l'honneur de quoi est cette réception ?

– Mais de moi, bien sûr !

– Vraiment ? Et tu crois que tu vas leur manquer ?

– Naturellement.

Elle éclata de rire, se jeta à son cou et lui fit mille baisers. À présent ils roulaient à toute allure sur la route cahoteuse, et peu lui importait alors qu'il n'ait pas compris que la soirée était en son honneur. Elle lui était simplement reconnaissante d'être venu à sa rescousse.

– Mais eux ne me manqueront pas du tout. Je n'ai jamais été aussi heureuse de ma vie de partir.

– Ah bon ? (Charlie tenait le volant d'une main, allumant une cigarette de l'autre.) Eh bien, où préférerais-tu être, maintenant ?

– Oh, ça m'est égal.

Elle soupira, se lova contre lui et appuya sa tête contre son épaule.

Et ils firent ce que font partout les jeunes couples, en ville et à la campagne, des couples dont les pères s'étaient connus dans les mêmes grandes écoles, et des couples qui avaient simplement grandi de chaque côté de la voie ferrée, quand ils souhaitaient être seuls et sans chaperon. Ils roulèrent. Ils montèrent et descendirent les collines, s'éloignèrent de l'eau et s'en rapprochèrent. Ils se délectèrent du vent léger qui sifflait à leurs oreilles, s'amusèrent des cahots de la voiture, burent des sodas frais pétillants qu'ils achetèrent à la station-service. Aucun d'eux ne parlait. Ils dépassèrent de grands châtaigniers plus vieux qu'eux, et des dunes qui diminuaient d'année en année dans un invisible processus. Quand le soleil sombra derrière l'horizon, Charlie se gara près d'une jetée, et ils s'installèrent sur le siège arrière.

– Tu ne meurs pas de faim ? demanda-t-elle quelques minutes plus tard, après qu'il eut baissé à plusieurs reprises la bretelle argentée de sa robe qu'elle lui avait fait remettre chaque fois en place.

– Si, grommela-t-il en lui donnant un autre baiser dans le cou.

– Ne sois pas grossier ! cria-t-elle en le repoussant.

Et pour se faire mieux comprendre, elle se réfugia sur le côté opposé du siège arrière.

Charlie se racla la gorge, puis lui demanda :

– Bon, alors qu'est-ce que tu aimerais manger ?

– Ça m'est égal...

Astrid soupira et fit la moue, tandis qu'elle examinait son visage dans son poudrier. L'eau, calme et noire, scintillait au-delà du vieux ponton en bois moisi. Elle n'avait envie d'être nulle part en particulier.

– Allons donc chez toi.

– C'est toi qui décides ! dit Charlie en s'installant sur le siège avant de la voiture.

Il fit tourner brusquement la clé de contact et démarra si vite qu'elle fut secouée contre le dossier.

– Attention ! cria-t-elle, ravie, en se hissant sur le siège avant.

Le vent lui plaqua les cheveux en arrière. Elle perdit presque l'équilibre et, à la pensée de tomber d'une voiture en marche et des conséquences dramatiques d'une telle chute, elle prit pleinement conscience qu'elle était en vie.

Elle ne se rendit pas compte à quel point elle avait faim avant de se retrouver dans la chambre de Charlie avec ses lambris de chêne, assise jambes croisées dans le grand et vieux fauteuil de cuir qui occupait le coin le plus proche des fenêtres, en train de dévorer un hamburger que le cuisinier de la maison leur avait préparé et servi sur une table roulante. Elle était heureuse de manger. Charlie, qui était plutôt glouton, avait rapidement fini son sandwich. Il avait mis en marche son phonographe et écoutait les notes à la fois claironnantes et langoureuses d'une trompette, les doigts de pieds en éventail dans le fauteuil à côté du sien, sa serviette de table encore coincée dans son col, ses bras robustes repliés derrière la tête. Les fenêtres étaient ouvertes sur la véranda, et la brise qui faisait frémir le feuillage entrait dans la pièce éclairée par une lampe.

– Tu as fini ? l'interrogea-t-il sans ouvrir les yeux.

– Non.

Elle prit un amuse-gueule, mastiqua pensivement, avala et essuya d'un mouvement de son pouce le ketchup resté sur ses lèvres.

– Tu aimes ce disque ?

Elle fit oui de la tête. Pour elle, c'était comme n'importe quel autre disque de Charlie, elle lui faisait confiance en matière de musique, il s'y connaissait, contrairement à elle qui n'y prêtait guère attention. Quand elle en eut assez de grignoter, elle reposa les restes de son hamburger et soupira.

Charlie ouvrit les yeux et se tourna vers elle.

– Fini, maintenant ?

– Oui.

Il se leva et enleva le plateau, puis, se penchant vers elle, attendit qu'elle lève la tête pour l'embrasser. Elle passa ses bras autour de son cou et leurs bouches se frôlèrent. Pendant quelques minutes elle le taquina, retira ses lèvres, les rapprocha, jusqu'à ce qu'il se baisse et la serre contre lui. Ses mains glissèrent sur ses longs bras nus, ce qui lui procura d'agréables petits frissons. La musique, en même temps, s'accélérait et s'électrisait. Les crépitements du phonographe firent écho aux battements accélérés de son cœur. Les baisers de Charlie s'intensifièrent eux aussi, et ses mains glissèrent le long de son buste jusqu'à sa taille. Elle retenait son souffle, et comme il se serrait plus près d'elle, elle sentit la pression de quelque chose de puissant et de dur contre sa cuisse, une chose d'adulte qui lui ravissait son enfance et l'attrista soudain.

– Charlie !

On toqua fort à la porte, et elle se sentit soulagée quand elle comprit que l'intensité du moment avait passé.

– Qu'est-ce que c'est ? cria-t-il froidement tout en se détachant d'elle et en tournant son attention vers la porte.

Elle détourna les yeux et tira sa jupe sur ses jambes nues. Ses joues étaient brûlantes.

L'un des hommes de Grey était debout dans le couloir. Il chuchota quelques mots à Charlie qu'Astrid ne put entendre. Charlie lui jeta un coup d'œil, et bien qu'elle prît un air indigné en arrondissant les yeux, elle fut soulagée quand il sortit de la pièce pour suivre l'homme.

Une fois qu'il fut parti, Astrid marcha sur la pointe des pieds jusqu'à la salle de bains carrelée de blanc pour se laver les mains et s'asperger le visage. Cela lui fit du bien, mais quand elle observa son reflet, elle vit une fille débraillée et tout ébouriffée. Ses lèvres pulpeuses étaient barbouillées de rouge à lèvres, et ses pupilles noires mangeaient ses prunelles. Elle se demanda à quelle heure sa mère avait remarqué son absence, pour autant qu'elle l'ait remarquée, et si la soirée continuait encore. Elle ouvrit un tiroir de la petite commode pour y chercher une brosse et s'arranger un peu. Mais au lieu de la brosse, elle trouva un pendant d'oreille orné de fausses perles noires. Elle se figea, regardant cet objet féminin, aussi insolite qu'odieux en cet endroit. Aussitôt commença à se dessiner dans son esprit l'image du genre de femme qui portait cette sorte de colifichet.

Le pendentif furieusement serré dans son poignet, elle traversa comme un ouragan la chambre de Charlie et entra dans le vestibule. Comme toujours à Dogwood, on percevait le bruit plus ou moins lointain de voix graves et masculines. Le grand lustre du hall d'entrée projetait des traînées d'argent sur le plancher ciré du couloir du deuxième étage. Astrid, furieuse, avait déjà grimpé quelques marches sans aucune intention particulière, lorsqu'elle remarqua que la porte de la suite Arum était entrouverte. Elle se mit à courir dans cette direction.

Elle avait été déçue quand sa nouvelle amie lui avait annoncé qu'elle ne se sentait pas très bien et qu'elle ne pourrait pas venir à la soirée, mais maintenant elle était contente qu'il y ait quelqu'un à qui parler de l'odieuse boucle d'oreille et de la fille non moins odieuse qui l'avait laissée.

– Cordelia ! cria-t-elle en entrant dans la suite. Cordelia ? répéta-t-elle en avançant sur les somptueux tapis.

Aucune réponse. Elle s'approcha du balcon et aperçut une voiture en train de démarrer, qui roula vers le portail de Dogwood. Elle vit que c'était Charlie. Quelques minutes auparavant, elle avait eu peur de lui et avait eu envie qu'il s'en aille, mais à présent elle avait besoin de lui, elle voulait qu'il revienne, soit pour l'invectiver, soit pour qu'il la prenne dans ses bras, elle ne savait pas.

Bientôt il n'y eut plus rien à voir que les arbres dans l'obscurité. Elle resta là, les bras serrés autour d'elle, se demandant pourquoi, cette nuit où une garden-party était donnée en son honneur, elle se sentait si absurdement seule.

14

Que se passe-t-il ? demanda Letty.

Elle s'éloigna du miroir du vestiaire des vendeuses de cigarettes et alla regarder dans l'encadrement de la porte. Plusieurs filles s'y étaient rassemblées et chuchotaient, tout excitées.

Paulette se tenait à l'écart, sa longue silhouette appuyée contre un mur, une cigarette à la main.

– C'est cet auteur dramatique qui t'intéressait tant, Gordon Grange.

Letty rejoignit le petit groupe et jeta un coup d'œil dans le night-club. Elle aperçut alors un homme mûr en blazer de tweed, évoquant l'image d'un Anglais fumant sa pipe dans une vieille bibliothèque et, accrochée à son bras et serrée contre lui, la vendeuse de cigarettes Clara Hay. *Ne devrait-elle pas être en train de vendre des cigarettes comme nous ?* s'étonna Letty, avant de commencer à entrevoir ce que cela signifiait pour elle.

– On a donné mon rôle à Clara Hay ? s'étrangla-t-elle avant de se reprendre : Mais elle est blonde !

– Dis donc, tu ne peux pas parler de ton rôle, tu n'as même pas passé les essais ! lui répliqua Paulette en riant.

Quand elle vit que Letty n'avait rien à répondre à cela, elle continua plus sérieusement :

– Les hommes sont dégoûtants. Ils sont prêts à faire n'importe quoi pour une fille qui couche avec eux. C'est pour ça que Dieu nous a donné un plus gros cerveau et que nous sommes plus malignes qu'eux. Pour l'heure, le cerveau de Miss Hay l'a conduite plus loin que toi, mais ne t'inquiète pas, mon chou, tu vas vite comprendre. (Paulette laissa tomber sa cigarette et l'écrasa sous son pied.) Toujours est-il que pour l'instant, tu t'assumes toute seule, et moi aussi. Allons viens, avant que Mr Cole ne change d'avis et ne nous vire toutes les deux.

Ces paroles rappelèrent à Letty quelque chose que Cordelia lui avait dit, mais avant qu'elle s'en souvienne précisément, Letty repensa à son ancienne amie qui, quelque part dans le monde, s'amusait sans la moindre pensée pour ceux qu'elle avait connus. Letty poussa un grand soupir et fronça les sourcils.

– Ne le prends pas mal, lui dit Paulette en avançant vers la piste de danse bondée, assourdissante. Clara Hay aura beau séduire un nombre incalculable de vieux auteurs dramatiques, elle ne t'arrivera jamais à la cheville en tant que chanteuse.

Malgré son amertume, Letty ne put s'empêcher de sourire à ces paroles. Elle se fraya un chemin à travers la foule jusqu'à la salle principale du bar clandestin, où elle pourrait vendre beaucoup de cigarettes et où la soirée battait son plein, son plateau de friandises devant elle, le sourire aux lèvres – qu'elle avait laquées de rouge. Elle chantonnait en allant de table en table, se penchait ici et là pour proposer ses marchandises. Un homme mûr, accompagné d'une fille qui ne devait pas avoir plus de vingt ans, acheta un œillet de papier pour sa petite amie et quelques chocolats enveloppés dans du papier d'argent ; deux jeunes femmes en robes voyantes, qui échangeaient quelques paroles tout en cherchant des yeux quelque chose de plus intéressant, lui achetèrent chacune un paquet de cigarettes. Elle traversait tranquillement la salle quand elle entendit une voix tout près de son oreille :

– Eh vous, la nouvelle !

Letty se retourna, surprise, et vit Mr Cole, le directeur, dont les petits yeux cillaient nerveusement, et qui tirait sur la veste de son smoking.

– Oui ? fit-elle en le suivant à son rythme, tandis qu'il se faufilait entre les tables.

– Un client très important vient d'arriver, dit-il en montrant un couple qui s'approchait d'une table tout près de la scène. Allez voir s'ils veulent quelque chose, mais ne vous attardez pas, vous voyez ce que je veux dire ?

– Oui, répondit Letty, bien que Mr Cole ne prît pas le temps d'écouter sa réponse.

Tous deux étaient grands et minces ; la robe de la jeune femme était très décolletée dans le dos, découvrant ses jolies omoplates, et ils semblaient à l'aise comme des amoureux de longue date. Les cheveux du jeune homme étaient d'un châtain éclatant, impeccablement coiffés par-dessus son front haut et lisse. Il avait l'aura caractéristique des gens de sa classe – on aurait pu l'imaginer en train de descendre de son yacht –, et Letty se représenta un instant en couple avec quelqu'un qui faisait partie de ce monde-là. Tenant fermement son plateau, elle s'avança. L'homme aidait la jeune femme à s'installer sur son siège. Celle-ci se baissa avec grâce, puis tourna délicatement la tête pour observer la salle. Quand le bas de son visage fut dans la lumière, Letty s'immobilisa.

Elle aurait reconnu Cordelia dans n'importe quel coin du monde. Mais quelle transformation ! Dans la robe de couleur foncée très élégante qu'elle portait, elle ressemblait à une vraie femme du monde, et le bandeau doré qui encerclait sa tête lui donnait l'assurance et la grâce impérieuses d'une déesse grecque.

L'espace d'un instant, Letty fut soulagée et émue de voir son amie dans une position si enviable, et sembler si heureuse. Mais elle se rappela alors la dernière fois qu'elles s'étaient vues, et comment elle avait regardé Cordelia partir de dos dans la nuit sans même jeter un regard derrière elle, sans même une excuse.

L'émotion qu'avait ressentie Letty changea alors de nature, et elle prit conscience du plateau de friandises et de cigarettes attaché à sa taille, de sa robe de midinette, et de sa coiffure toute simple et très courte censée faire très cosmopolite. Son cœur chavira. L'ordre bourru de Mr Cole résonnait encore à ses oreilles, mais elle ne put décoller ses pieds du sol. En quelques secondes, elle réalisa qu'elle ne voulait pas faire face à Cordelia, dans sa position, et une idée lui traversa l'esprit.

Cordelia regardait la salle, mais ne voyait personne d'autre que Thom. Elle l'avait suivi aveuglément et ne s'était même pas souciée du lieu où il l'emmenait. Ce fut seulement quand elle fut dans l'enceinte de l'établissement, avec son déluge de couleurs et de bruits, qu'elle réalisa que c'était là qu'elle avait passé sa dernière soirée avec Letty. C'étaient les mêmes vitraux, le même orchestre en délire sur la scène, mais elle observait alors la salle comme elle avait dû observer les fêtes foraines quand elle était enfant. Tout lui semblait différent, maintenant qu'elle connaissait la ville la nuit.

– On dirait qu'ils t'apprécient, ici, dit Cordelia en posant un coude sur la table, le buste en avant.

– Tu verras qu'on m'apprécie partout, lui répondit Thom, laissant sa main s'attarder sur son dos nu, tout en se tournant vers l'orchestre.

La musique se déchaînait. Les notes se détachaient, ricochant dans toutes les directions. Le rythme se répercutait à travers toute la salle dans la trépidation ensorcelée des épaules, le tapotement frénétique des orteils, le cliquetis nerveux des ongles sur les tables. Quand la chanson prit fin, les applaudissements explosèrent. Les serveurs continuaient à slalomer entre les tables, et les pauvres gens restés dehors sous le portail se penchaient pour apercevoir ne serait-ce qu'un petit morceau de cet excitant spectacle.

Cordelia souriait de plaisir sous les doigts de Thom qui effleuraient son dos, et des frissons la parcouraient des pieds à la tête. Puis elle tourna les yeux vers la scène, où une jeune fille s'avançait un peu timidement vers le micro et se penchait pour dire quelque chose au cornettiste. Tous les musiciens de l'orchestre tendirent l'oreille pour l'entendre, et certains affichèrent une expression de surprise. Petite, des cheveux bruns coupés très court, elle était habillée d'une robe à volants couleur crème et ses jambes étaient gainées de bas résille bruns. Quand elle se retourna, Cordelia ne put empêcher de pousser un cri de surprise.

– Oh !

À supposer que Thom l'entendît, il ne réagit pas. Cordelia resta figée, bouche bée, tandis que la pâleur suscitée par le trac disparaissait du visage de Letty pour faire place à un large sourire, et qu'elle posait les mains sur ses hanches. La contrebasse commença à lancer ses notes graves, et Letty leva les sourcils, jetant des regards de gauche à droite. Puis les autres instruments de l'orchestre se mirent à jouer. Après les premières mesures, elle leva les mains, doigts écartés, et ouvrit la bouche. La foule retenait son souffle, et même Cordelia, qui avait entendu Letty chanter tant de fois, fut surprise par l'effet que produisait la voix profonde de cette jeune fille. Mais surtout, elle ressentit de la fierté : Letty était si belle et chantait avec une telle confiance en elle que sa voix semblait monter très haut jusqu'au plafond. Et il était évident que tous ces inconnus avaient la même impression. Elle reconnut vaguement la chanson – Anabelle Baker l'avait chantée lors d'une émission radiophonique qu'elles avaient écoutée à March, elle racontait l'histoire d'une fille qui dansait pieds nus, et elle se demanda si Letty l'avait répétée en privé, ou si elle s'en souvenait tout simplement parfaitement.

Quand la chanson fut finie, Cordelia ne put se retenir. Elle se leva et se mit à applaudir, oubliant sur le moment l'homme avec qui elle était arrivée.

Letty respira. Elle se tourna vers la grande fille qui s'était levée si spontanément de son siège. Leurs yeux se rencontrèrent, mais tout le monde se mit alors debout pour applaudir de concert. L'attention de Letty se tourna vers la foule qui s'était levée comme une vague, et retrouva le sourire radieux qu'elle avait eu pendant son interprétation. Quelqu'un cria :

– *Encore*[1] !

Dans toute cette excitation, Cordelia remarqua à peine les corps qui se pressaient derrière elle, et le cri qu'elle poussa fut noyé dans le bruit alentour.

---

1. En français dans le texte.

Mais à ce moment-là, il était déjà trop tard. Deux hommes qui se trouvaient derrière elle la bousculèrent et la poussèrent à travers les tables. Ils étaient si grands qu'elle ne put pas voir Thom quand elle se retourna. Danny la tirait par le bras, ce qui ne fit qu'alimenter sa colère. Aucun des autres clients ne jeta un regard dans sa direction.

– Qu'est-ce qui se passe ? demanda-t-elle quand ils se retrouvèrent sur le trottoir.

L'ampoule nue au-dessus de l'entrée jetait une flaque de lumière autour d'elle et des trois hommes. En contraste avec la folie qui régnait à l'intérieur du club, la nuit bleue semblait très calme, même si Cordelia bouillait intérieurement.

– Vous vous prenez pour qui ?

Danny évitait de la regarder dans les yeux. Elle vit son embarras, et comprit qu'il n'avait pas davantage voulu la faire sortir du club qu'en sortir lui-même. Les deux hommes qui l'accompagnaient étaient plus âgés que lui. Ils étaient très grands : debout l'un à côté de l'autre, ils constituaient un formidable blocus. Devant eux, la porte du club s'ouvrit et un instant, la musique et les voix qui résonnaient à l'intérieur leur parvinrent. Il y eut un bruit de pas sur le seuil de pierre, Cordelia tendit le cou et vit Thom qui venait vers elle. Son visage exprimait-il la colère, l'inquiétude ou l'humiliation ? Elle n'eut pas le temps de le savoir, car Danny ouvrait une portière de voiture et l'un des hommes la poussait à l'intérieur. La voiture démarra avant même qu'elle ait le temps de réagir.

– Qu'est-ce que... ? commença-t-elle.

Mais quand elle vit le visage furieux de Charlie, ses épais sourcils froncés se rejoignant et ses lèvres crispées, elle s'interrompit.

Non loin de là, à quelques rues de West Side, dans une église dont l'usage d'origine n'avait pas encore été détourné, un révérend se répandait en injures devant une poignée de fidèles de la messe de minuit.

– Cette musique obscène, ce jazz infâme ! vitupérait-il.

Mais dans les passages, les ruelles, les allées, en haut des escaliers branlants, des centaines de pieds dansaient, découvrant pour la première fois un nouveau rythme. C'était le tempo de l'époque et, pendant un bref moment, Letty, sur scène, avec son visage innocent et sa voix mélodieuse, en fut la parfaite expression.

Elle rayonnait, ses yeux étincelaient. Le souffle suspendu, se demandant quelle chanson elle allait interpréter ensuite, elle remarqua un vide dans l'assemblée, là où quelques secondes auparavant, elle avait reconnu un visage qui lui était si familier. Letty s'était sentie en pleine lumière, et maintenant elle ressentait la douleur du rejet. *Pourquoi Cordelia est-elle partie si vite ?* se demanda-t-elle. En voulait-elle encore à Letty, ou la présence de son ancienne amie l'embarrassait-elle, tout simplement ? Impossible de le savoir, aussi sourit-elle tristement aux musiciens et descendit-elle de la scène pour aller retrouver son plateau de marchandises. Alors qu'elle l'attachait à sa taille, elle entendit quelqu'un l'appeler par son nom.

Elle se retourna et vit Grady.

– Je suis heureuse de vous avoir entendue chanter à nouveau, dit-il depuis le même tabouret de bar qu'il occupait la veille au soir.

Les yeux brillants, elle lui fit un petit signe de tête pour lui exprimer qu'elle appréciait sa remarque. Avec ses cheveux courts, et après avoir chanté et libéré ses poumons, elle se sentait encore plus légère que d'habitude. Letty continua à avancer à travers la foule. Elle regardait à droite et à gauche, on la sifflait ou on l'appelait d'un geste de la main. Elle était devenue la fille la plus recherchée de la salle ; elle était devenue à leurs yeux une vendeuse de cigarettes qui avait accompli quelque chose d'inattendu, quelque chose d'exaltant et de joyeux qui enflammait leur imagination et excitait leur curiosité, et maintenant ils voulaient tous lui acheter des Lucky Strike et des chewing-gums.

Elle marcha jusqu'au moment où, un peu effrayée, elle sentit que quelqu'un la saisissait par la taille. Troublée, elle se retourna, mais l'inconnu la tirait déjà vers lui.

– Vous désirez quelque chose ? dit-elle d'un ton quelque peu virulent à l'homme en smoking qui la tirait par les bretelles de son tablier comme une marionnette.

Il avait des sourcils parfaitement redessinés en deux longs traits horizontaux et, sous son sourire, une moustache brune impeccablement taillée. Ses traits étaient beaux, bien que son visage lui rappelât une pomme trop bien lustrée.

– Non, non, rien pour moi, du moins pour l'instant.

Puis, jetant un coup d'œil aux autres jeunes gens qui étaient à sa table, tous habillés de la même façon, tous aussi impeccables et souriant de toutes leurs dents :

– Et vous, les garçons ?

Ils haussèrent les épaules :

– Rien, *pretty baby*.

Un long silence s'ensuivit, durant lequel Letty prit vraiment conscience de la façon dont il la tenait : exactement comme un petit enfant ou comme un poney. Quelques personnes les regardaient franchement, d'autres à la dérobée, et devant le bar, elle vit Paulette à côté de Grady Lodge, tous deux en train de l'observer. Elle se donnait malgré elle en spectacle.

À son grand soulagement, l'homme lâcha les bretelles de son tablier et lui tapota doucement le coude.

– Je voulais simplement vous dire que vous devriez être sur cette scène tous les soirs. (Il se pencha en avant, posa son coude sur sa cuisse, le menton appuyé sur sa main, et la regarda intensément dans les yeux.) Et je suis bien placé pour le savoir.

Il y avait quelque chose d'arrogant dans son « Je suis bien placé pour le savoir », mais Letty lui sourit aimablement en se souvenant des conseils de Paulette : en dire le moins possible. Elle retourna à la tâche, travailla jusqu'à ce que ses jambes ne puissent plus la porter et qu'elle soit sur le point de s'effondrer, et continua même une heure de plus, ne sentant plus son corps du tout. Plus tard, Paulette et Letty, après avoir compté leurs pourboires dans l'arrière-salle et enfilé leurs manteaux sur leurs uniformes de midinettes, sortirent enfin dans l'air frais de la nuit.

Les premiers signes de l'aube apparaissaient à l'orient. Des fêtards rentraient chez eux en titubant, après une longue soirée de débauche, et un marchand des rues vendait du popcorn au beurre tout chaud dans des sacs en papier paraffiné pour cinq *cents*. Toutes deux lui en achetèrent chacune un avec un billet de vingt-cinq *cents*, et lui dirent de garder la monnaie. Elles mangèrent tout en marchant vers leur appartement, pas vraiment pressées.

– Tu connais ce dandy qui t'a attrapée par les bretelles de ton tablier ? demanda Paulette en portant une poignée de pop-corn à sa bouche.

– Oui, répondit distraitement Letty.

La première bouchée lui fit réaliser à quel point elle avait faim. Elle apprécia le goût du beurre, et eut envie de tout dévorer d'un coup.

– Eh bien, c'est Amory Glenn ! (Letty ne réagit pas immédiatement, et Paulette continua :) Une grande famille de gens de théâtre. Ils possèdent quelques-unes des plus grandes scènes de Broadway.

– Vraiment ?

Letty le revit assis là, à cette table privilégiée, avec son col blanc et son nœud papillon impeccables, ses cheveux lissés et ses yeux noirs, et elle réalisa qu'il était très classe, et que ce qu'il lui avait dit, « Je suis bien placé pour le savoir », ne lui semblait pas si arrogant, après tout. Elle pensa alors à Cordelia et au beau jeune homme qui l'accompagnait, et s'émerveilla du fait que, dans un laps de temps si court, toutes deux avaient pu attirer l'attention d'hommes aussi importants. L'Ohio était vraiment trop étriqué pour elles, et sans doute toutes deux possédaient-elles ce que sa mère appelait du « charisme ».

Letty poussa un grand soupir de satisfaction. L'air était légèrement humide et lui rafraîchissait le bout du nez. Elle regarda Paulette, avec ses longues jambes et sa tête pleine de tuyaux sur les rouages secrets du monde – quelle chance de s'être fait une nouvelle amie comme elle !

Quelques étoiles étaient encore visibles dans le ciel scintillant, et Letty pensa qu'au moins l'une d'entre elles brillait pour elle. Elle était bénie des dieux, elle le savait maintenant, et frissonna d'aise en imaginant toutes les merveilles qui l'attendaient, demain et les autres jours.

15

Pas besoin de..., commença Cordelia, comme ses ravisseurs la poussaient dans la bibliothèque de Dogwood.

Mais elle se tut quand elle vit son père, le visage livide, qui l'attendait. Le mensonge qu'elle lui avait fait avait été découvert, pensa-t-elle, et maintenant le calme qui avait succédé à sa colère contre Charlie, dans la voiture qui roulait vers White Cove, l'avait complètement abandonnée. Son cœur battait terriblement fort, mais elle redressa les épaules et lissa sa jupe sur ses jambes.

Charlie avait gardé un silence furibond pendant tout le trajet. Quant à Darius, il avait seulement l'air inquiet et fatigué.

– J'espère qu'ils ne t'ont pas trop brusquée, ma chérie. Ces jeunes gens ne savent pas vraiment y faire avec les gentilles filles.

Darius parlait doucement, scrupuleusement, comme s'il avait peur de lui faire plus de mal.

– Ils ne m'ont pas rudoyée, fut tout ce que Cordelia réussit à lui répondre.

– Pourquoi ne devrions-nous pas la brusquer ? lança Charlie d'un ton furieux. C'est comme je te le disais le premier soir qu'elle est arrivée ici, papa : qui est-elle ? D'où vient-elle ? Qui sait ce qu'elle manigance, ou pour qui elle travaille, surtout maintenant que nous l'avons surprise avec Thom Hale...

– Charlie, tais-toi. (Darius ferma les yeux et se pinça le bas du front comme s'il avait mal à la tête.) Tu es censé la surveiller. Tu étais censé être toujours à ses côtés. Comment pouvait-elle savoir qu'elle devait se tenir à l'écart de Thom Hale, si tu ne le lui as pas dit ?

Charlie ne répondit rien, mais foudroya Cordelia du regard.

Au bout d'un moment, Darius se leva pour s'approcher du seuil de la pièce où se tenaient ses enfants, passa un bras autour des épaules de sa fille et l'accompagna vers les fauteuils de cuir disposés en cercle. Ils restèrent assis là un moment en silence, mal à l'aise tous les trois.

– Je comprends que tu aies pu croire que je ne me souciais pas de ce que tu faisais, étant donné que je suis parti très vite après ton arrivée. Et aussi à cause de toutes ces années où j'ai laissé le temps passer sans chercher à te retrouver et à te ramener près de moi... Mais crois-moi, je me soucie de toi. Je veux que tu t'amuses, mais je veux également que tu sois en sécurité. Et je crains que ni l'un ni l'autre ne soit possible... avec ce jeune homme.

– Mais Thom est gentil, chuchota Cordelia, tout en pensant à quel point elle se sentait bien en sa compagnie.

La pesante atmosphère qui s'abattit alors sur la pièce mit un terme à cet accès d'insouciance.

– Je crains que non, grommela Charlie.

Darius lâcha sa fille et se cala à nouveau dans son fauteuil. Il pressa ses lèvres sur le dos de sa main d'un air méditatif et tourna son regard vers la fenêtre. Les bruits mystérieux de la campagne la nuit, les criquets et le bruissement des feuilles pénétrèrent à l'intérieur de la demeure. Finalement, Darius annonça, en poussant un grand soupir :

– Thom est le fils de Duluth Hale. Tu te souviens, ce matin, quand je t'ai parlé de Duluth Hale ?

– Ils veulent une grosse part de ce que nous possédons, poursuivit Charlie. Sans compter qu'ils nous tueraient pour l'obtenir en toute impunité.

– Charlie !

Darius se retourna et frappa son fils sur l'épaule. Les deux hommes étaient certes grands, mais à ce moment précis, Cordelia se rendit compte de la force formidable dont Grey était capable.

– Tu ajoutes un mot, et je te jure que tu ne sortiras pas de cette maison de tout l'été. (Les coudes sur les genoux, il se pencha vers Cordelia.) Ce n'est pas quelqu'un de bien, compris ? C'est tout ce que tu as besoin de savoir. Évite-le. Tu me le promets ?

Un vent froid la transperça.

– Oui, répondit Cordelia d'un ton peu convaincu.

Le souvenir de la traversée de la ville dans la voiture de Thom, de la vision, à travers les vitres, de la cité étincelante et bruissante de musique, ce souvenir devenait moins palpable à chaque seconde qui passait. Il lui paraissait douloureusement impensable que le baiser qu'ils avaient échangé dans sa voiture ait pu être le dernier. Le contact de Thom, l'harmonie, le vertige, l'excitation qu'elle en avait ressentis, elle voyait tout cela s'éloigner à son corps défendant. Elle s'en trouva abattue, anéantie, et elle fut sûre que cela était lisible sur son visage.

– Vous resterez tous deux un moment ici à Dogwood. (Darius se releva, plus lourdement cette fois, et marcha péniblement vers le seuil.) Je parle des garçons. Vous êtes tous deux punis. Bonne nuit, mes enfants.

Quand il fut parti, Charlie fit face à Cordelia. La colère éclatait dans ses yeux.

– Tu vois ce que tu as fait ? Espèce d'idiote !

Mais son ton haineux ne put effacer le souvenir merveilleux que le sourire de Thom Hale lui avait laissé, et ce fut avec la belle assurance dont les heures passées en sa compagnie l'avaient imprégnée qu'elle se leva, la tête haute, pour déclarer :

– Tu es une brute, et question classe, tu n'arrives même pas à la cheville de Thom Hale.

Si elle le regardait, des larmes risquaient de lui venir aux yeux. Aussi resta-t-elle le regard fixé droit devant elle en montant les escaliers. Arrivée dans le couloir du deuxième étage, elle se dirigea tout droit vers la suite Arum.

– Cordelia ! s'écria Astrid quand son amie entra dans la chambre.

Astrid se trouvait depuis quelques heures dans la suite. Elle s'était douchée et recoiffée dans la salle de bains de Cordelia, examinant ses nouvelles robes et imaginant toutes les courses qu'elles feraient ensemble cet été. Puis Milly, la bonne que Darius avait engagée pour sa fille, lui avait apporté du lait et des cookies. Elle avait refait le lit, et Astrid avait échangé quelques potins avec elle sur les étranges habitants de Dogwood. Cela n'avait duré qu'un moment. Milly étant nouvelle dans la maison, elle n'avait pas grand-chose à dire, et Astrid avait fini par se lasser de leurs échanges et l'avait renvoyée. Elle s'ennuyait mortellement – lorsqu'elle entendit enfin la porte s'ouvrir. Elle fut tellement soulagée de voir son amie revenir qu'elle oublia que Cordelia, qui arborait à présent une robe splendide, avait prétendu se sentir trop mal pour sortir.

– Qu'y a-t-il ? demanda Cordelia en se débarrassant de ses talons hauts.

Les deux jeunes filles allèrent s'asseoir côte à côte sur le lit.

– Regarde !

Astrid ouvrit son poing et lui montra la boucle d'oreille.

– Qu'est-ce que c'est ?

Cordelia se pencha pour mieux examiner l'objet de sa révolte.

– Je ne sais pas ! grommela Astrid en posant sa tête contre l'épaule de Cordelia. Tout ce que je sais, c'est que ce n'est pas la mienne, mais qu'elle se trouvait dans les affaires de Charlie... J'espérais vaguement qu'elle soit à toi...

– Non... ce n'est pas la mienne, constata Cordelia en la regardant.

– Ce que je veux savoir, c'est comment elle est arrivée là, et dans quelles circonstances ! insista Astrid.

Elle le savait, elle n'était pas vraiment sincère, car déjà l'image de la femme à qui appartenait ce bijou s'était transformée et avait pris dans son esprit les proportions d'une scène horrible impliquant Charlie et une autre fille, peut-être même deux. À cette pensée, elle se sentit stupide et impuissante, et ne put retenir les larmes qui lui montaient aux yeux.

Astrid s'effondra. Elle perdait tous ses moyens ; elle ne savait comment aborder Charlie, ni même comment lui exprimer ce qu'elle imaginait et redoutait.

– Je sais que tu aimes Charlie, commença prudemment Cordelia, mais il peut se comporter comme un vrai goujat...

Avant qu'Astrid ait eu le temps de lui objecter que ce

n'était pas du tout la façon dont elle le voyait, elle fut distraite par un bruit dans le corridor, en provenance de l'escalier. Elle fit signe à Cordelia de se taire. Elle s'en doutait, dès que Charlie s'apercevrait qu'elle était partie de sa chambre, il viendrait forcément de ce côté. Elle se sentit troublée ; pour autant, ce dont elle était sûre, c'est qu'elle ne voulait pas le voir. Elle mit son doigt sur ses lèvres :

– Je ne suis pas là, chuchota-t-elle.

Sur ce, elle marcha sur la pointe des pieds jusqu'à la salle de bains, avec son marbre veiné de gris et sa robinetterie en cuivre plaqué or – c'était ainsi que tout le monde refaisait ses salles de bains à l'époque, et elle se dit que Cordelia n'avait forcément jamais rien vu de tel dans l'Ohio –, et referma doucement la porte avant d'y coller son oreille. Elle entendit Charlie entrer dans la suite.

– Tu as vu Astrid ?

Le son de la voix de Charlie la troubla, malgré le mur qui les séparait. Il haletait, son ton était fiévreux, et il semblait furieux d'avoir à poser cette question.

– Non, entendit-elle répondre Cordelia de l'autre côté de la porte, avec ce laconisme qui lui était familier. Et toi ?

– Oui, mais maintenant, elle est partie. (Le parquet gémit sous les pieds de Charlie qui traversait la pièce.) Elle était tout à l'heure dans ma chambre. Elle n'est pas ici ?

– Non.

Silence.

– Quel dommage, j'aurais aimé être avec elle, ce soir.

Il n'y eut pas de réponse et après un temps Astrid comprit qu'il était parti. Elle imagina Charlie en train de monter les marches et de partir à sa recherche avec cette allure importante et insolente qui était la sienne. Quand la porte claqua, elle se précipita vers Cordelia, qui était restée assise dans la même position, les cheveux tombant sur ses épaules.

– Il te cherche, lui dit-elle calmement.

– Je sais. (Astrid se mordit la lèvre.) Je peux rester ici un moment ? Je peux dormir avec toi ?

– Bien sûr... Mais pourquoi ne pas lui demander des comptes ce soir ?

– Ça ne lui fera pas de mal de croire que je suis partie... Et comme ça, j'aurai le temps de réfléchir à quoi faire demain. (Astrid soupira et se jeta sur le dessus-de-lit. Elle ne voulait pas se dire que Charlie l'avait trompée, elle ne voulait rien savoir.) De toute façon, je dors toujours dans ce lit quand je suis ici et qu'il est trop tard pour rentrer chez moi. C'est ce que je faisais avant ton arrivée. Je suis si contente que tu sois venue !

– Tu dors... là ?

Astrid éclata de rire.

– Où crois-tu que je dormais ? Pas avec Charlie !

En voyant l'expression du visage de Cordelia, elle comprit que c'était exactement ce qu'elle avait pensé. Cordelia, l'air perplexe, les yeux fixés sur Astrid, semblait chercher sur son visage les signes qu'elle plaisantait.

– Ah bon, fit-elle en hochant la tête.

Astrid se tordit encore de rire à cette idée. Cordelia s'adaptait tellement vite ici qu'Astrid avait oublié que l'Ohio était une contrée lointaine. Les choses étaient sûrement très différentes là-bas, maintenant qu'elle y pensait. Peut-être que les garçons et les filles de la campagne se comportaient comme des gens mariés bien avant de l'être.

– Bien sûr que non ! Oh ça, il aimerait bien, mais il y a certaines choses qu'une fille ne doit pas faire avant... et puis, de toute façon, je ne voudrais pas finir comme ma mère !

Astrid gémit au souvenir de la soirée qu'elle avait abandonnée et de tout cet horrible cinéma.

– Oh, et puis quel ennui, tout ça ! Parlons de toi, d'accord ?

Elle se glissa vers le haut du lit et tira la couverture sur son peignoir. Un petit vent s'était mis à souffler, soulevant les rideaux blancs, ce qui donnait une petite touche fantomatique à la pièce. Cordelia caressa le dessus-de-lit de ses longs doigts, silencieuse, laissant résonner les derniers mots d'Astrid dans son esprit. Elle essayait de maîtriser le sourire qui était en train de naître aux coins de ses lèvres, mais en vain : son visage était radieux. Des étoiles brillaient dans ses yeux. Elle rassembla sur une épaule ses cheveux dorés par le soleil, et Astrid s'aperçut alors que sa coupe faisait un peu provincial. Il fallait arranger ça. Cordelia était si élégante, et ce détail détonnait dans l'ensemble. Ce serait dommage de ne pas y remédier.

– J'ai rencontré quelqu'un, chuchota finalement Cordelia.

– Ah, ah ! s'exclama Astrid. Je savais que quelque chose de palpitant était arrivé. Pour quelle autre raison serais-tu soudain devenue si difficile à joindre ? Dis-moi ! Dis-moi maintenant. Dis-moi tout.

– Eh bien, il s'appelle Thom, et...

Astrid faillit s'étouffer et son visage s'allongea.

– Thom Hale ? Je t'ai vue lui parler au club, dit-elle d'un ton grave. Mais voyons, tu ne peux pas tomber amoureuse de Thom Hale, se dépêcha-t-elle d'ajouter en faisant énergiquement non de la tête.

Mais Cordelia n'avait pas encore saisi la gravité de son ton. Elle rit et lui lança d'un ton léger :

– Toi aussi ?

– Les Hale et les Grey ! Comment puis-je t'expliquer ?

– Oh, je sais. Je sais tout. Charlie et Papa m'ont dit que

je ne devais pas le voir, et ils m'ont enfermée ici rien que pour s'en assurer.

Elle se mordit la lèvre et baissa les yeux sur ses mains, comme effrayée par ce qu'elle avait fait, ou peut-être par ce qu'elle ressentait. Elle posa sa tête sur l'oreiller, tout près de son amie, et baissa la voix comme pour lui confier un grand et terrible secret :

– Sauf que... Je n'ai jamais rien ressenti de tel avant. Ce que j'ai éprouvé quand j'étais avec lui, tu ne peux pas savoir. Je n'aurais jamais imaginé que la vie pouvait être aussi formidable...

Les yeux d'Astrid s'étaient agrandis.

– Mais tu ne dois pas ! Charlie et Darius prennent la famille très au sérieux...

Un long silence s'ensuivit, et un instant, il sembla que Cordelia regrettait sa confession. Puis, avec un petit sourire espiègle :

– Mais tu ne sais pas à quel point il est beau.

Et là, ce fut plus fort qu'elle, Astrid sourit à son tour.

– Oui... Il est beau, effectivement.

– Donc tu le connais ?

– Mais bien sûr, tout le monde connaît Thom !

Cordelia poussa un soupir rêveur et enfouit son visage dans l'oreiller. Elle était inquiète, et pourtant elle semblait presque heureuse. À voir ainsi son amie, Astrid se demanda si la rivalité entre les Hale et les Grey avait vraiment autant d'importance que cela. Certains parfois ne mettaient-ils pas en question la relation sentimentale de Charlie et d'Astrid, et peut-être avaient-ils raison ? Mais au fond de son cœur, Astrid savait qu'elle aimait Charlie malgré ses défauts et qu'on ne pouvait rien contre cet amour. Même maintenant, alors qu'elle bouillait de rage contre lui, elle l'aimait.

Qui était-elle, pour douter de l'histoire d'amour de quelqu'un d'autre ?

Elles commencèrent à se laisser gagner par le sommeil, mais furent peu de temps après réveillées par un cri venu du dehors. Elles se glissèrent vers la fenêtre et poussèrent de petits gloussements quand elles virent que c'était Charlie et Elias qui criaient le nom d'Astrid dans la nuit.

– Peut-être devrais-tu leur dire que tu es là ? chuchota Cordelia.

– Non ! Ça pourra attendre demain matin, comme n'importe quelle autre chose.

Astrid prit la main de son amie, et elles retraversèrent la chambre à pas de loup pour retourner se blottir sous les couvertures.

– De toute façon, rien ne peut être vraiment grave alors que nous arrivons à tomber de sommeil dans une pièce aussi douce et aussi belle que celle-ci, souffla Cordelia à Astrid en lui lançant un clin d'œil rassurant.

C'était un nouveau concept pour Astrid, mais une fois qu'elle eut fermé les yeux et considéré la logique de Cordelia, l'idée lui sembla en effet irréfutable.

Alors même que le ciel de la nuit se teintait des lueurs roses de l'aube, il était probable que des rires sonores montaient encore jusqu'au plafond des plus belles pièces de réception de White Cove, et que d'immenses chagrins se noyaient dans ses recoins cachés. Mais dans la suite Arum, au deuxième étage de Dogwood, une luxueuse literie portait le corps d'Astrid, qui, en entendant le rythme régulier de la respiration de Cordelia sur l'oreiller voisin, eut le sentiment qu'enfin, elle avait une véritable amie.

16

Tu ne devineras jamais ce que la nouvelle a fait hier soir !

Letty venait de sortir de la chambre, vêtue d'une robe anthracite qu'elle avait empruntée et qui était un peu longue pour elle. Elle semblait plus petite que d'habitude et se sentait fragile pour des raisons qu'elle ne cernait pas encore tout à fait.

– Qu'est-ce qu'elle a fait hier soir, alors, la nouvelle ? demanda Fay en sortant de la kitchenette et en se rasseyant sur le canapé prune où elle s'affala à côté de Paulette qui, enveloppée dans son kimono court, releva son loup de soie noir sur ses cheveux blond clair.

– Elle est montée sur scène et a chanté une chanson comme ça, au pied levé, avec l'orchestre ! s'extasia Paulette comme si elle ne pouvait encore y croire. La foule a adoré. Amory Glenn était là, et après, elle a trouvé le moyen de flirter avec lui.

Fay parut estomaquée. Ses yeux étincelèrent.

– Bravo ! s'écria-t-elle. C'est grâce à ses grands yeux bleus innocents.

– Amory Glenn ? s'exclama Kate en sortant de sa chambre. Veinarde !

Ses cheveux bruns et bouclés étaient enveloppés dans un turban blanc, et son long et fin visage était déjà maquillé.

– Veinarde !

Mais la jubilation de ses compagnes à la nouvelle de sa conquête eut pour seul effet de mettre Letty dans l'embarras. La veille au soir, elle s'était sentie pour de bon au septième ciel, mais elle s'était réveillée ce matin dans un tout autre état d'esprit. Dans ses rêves, Cordelia était une sorte de princesse qui passait devant elle en voiture et se moquait d'elle. Quand Letty avait ouvert les yeux et entendu la respiration bruyante de Paulette à côté d'elle dans le lit qu'elles partageaient, sa vie ne lui avait pas semblé aussi belle que cela. Si elle racontait ce qui s'était passé sur la scène du nightclub, alors elle arriverait au moment où la chanson se terminait et où Cordelia était repartie. Ce souvenir lui noua la gorge.

– Je vous raconterai plus tard. Il fait une si belle journée, s'excusa-t-elle sans conviction avec un petit sourire contraint, je ne peux pas supporter de rester enfermée !

– Oh !... Mais... Raconte-nous ! supplièrent en chœur ses camarades.

Mais elle se précipitait déjà vers les patères du vestibule. Elle se coiffa d'une cloche en feutre couleur chocolat, et ouvrit la porte.

– Je reviens tout de suite ! fit-elle avec un geste nerveux de la main.

Puis elle quitta l'obscur appartement en entresol et sortit dans la lumière du jour.

Comme elle grimpait les quelques marches vers le trottoir, son trouble et son chagrin refluèrent, et avec eux son besoin désespéré de fuir. Elle s'arrêta dans cette rue étroite et sinueuse, dans l'ombre veloutée des maisons en brique à un ou deux étages, au milieu des grands arbres aux feuilles épanouies.

Ce fut alors qu'elle vit Grady Lodge de l'autre côté de la rue, appuyé contre son cabriolet noir, les mains dans les poches.

La visière d'une casquette molle jetait une ombre sur ses yeux gris, sans cacher pour autant leur expression à la fois sereine et ardente. Il portait un pantalon de golf en tweed sans veste, et des chaussettes couleur rouille qui montaient jusqu'à ses genoux. C'était ce qu'on pouvait appeler une tenue chic, supposa Letty, sauf que tout en lui était très légèrement de travers.

– Bonjour ! cria-t-il.

Elle hésita, jeta un regard derrière elle, mais les rideaux de l'appartement étaient tirés. Le voir dans la lumière du jour l'avait troublée, mais elle était heureuse à présent d'avoir fait le choix d'aller vers lui. Feignant subtilement la surprise, elle lâcha un désinvolte :

– Oh... Salut !

Puis elle traversa la rue dans sa direction. Il lui prit la main, qu'il baisa.

– Comment savez-vous où je vis ? lui demanda-t-elle quand il releva les yeux.

– Votre amie Paulette me l'a dit hier soir. Peut-être se sentait-elle triste pour moi, quand elle s'est rendu compte que j'étais resté des heures au bar à attendre de pouvoir vous parler...

Un instant, il sembla se perdre dans son regard, et Letty lui sourit simplement, comme une petite fille, attendant qu'il dise quelque chose d'autre.

– ... et quand je me suis réveillé ce matin, j'ai pensé que peut-être, comme vous veniez de l'Ohio, vous aimeriez faire le tour de la ville.

Mille raisons de ne pas accepter lui vinrent au bord des lèvres. Mais la journée était belle, comme elle l'avait dit à ses camarades, et après tout, elle ne s'était pas aventurée très loin au-delà de Greenwich Village. Cordelia l'avait bien fait, alors pourquoi pas elle ?

– Eh bien pourquoi pas... Mais je n'ai pas toute la journée devant moi, ajouta-t-elle pour ne pas sembler trop empressée.

Un sourire éclaira le visage d'adolescent du jeune homme.

– Je vous emmène le temps que vous voudrez.

Il contourna la voiture, lui ouvrit la portière et resta très courtoisement debout jusqu'à ce qu'elle soit installée. Une fois qu'il eut refermé la portière, il refit le tour de la voiture, s'assit et démarra.

Pendant un bref moment, elle se sentit nerveuse et un peu timide, assise dans une voiture à côté d'un inconnu, mais finalement le spectacle de la ville la fascina. Ils passèrent devant des immeubles où chaque façade débordait de fleurs, et dans des rues où les enseignes portaient des caractères chinois rouges.

Sentant peut-être combien tout cela pouvait lui être étranger, il lui dit :

– Vous êtes très courageuse d'avoir fait tout ce chemin toute seule.

– Oh... mais non, pas toute seule. Je suis venue avec une fille nommée Cordelia, mais nous ne nous voyons plus.

Grady lui jeta un coup d'œil.

– Je suis désolé, dit-il d'un ton calme. Peut-être pourrais-je vous aider à la retrouver ?

– C'est très gentil à vous, mais... mais je ne pense pas qu'elle s'inquiète encore de moi. Vous savez, elle est venue au club la nuit dernière, et elle est repartie dès qu'elle m'a vue.

– Je ne peux pas imaginer que quelqu'un n'ait pas envie de vous voir.

– Oh, c'est très gentil, lui dit Letty en tâchant d'oublier la tristesse de ses rêves de la nuit.

La journée était si radieuse, la ville si animée, elle ne voulait pas être triste, et de toute façon, cela lui faisait du bien de parler de Cordelia à quelqu'un, et de son départ qui lui avait fait si mal.

– Je me suis fait de meilleures amies depuis, dit-elle avec entrain.

Quand elle lui signala qu'elle avait faim, ils s'arrêtèrent devant un marchand ambulant et Grady acheta des hot-dogs. Ils les mangèrent tout en roulant sur les routes ombragées et sous les grands tunnels qui traversaient l'immense parc au centre de la ville.

– C'est Central Park...

Les yeux gris de Grady se détachèrent de la route pour la regarder.

– On dirait qu'il n'en finit pas ! dit Letty entre deux bouchées de pain de mie et de viande assaisonnée de sauce. Combien de kilomètres fait-il ?

Grady s'arrêta et avoua en rougissant, et avec son plus charmant sourire :

– Je ne sais pas... Mais je vous promets de vous le dire. Beaucoup, je suppose. C'est un petit royaume à lui seul. Vous pouvez vous y perdre, vous savez.

La voûte végétale bruissait d'une façon si douce, si tranquille, qu'un instant elle oublia qu'elle se trouvait dans une ville. Des femmes élégantes aux démarches compassées tenaient des caniches en laisse, et des enfants cramponnés à des ballons réclamaient des cadeaux à leurs pères, tandis que le ciel restait d'un bleu impavide. Elle avait fait de longues promenades en voiture auparavant, mais jamais aussi légères et paisibles, et jamais dans un décor aussi grandiose.

Ils changèrent de direction, descendirent des collines et traversèrent des plaines qui côtoyaient le fleuve, longèrent des quais de chargement, passèrent devant des usines soufflant de la fumée et de petits édifices à l'abandon entassés sur les bords de l'île. Des bacs naviguaient sur le fleuve, et des hommes, le visage encrassé, en nage, paressaient devant des garages.

– Désolé d'avoir pris cette route, s'excusa Grady, alors qu'ils traversaient une zone industrielle.

– Mais pourquoi seriez-vous désolé ? l'interrogea Letty.

Malgré la lourdeur et l'impureté de l'air, la multitude des cheminées et les sirènes des bateaux la ravirent.

– J'adore cet endroit ! Vous savez, il fait si beau, j'aimerais bien tremper mes orteils dans...

– Pas ici ! (Une ombre inquiète passa fugacement sur le visage de Grady.) Non, non, l'eau et le littoral sont vraiment très sales ici à tous points de vue. Je ne vous y laisserais pas descendre, même avec un régiment de gardes du corps, même avec une armée de sherpas qui vous transporteraient pour préserver vos pieds de la boue.

Letty se retourna sur le dossier de son siège et observa, tandis qu'ils s'éloignaient du fleuve, le paysage qui filait derrière eux. La zone dans laquelle ils entrèrent alors possédait de plus hauts buildings, et le fleuve, dont les effluves se faisaient encore sentir, avait disparu du décor. Letty fut légèrement déçue, mais sa déconvenue ne dura pas longtemps ; au souvenir des derniers mots de Grady, elle rosit de plaisir. Car, bien qu'il fût un simple écrivain et que son humble visage ne la bouleversât pas autant que celui d'Amory, il pensait qu'elle valait la peine d'être transportée comme une reine !

– Je connais un bel endroit où nous pourrions descendre au bord de l'eau pour jeter un coup d'œil, mais je ne pense pas que vous pourriez y tremper vos pieds.

Letty sourit. Ils continuèrent à rouler lentement, arrivèrent sur une route sinueuse, s'engagèrent dans des rues aux trottoirs encombrés d'étals, des rues qui empestaient l'odeur de l'oignon, des rues pavées.

Enfin ils s'arrêtèrent à l'ombre d'un immense pont.

– Où sommes-nous ? interrogea-t-elle, tandis qu'il l'aidait à sortir de la voiture.

– C'est un endroit où j'aime me rendre de temps à autre, pour contempler le quartier de Brooklyn et penser à Walt Whitman...

Grady ferma les yeux et inspira profondément, l'air heureux.

Letty se sentit un peu instable sur ses jambes après être restée assise si longtemps dans le roadster au moteur vibrant et ronflant, mais Grady tendit les bras et la prit par les deux mains. Comme ils s'avançaient vers l'eau, elle aperçut les travées de deux autres ponts qui traversaient le fleuve. Sur la rive opposée, elle distingua des maisons, des usines et des embarcadères.

Ils se promenaient d'un pas tranquille. Elle écoutait le clapotis de l'eau et le craquement des brindilles sous ses pas lorsque cette quiétude fut brisée par deux détonations qui retentirent comme des coups de tonnerre. Elle frissonna de la tête aux pieds. Deux chiens se mirent à hurler, preuve que quelque chose de violent venait de se produire.

Elle étouffa un cri et posa ses mains sur la poitrine de Grady.

Ils se mirent à courir et aperçurent alors une voiture garée sous l'arche du pont. Un homme corpulent était courbé, de dos, son large postérieur pointé vers la travée qui le surplombait, en train d'examiner quelque chose. Puis il se redressa, soulevant le corps mince et flasque d'une créature qu'il jeta sur un tas d'autres formes semblables, qui paraissaient sans vie. Cela fait, l'homme lança un bref coup d'œil dans leur direction.

– Éloignez-vous d'ici, dit-il d'une voix bourrue et fatiguée, avant de se détourner.

Il ouvrit la portière de la voiture, et le hurlement qu'ils avaient entendu reprit. Pendant environ une minute l'homme s'agita, puis claqua la portière, tenant serré au bout d'une laisse un beau lévrier aux longues pattes tremblantes, qui roulait des yeux terrifiés. L'homme repoussa brutalement l'animal terrorisé loin de la voiture, et arma son fusil.

– Il va tuer ce pauvre animal, murmura désespérément Letty à Grady.

Il avait passé son bras autour d'elle pour l'inciter doucement à partir. Mais le menton de la jeune fille s'était mis à trembler, et ses pieds refusaient obstinément de bouger.

– Regardez ! (Elle ne pouvait trouver de mots pour qualifier ce dont ils étaient témoins.) Faites quelque chose !

– Je ne crois pas, commença-t-il.

Le lévrier tremblant continuait à gémir.

– Arrêtez-le ! insista-t-elle. Écoutez, le chien pleure !

L'homme, qui avait une barbe de plusieurs jours et dont la chemise blanche, trempée de sueur, était collée par endroits à sa peau, leva son arme et tira deux fois. Le chien s'effondra sur ses minces pattes, et cessa de gémir.

– Oh !

Cette fois le cri de Letty fut sourd et guttural, un gémissement. La cruauté de ce spectacle était si brutale et impitoyable que durant quelques secondes, elle sentit sa chair se déchirer, et son propre sang se mettre à couler.

Dans la voiture, un autre chien, seul, couinait, ses pattes grattant désespérément la vitre.

L'homme se redressa et secoua les douilles hors de son arme. Il plongea la main dans sa poche et prit une autre poignée de cartouches qu'il glissa l'une après l'autre dans le magasin de son fusil avant de le réarmer d'un coup sec.

– Je vous ai dit de foutre le camp d'ici !

Grady jeta un regard à Letty. Ses yeux luisaient de peur.

– Je crois que nous ferions mieux de partir.

Elle secoua furieusement la tête.

– Pourquoi tuez-vous ces chiens ? demanda-t-elle en faisant plusieurs enjambées vers l'homme.

– Parce qu'ils sont vieux et qu'ils ne courent plus assez vite. Ils ne me sont plus d'aucune utilité maintenant, répondit-il d'un ton à la fois las et menaçant, comme s'il était exaspéré d'avoir à s'expliquer.

Puis il rouvrit la portière de la voiture et saisit la laisse du dernier chien, qui sauta par terre et se mit à courir en cercles autour de l'homme, de sorte que tous deux se trouvèrent enchaînés par la laisse. L'homme fit plusieurs tentatives maladroites pour se dégager, ce qui poussa sans doute Grady à s'enhardir :

– Il m'a l'air pourtant plutôt rapide, dit-il.

– Ouais, c'est que n'importe qui court toujours plus vite quand il s'agit de sauver sa peau, grommela l'homme.

– Vous gérez donc une société de courses, monsieur ? continua Grady en se forçant à sourire et en reprenant sa façon habituelle de parler, polie et pleine d'entrain.

– Quelque chose comme ça, répliqua l'homme en tirant d'un coup sec sur la laisse, pour amener le lévrier près de ses frères abattus.

– Monsieur, s'il vous plaît, ne tuez pas ce chien, l'implora Letty.

– Pas de cinéma, princesse.

L'homme brandit son fusil. Letty se cacha le visage dans les mains, retenant ses larmes.

– Stop ! entendit-elle alors, suivi d'un bruit de pas précipité.

– S'il vous plaît, arrêtez ! enjoignit Grady qui avait couru vers l'homme. Combien en voulez-vous ? Un dollar ? Cinq ? Ne tuez pas ce chien, je vous en prie.

Letty ouvrit un œil et, à travers ses doigts, vit Grady en train de supplier l'homme. Le lévrier gémissait, balançant la tête, ses pattes grattant fébrilement le sol.

– Vous m'en débarrassez ? dit l'homme.

– Oui, l'assura Grady.

Letty ôta les mains de son visage et les serra contre son cœur.

– Et je n'entendrai plus jamais parler de vous, ni l'un ni l'autre ?

– Non.

Grady hocha la tête affirmativement, sans doute plus longtemps que nécessaire.

Letty se précipita, s'agenouilla et prit la tête du chien entre ses mains. Ses beaux yeux bruns exprimèrent quelques secondes la méfiance, mais une fois que l'homme eut tendu l'extrémité de la laisse à Letty, il se mit à donner de gentils coups de patte sur la jupe de la jeune fille et lui lécha le visage.

– Cinq dollars, éructa l'homme.

– Oui, bien sûr, tout de suite. (Grady chercha dans son portefeuille.) Les voici.

Letty se releva et regarda l'homme en plissant les yeux.

– Viens, ma beauté, dit-elle au chien.

Et ils s'éloignèrent rapidement de l'horrible scène.

– Merci ! cria Grady qui les suivait.

– Ne le remerciez pas ! lui lança-t-elle juste avant de regretter de lui avoir parlé durement. Je suis désolée. Merci, Mr Lodge. Je suis très... (Elle s'interrompit, pour regarder l'animal au museau effilé.) *Nous* vous sommes très reconnaissants. Je vous rembourserai.

Grady devait vraiment avoir eu peur, car sa voix tremblait un peu quand il reprit la parole :

– N'en parlons plus. Sauf que je ne suis pas près de vous faire découvrir à nouveau mes endroits secrets !

La lumière du jour déclinait, et tous deux décidèrent qu'il était temps qu'il la ramène à la maison. Durant tout le trajet elle cajola son nouvel animal, qui tantôt tremblait, tantôt lui léchait le visage.

– Mille mercis encore, Mr Lodge, lui dit Letty quand ils ralentirent et s'arrêtèrent dans Barrow Street. Ce fut un très bel après-midi.

– Oui, très beau.

Il avait été plus silencieux que d'habitude sur le chemin, mais semblait recouvrer à présent ses esprits.

– J'espère que vous me permettrez de vous faire faire d'autres tours en voiture, dit-il en arrangeant nerveusement sa casquette.

– Oui. (Elle se mordit la lèvre inférieure et lui sourit sincèrement.) J'ai adoré.

– Il y a autre chose que je voulais vous dire...

– Oui ? fit-elle doucement, tout en remarquant son expression qui n'augurait rien de bon.

– Je vous ai vue parler à Amory Glenn, et je voulais juste vous dire... (Grady détourna les yeux, gêné.) J'ai connu des gens qui le connaissent bien. Ce n'est pas un bon zèbre.

Letty plissa les yeux. Une voiture fit une embardée et les dépassa.

– Ce n'est pas un bon zèbre..., répéta-t-elle en éclatant de rire. Oh, ne vous inquiétez pas pour moi, Mr Lodge ! Je ne suis pas tombée de la dernière pluie, et je sais reconnaître un bon zèbre d'un sale type. (Elle s'accroupit et caressa la tête du chien.) Mais lui, c'est vraiment un bon zèbre. Tenez, c'est comme ça que nous l'appellerons : Bon Zèbre !

Quand elle se releva, ses yeux étaient embrumés et elle essaya d'oublier ce qu'il avait dit.

– On se voit à votre bar habituel, Mr Lodge !

Elle lui envoya un baiser des deux mains à la façon d'une grande star, et traversa en courant la rue avec Bon Zèbre devant elle, tous deux prêts à entamer le prochain chapitre de la journée.

17

Cordelia voyait arriver la fin de la première semaine passée chez son célèbre bootlegger de père, et commençait à entrevoir que l'amour parental pouvait être une source de contrariété. Son père avait mis ses paroles à exécution : elle n'avait pas le droit de sortir de la propriété. Deux jours au même endroit, c'est long pour toute jeune personne, surtout si cette jeune personne est particulièrement curieuse, et de plus découvre que l'expression « se languir d'amour » n'est ni une façon de parler ni une légende. La pensée constante de Thom Hale la rendait fébrile et lui coupait l'appétit, aussi dut-elle s'excuser et quitter la table au dîner la veille au soir : les mots « Thom Hale » ne lui sortaient pas de la tête et l'empêchaient de penser à autre chose, au point qu'elle craignait de trahir ses sentiments en ouvrant la bouche. Toute la nuit elle se tourna et se retourna dans son lit, ayant tantôt froid, tantôt chaud. Elle ne pouvait pas l'aimer, elle le savait, en tout cas pas après une seule soirée passée avec lui, c'était trop peu, mais si ce n'était pas de l'amour, alors comment appeler ce désir impatient qui la tenait éveillée toute la nuit et lui rendait impossible de rester en place plus de cinq minutes ?

De plus, elle savait maintenant où était Letty, et le fait de ne même pas pouvoir aller la voir la rendait triste. Comme elle aurait aimé assister à toute la prestation de son amie, la féliciter de son formidable succès, et lui exprimer combien leur dispute avait été ridicule !

Ce qui la paralysait encore plus, c'était de savoir que son frère était lui aussi à Dogwood. Elle ne pouvait en vouloir à son père, il avait été si gentil avec elle malgré son mensonge. Mais Charlie, lui, avait été odieux, et elle avait fini par conclure que c'était probablement à cause de lui que Thom n'osait pas l'appeler. Elle supposa que Charlie l'avait prise en grippe depuis cette première soirée au *Septième Ciel*, avant que chacun d'eux ait su qu'ils faisaient partie de la même famille. Mais le deuxième jour de sa claustration, comme elle revenait d'une longue promenade dans le parc, elle vit qu'elle n'allait pas pouvoir l'éviter : il était manifestement à sa recherche.

– Tu as parlé à Astrid ? lui cria-t-il tandis qu'elle remontait l'allée de gravier en direction de l'entrée de la maison.

Cordelia s'arrêta. Elle ressemblait à une joueuse de golf, dans sa robe blanche sportive au haut sans manches ras du cou et à la petite jupe plissée. Le caractère abrupt de sa question la surprit, tout comme l'idée aberrante qu'elle puisse lui donner des informations, après ce qu'il lui avait dit.

– Peut-être, mais ça ne te regarde pas.

Charlie arrivait du garage et venait maintenant vers elle, qui s'était arrêtée dans l'allée. Quand il la rejoignit, ils marchèrent ensemble vers la maison. Le soleil était haut dans le ciel, et une poussière dorée planait dans l'air.

– Elle me rend fou, continua Charlie d'un ton à la fois bourru et implorant. Elle ne veut pas prendre mes appels.

Cordelia soupira. Contre toute attente, elle ne put s'empêcher de se sentir un peu triste pour lui, car après tout, l'amour la rendait folle, elle aussi.

– Je lui ai parlé. Elle est furieuse contre toi.

Quand elle vit Charlie hocher tristement la tête, elle ajouta un peu plus gentiment :

– Je ne connais pas Astrid aussi bien que toi ni depuis aussi longtemps, mais il me semble qu'elle n'est pas du genre à changer d'avis, quand elle a été trompée.

– Tu as raison là-dessus. Mais elle n'a pas été trompée, répliqua-t-il sans hésitation, je ne sais même pas ce qu'elle a contre moi.

– Possible.

Cordelia regarda Charlie d'un air dubitatif et se demanda si elle devait lui parler de la découverte d'Astrid l'autre soir, qui l'avait fait soupçonner qu'une fille mystérieuse s'était attardée dans sa chambre. Même si Cordelia se disait que les Grey donnaient beaucoup de fêtes, et que la boucle d'oreille pouvait fort bien venir de n'importe où, et de n'importe qui.

– Mais je ne crois pas que cela ait une grande importance, maintenant.

– Non, sans doute. Elle peut être horriblement têtue. Mais ne pense pas qu'Astrid soit teigneuse ou égoïste, continua Charlie en entrant avec elle dans la maison obscure. Elle a de l'estime pour toi.

Bien que ces derniers mots réjouissent Cordelia, elle répliqua froidement :

– Pourquoi penses-tu cela ?

Charlie haussa les épaules.

– Peut-être parce que tu es ma sœur ? Qu'est-ce que ça peut te faire, je te demande juste d'être gentille avec elle.

– Je serai gentille avec elle parce qu'elle est mon amie, lui repartit Cordelia. Pas parce que tu me le demandes.

– Ne fais pas d'histoires. Tu es une Grey, n'est-ce pas ? Et les Grey doivent se tenir les coudes.

– Pourtant l'autre soir, tu m'as accusée de...

– Je suis désolé.

Quand Charlie soupirait, il le faisait de toute la force de son robuste corps. Il y avait quelque chose dans ce soupir qui était si lourd de responsabilité que cela lui rendit difficile de continuer à considérer son frère comme un simple obstacle.

– J'ai eu tort de dire cela, surtout à ma sœur, mon unique sœur.

Comme ils gravissaient le perron de marbre, brusquement elle comprit ce qu'avait dit Astrid à son propos l'autre soir, à savoir qu'il se souciait avant toute chose de sa famille. N'ayant jamais vécu dans un foyer qu'elle ressentait comme sien, elle ne put s'empêcher de l'apprécier pour ce trait de caractère, et d'avoir envie qu'il la prenne sous son aile protectrice.

– D'accord, mais juste aujourd'hui, dit-elle sur un ton plus léger. Je ne peux rien promettre pour demain.

Charlie lui jeta un coup d'œil, puis ouvrit la porte et la laissa entrer. Le vestibule était à peine éclairé, seule la lumière du jour filtrait par les fenêtres, et les boiseries des murs étaient sombres. Cordelia avança. La maison lui sembla à ce moment-là plutôt froide. Elle réalisa qu'elle n'avait pas parlé à Darius depuis la veille au soir au dîner, où, gênée, elle était restée silencieuse. Bien sûr, elle ressentait sa présence constante, à travers les attentions de son personnel à son égard et l'arrivée continuelle de vêtements, chaussures et chapeaux, tout spécialement depuis qu'il l'avait punie, mais ne pas l'avoir vu de la matinée la troubla et l'attrista un peu.

– Charlie...

Le frère et la sœur levèrent les yeux. Elias Jones apparut, dans un costume discret et bien coupé. Il sembla à peine remarquer la présence de Cordelia, et chuchota quelque chose à l'oreille de Charlie qui était venu vers lui. Le visage de son frère devint grave, et il écouta Jones jusqu'à la fin en hochant la tête.

– Merci, fit-il.

Puis il tourna le dos à Jones et à sa sœur et se précipita vers l'escalier.

– D'autres colis vont être livrés de la ville, dit Jones après s'être éclairci la voix. Votre père m'a demandé de les mettre dans votre suite.

Cordelia eut à peine le temps de le remercier que Jones avait tourné les talons et se dirigeait vers la sortie. Elle entendit ses semelles crisser sur le gravier, et le plancher gémir sous d'autres pas pesants à l'étage supérieur. Elle leva la tête vers les étages, admirant au passage le plafond sculpté et le lustre chandelier, qui restait éteint dans la journée.

– Charlie ! cria-t-elle.

Pas de réponse. Puis la tête de Charlie apparut par-dessus la balustrade :

– Tu as besoin de quelque chose ?

– Non... Je voulais juste te dire que je ne savais pas qui était Thom quand j'ai accepté de sortir avec lui. Je ne l'aurais pas fait, si j'avais su.

Il y eut un autre silence, mais là Charlie sourit, assez largement pour qu'elle s'en aperçoive depuis le rez-de-chaussée. Sa tête disparut, puis elle entendit ses pas dans l'escalier. Il descendit la dernière volée et se planta face à elle sur l'avant-dernière marche, l'examinant avec une expression de sympathie inhabituelle.

– Merci.

– Ce n'est pas pour gagner tes faveurs. (Elle soutint son regard, le visage neutre, le dos droit.) C'est tout simplement parce que je suis comme ça.

– Encore mieux, fit Charlie avec un petit rire. Je me méfie toujours des faveurs, avant qu'on me les accorde.

– Moi de même.

S'ensuivit un long échange gêné de regards, durant lequel Charlie sembla hésiter à remonter. Cordelia, qui n'avait pas grand-chose d'autre à faire, resta là sans bouger et sans détourner les yeux.

– C'est ennuyeux, d'être cloîtré ici, n'est-ce pas ? cria finalement Charlie.

Cordelia hocha silencieusement la tête.

– Si je te faisais sortir d'ici, tu crois que tu pourrais persuader Astrid de me voir ? lui demanda-t-il.

Ses yeux étincelèrent. Elle n'avait rien entendu d'aussi amusant depuis des jours. Elle regarda autour d'elle, et comme personne ne semblait les avoir vus, elle fit oui de la tête.

– Allons-y, fit Charlie tout sourire.

Ils marchèrent dans la direction que Cordelia avait prise quand elle était arrivée pour la première fois à Dogwood, longèrent le couloir jusqu'à la cuisine, qu'elle découvrit immense, équipée de plusieurs cuisinières et de hottes, garnie de hautes tables usées et de faitouts et autres marmites en cuivre accrochées aux murs. Un homme corpulent, portant un tablier, ses multiples mentons débordant du col de sa chemise, se tenait devant les feux.

– Charlie ! se réjouit-il en secouant une poêle d'où s'élevait un riche fumet de champignons sautés au beurre.

Il était évident, à la façon dont il prononçait son prénom, qu'il connaissait Charlie depuis l'enfance.

– Cordelia, voici Len, qui est au service de papa depuis toujours.

– Ainsi, c'est vous la jeune dame, dit l'homme en la saluant, tout en l'examinant.

Cordelia répondit d'un petit signe de tête.

– C'est vous qui avez cuisiné tous mes plats ?

– Oui, m'dame.

Elle sourit, mais n'eut pas le temps de le remercier, car Charlie demandait à Len s'il pouvait leur préparer et leur emballer un pique-nique pour leur après-midi dans le parc.

– Tu as toujours un appétit de lion, petit ? lui demanda Len.

Charlie fit oui d'un air gêné.

Ils attendirent qu'il ait fini de remplir leur panier. Personne ne disait grand-chose, et Cordelia ne put s'empêcher de jeter un coup d'œil à un détail étrange et terrible : l'homme portait une seule chaussure noire, et son autre jambe de pantalon flottait autour d'une jambe de bois.

– Charlie, murmura Cordelia quand ils traversèrent la salle à manger. Qu'est-il arrivé à la jambe de cet homme ?

À sa grande surprise, Charlie ricana.

– Sa jambe ? Il l'a perdue.

Elle frissonna en prenant conscience de ce que cela voulait dire concrètement. Elle toucha même ses cuisses, pour éprouver le soulagement de bien sentir ses deux jambes.

– Mais comment est-ce possible ? insista Cordelia.

– Pour quelle autre raison un homme grand et fort, aussi robuste, serait-il aux cuisines ? Papa disait que c'était un excellent garde du corps. (Charlie haussa les épaules.) N'importe comment, c'était il y a longtemps, au début de la mise en vigueur de la loi sur la prohibition. Les secteurs n'avaient pas encore été bien définis. Papa, Len et quelques autres avaient un gang : ils débitaient de l'alcool, et une nuit, un gang rival a provoqué papa pour tenter de lui faucher ses clients. Papa a pris une balle, Len a été mitraillé, sa jambe pulvérisée. Tous deux ont fini à l'hôpital St. Vincent. Le toubib a dit qu'il avait eu de la chance de s'en sortir.

– Oh, fit Cordelia d'une toute petite voix.

– Comme je le disais, c'était il y a longtemps, continua Charlie d'un ton neutre tandis qu'ils entraient dans la salle de bal. Nous ne dînons pas souvent dans la salle à manger d'apparat. Sauf depuis que tu es arrivée. C'est drôle, on dirait que papa veut t'impressionner.

– Pourquoi est-ce drôle ? releva Cordelia.

– Ne prends pas ça contre toi, mais jusqu'à présent tu as passé ta vie dans l'Ohio, et il se soucie apparemment beaucoup plus de t'impressionner toi que les quelques dames qu'il ramène ici, et quand je dis dames, ce sont de vraies *ladies*, qui ont grandi dans la Cinquième Avenue, possèdent leur propre piscine, sont allées à Paris et tout le tralala. Des *ladies* comme Astrid, par exemple. Mais c'est logique, il veut le meilleur pour toi : tu es de son sang.

Cordelia sourit à l'idée que son père se souciait tant de son confort.

– Papa a beaucoup de fiancées, hein ? l'interrogea-t-elle.

– Oui, pas mal.

Ils traversèrent la salle de bal au parquet miroitant. Charlie ouvrit une porte, puis s'arrêta pour laisser passer Cordelia dans la pièce adjacente : la bibliothèque.

– C'est pour cette raison qu'il a fait refaire la suite Arum. Il y avait cette danseuse de revue, Mona Alexander, avec laquelle il est resté fiancé quelque temps. Mais elle était alcoolique, et finalement papa a décidé qu'elle faisait tache dans le décor. Je crois que c'est la seule pièce de la maison qui a des meubles neufs. Des meubles qu'il a achetés lui-même, je veux dire.

Cordelia acquiesça et regarda le plafond avec ses anges en stuc et son lustre magnifique, se demandant où était maintenant Mona Alexander, et si Darius avait pensé à Fanny Larson quand il s'était fiancé à la danseuse.

– Au diable tout cela, dit Charlie tandis que le frère et la sœur continuaient de marcher dans la sombre bibliothèque au parquet recouvert de tapis persans.

Elle avait même un aspect plus solennel dans la journée, et les fougères l'envahissaient comme si elles étaient là depuis un siècle. Charlie s'approcha des étagères qui tapissaient toute la surface de l'un des murs. Il examina le dos des livres, manifestement à la recherche de quelque chose.

Ils avaient échangé plus de mots cet après-midi-là que durant toute la semaine, et pour la première fois elle était vraiment curieuse de son frère.

– Ça devait être formidable, de grandir dans ce décor, dit-elle d'un air songeur.

– Dans ce décor ? (Charlie fit non de la tête.) J'aurais bien aimé. Papa a acheté ce château en 1924. L'année d'avant, il louait une maison en bord de plage à Whitewood, à l'est du détroit, pas aussi classe, si tu vois ce que je veux dire. Avant, on passait d'un appartement à l'autre, en ville.

– Ah bon ?

Il était difficile pour Cordelia d'imaginer Charlie de cette façon-là, sans son chauffeur, sa suite et ses beaux habits.

– C'était une autre vie. La prohibition a *fait* papa, il n'était pas grand-chose avant cela, un pickpocket de troisième ordre, mais ne dis à personne que je t'ai dit ça.

– Tu as toujours fait partie de ses... plans ? demanda Cordelia.

– Depuis que je sais parler. Mon rôle était de distraire les victimes des vols à la tire de papa. Je faisais semblant de me perdre dans un endroit bondé, et quand une poulette s'occupait de moi, papa lui faisait les poches...

Cordelia trouva cela plutôt plaisant, mais elle douta que Charlie s'en amuse autant, car il détourna le visage et changea de sujet.

– Je vais te montrer quelque chose ! lui annonça-t-il. Tu ne le répéteras à personne ?

– Je veux que tu saches au moins une chose sur moi, Charlie Grey : je sais garder un secret.

Il la regarda intensément, avec un demi-sourire.

– Je te crois, répondit-il.

Puis il posa la main sur le dos d'un livre rouge, et poussa.

Il y eut un déclic suivi d'un grincement, et le mur se mit à pivoter lentement. Cordelia resta bouche bée devant la bibliothèque qui disparaissait tout en s'ouvrant sur un autre tableau. Un autre déclic, et le mouvement cessa. Les étagères avaient cédé la place à un bar en bois lustré avec un miroir en demi-lune au-dessus d'une collection de bouteilles qui contenaient différentes sortes de liqueurs et d'alcools, et une grande vitrine pleine de verres de différentes dimensions.

– Très impressionnant ! Mais je croyais que tu allais me sortir d'ici ?

Une lueur fugace passa dans les yeux de Charlie, sombres et impénétrables.

– Tu peux vraiment garder un secret ? Seul le cercle proche de papa connaît cet endroit. Il deviendrait fou s'il savait que je te l'avais montré...

– Je t'ai déjà dit que oui !

– Bien. Eh bien voilà, c'est fait. C'est un trompe-l'œil qui cache un passage.

– Un passage qui mène où ?

Une étincelle passa encore dans les yeux de Charlie, et il tendit le bras en direction des bouteilles du bar pour appuyer sur un autre bouton caché derrière. Le système grinça, mais cette fois le bar ne pivota qu'à moitié, et Cordelia aperçut une ouverture entre le vrai mur et le faux. Elle avança d'un pas et découvrit une cage d'escalier qui plongeait dans l'obscurité.

– Suis-moi, lui dit Charlie.

Ils empruntèrent un escalier éclairé par la lumière du jour qui filtrait à travers les fentes du plafond. Puis, au fur et à mesure qu'ils descendaient, l'air se rafraîchissait en même temps qu'il faisait plus sombre. Quand ils furent arrivés tout en bas, l'obscurité était complète. Charlie tâtonna à la recherche de l'interrupteur. La lumière d'une ampoule suspendue au plafond éclaira alors le lieu.

Ils se trouvaient dans une sorte de cave au sol de terre battue d'où partait une galerie qui bifurquait à droite et à gauche, près d'une porte inviolable munie d'un gros cadenas. Le souterrain de Dogwood n'avait rien de spécial, mais Cordelia ressentit une petite excitation à l'idée de se trouver dans un endroit secret.

– C'est la réserve, expliqua Charlie avec un signe de la main vers la porte cadenassée. Il y en a d'autres, bien sûr, mais c'est la seule de la propriété.

Cordelia montra les deux galeries :

– Où conduisent-elles ? demanda-t-elle.

– L'une va vers le garage, les livraisons peuvent ainsi se faire clandestinement. Il n'y en a pas très souvent et, comme je te l'ai dit, seuls quelques hommes de papa connaissent cet endroit, et le lieu doit rester secret. L'autre conduit à la baie.

– À la baie ? (Elle sentit l'odeur de la terre, frissonna et replia les bras autour d'elle.) Pourquoi ?

– Oh, pour beaucoup de raisons. Au cas où les routes seraient bloquées ou surveillées, et où on aurait besoin de faire rentrer ou sortir de la marchandise... Papa dit que parfois les agents fédéraux font le guet au virage de la route, et il n'a aucune envie de se faire contrôler. Et si la police faisait un jour une descente, ce serait sans doute la porte de sortie.

– Où donne-t-il ? demanda Cordelia, faisant un pas en direction du passage vers la baie.

– Sur un petit appontement délabré près de la hutte d'un pêcheur. À presque un kilomètre.

L'espace d'une seconde, Cordelia inspira une bouffée d'air marin, et son pouls s'accéléra à l'idée de son évasion.

– Tu es prête ? dit Charlie avec une pointe d'insistance dans la voix.

Leurs regards se rencontrèrent, espiègles, puis ils se mirent en marche, silencieusement et d'un pas tranquille. Pour la première fois, Cordelia ressentit ce que c'était que d'avoir un frère, ou un demi-frère, peu importe, et le fait d'avoir été placée sous la responsabilité de Charlie lui semblait maintenant un peu moins ennuyeux. S'il était un obstacle, alors c'était le genre d'obstacle qui réconfortait, et auquel on aimait être soumise.

– Comment sais-tu que le pêcheur ne parlera pas ? demanda-t-elle.

Au bout de la sombre galerie, ils trouvèrent un petit escalier en bois qui conduisait à une trappe.

– Le vieil Ostrander ? Il n'a jamais... Papa lui a rendu autrefois un grand service. Il est plus loyal envers les Grey qu'envers les siens. De plus, il boit aux frais de la princesse, et c'est le plus important pour lui.

Il poussa la lourde trappe, et ils sortirent. Dans la lumière éclatante qui tout d'abord les éblouit, ils découvrirent qu'ils se trouvaient sur un ponton à l'abandon, et, tout en inspirant à pleins poumons l'air marin, ils ne purent se retenir d'échanger un sourire complice. La journée était splendide. Ils restèrent là un moment immobiles et silencieux, partageant simplement leur joie d'être enfin libres.

18

Le bruit de cailloux lancés contre la vitre réveilla Astrid d'un sommeil agité. Au début, elle n'eut qu'une envie, c'est que cessent ces bruits, quelle que soit leur provenance, mais comme la pluie de cailloux continuait, elle ouvrit un œil et se rendit compte qu'elle s'était endormie dans le canapé de sa chambre, et qu'elle avait encore sur elle sa robe en soie pêche de la veille. C'était une robe chasuble vaporeuse et sans manches, de coupe un peu masculine et festonnée de perles. Quand elle l'avait enfilée, la veille au soir, elle s'était dit que Charlie l'aurait admirée dans cette tenue, s'il l'avait vue. Une chaussure à talon haut pendait de son pied droit, tandis que l'autre gisait de l'autre côté de la pièce, près du lit non défait dans lequel elle dormait d'habitude. Elle se releva légèrement et poussa un pan de la fenêtre à petits carreaux.

– Qu'est-ce que c'est ? cria-t-elle, furieuse.

– Astrid, c'est moi !

Au son de la voix de Cordelia, elle se redressa complètement et passa la tête par la fenêtre. Dehors, l'air était d'un froid insupportable.

– Oh, mon Dieu ! Comme tu m'as manqué, s'exclama-t-elle.

Sa nouvelle meilleure amie se tenait dans l'allée, dans une robe blanche éblouissante. Astrid repoussa des mèches blondes de son visage radieux.

Cordelia agita la main, sourit et sortit de l'ombre d'un chêne.

– Tu m'as manqué, toi aussi !

– Comment t'es-tu échappée de Dogwood ?

Une fois prononcés ces mots, sa joie déclina. Il n'y avait en effet aucun moyen que Cordelia ait pu s'échapper toute seule. En outre, elle se tenait un peu trop loin d'elle, c'était suspect. Charlie était probablement avec elle, caché derrière l'arbre.

Cordelia avança, s'apprêtant à lui répondre, mais elle n'en eut pas le temps, car Astrid reculait et refermait la fenêtre. Elle se jeta sur son lit et cacha son visage sous son oreiller de soie dans le but de se rendormir le plus vite possible. Mais son cœur s'affolait, il battait si fort qu'elle pouvait presque l'entendre, et elle comprit qu'elle n'allait pas recouvrer la sérénité. Pendant toute une journée, elle avait été parfaite, n'avait répondu à aucun appel de Charlie, et n'avait pas pensé à lui plus que nécessaire. Elle le détestait encore pour ce qu'il avait sans doute fait, pour cette horrible jalousie qu'elle avait éprouvée à cause de lui, et pourtant elle savait qu'elle ne pourrait pas supporter qu'il parte avant de l'avoir au moins aperçu.

Avec toute la superbe et la froideur dont elle était capable, elle ôta l'oreiller de son visage, récupéra sa chaussure au milieu de la chambre et descendit dans le grand vestibule. Elle ouvrit la lourde porte d'entrée, et aperçut Charlie. Il était vêtu d'un T-shirt blanc rentré dans un pantalon brun, et portait un sac en papier sous son bras replié. Ses cheveux étaient moins gominés que d'habitude, ils paraissaient ainsi plus blonds et plus épais, séparés par une raie au milieu. Astrid croisa les bras sur sa poitrine et s'appuya contre le montant de la porte, attendant qu'il la voie. Un instant, on eût dit que Charlie allait se précipiter sur Astrid, mais Cordelia le retint d'une main. Elle s'approcha seule de la maison.

– Je suis contente de te voir, *toi*. Mais qu'est-ce qu'il fait là, lui ? demanda Astrid.

Cordelia sourit d'un air contrit.

– Je sais que cette boucle d'oreille te pose problème, mais si tu pouvais seulement te rendre compte à quel point tu lui manques... Toute la matinée, il m'a suppliée de tout faire pour te convaincre d'accepter sa visite. Il dit qu'il ne sait pas ce qu'il a fait pour mériter ta colère...

– Et tu le crois ?

Cordelia se retourna et jeta un regard par-dessus son épaule. Charlie, son imposante silhouette penchée vers les jeunes filles, l'observait, les mains dans les poches, seule façon pour lui sans doute de rester tranquille et de s'empêcher de voler vers Astrid.

– Je ne sais pas. Ce que je sais en revanche, c'est que nous sommes enfin libres, que c'est une superbe journée, qu'elle serait moins drôle sans toi, que nous avons trois sandwichs aux œufs, et que nous ne sommes que deux pour les manger.

Astrid se dit que la meilleure chose à faire était de sortir le bout du nez et de déclarer qu'elle aurait beaucoup aimé les rejoindre si elle avait moins à faire cet après-midi. Mais voir Charlie s'éloigner serait atrocement douloureux et, ce fut plus fort qu'elle, elle avança de quelques pas vers l'allée.

Son cœur était encore serré comme un poing, mais au moins maintenant, il la verrait dans sa belle robe pêche.

– Très bien, Charlie Grey ! lui cria-t-elle sur un ton de défi. Tu peux passer l'après-midi avec moi, si tu l'oses !

Bien que le ciel fût parfaitement limpide, Astrid sentait de temps à autre un courant d'air frais sur son visage, chaque fois que les petits avions de sport montaient en chandelle, descendaient en piqué ou se posaient sur la piste d'atterrissage d'Everly Field, dans le Queens. Elle s'allongea comme une princesse sur la nappe de pique-nique à carreaux, la tête posée sur la taille de Charlie. Cordelia était assise un peu plus loin, ses longues jambes repliées sous elle, ses cheveux noués en un chignon flou, observant les pilotes faire exploser les ballons que la foule lâchait de temps en temps dans l'immense dôme bleu du ciel au-dessus du grand pré. Toute cette journée avait été si délicieuse, pensa Astrid. Elle était heureuse d'être là, à contempler la foule sur ce terrain d'aviation, au lieu d'être restée toute seule à la maison à se demander ce que faisait son petit ami sans elle.

– Charlie, pourquoi ne m'as-tu jamais fait faire de tour en avion ? l'interrogea Astrid tout en retournant dans ses mains ce qui lui restait de son sandwich de pain de mie, afin de choisir le meilleur endroit pour y mordre.

Après une absence de quelques jours, Charlie lui paraissait particulièrement beau, mais elle s'efforçait de ne pas oublier complètement sa colère. Résister, faire des caprices était un talent qu'elle maîtrisait depuis qu'elle était toute jeune, et bien que Charlie soit grand et fort, elle saurait lui tenir tête.

– Ça ne coûte que cinq dollars par personne, et ça doit vraiment être formidable.

– Non merci.

Astrid et Cordelia échangèrent un regard devant l'étrange brusquerie de sa réponse.

Astrid fronça spectaculairement les sourcils, ce qui fit revenir Charlie au ton plus doux dont il avait usé tout l'après-midi pour la reconquérir.

– Plutôt une excursion en bateau ? Je pourrais t'emmener sur l'un des ferries qui font le tour des anses et servent du champagne. Tu aimerais cela ?

– Les bateaux m'ennuient, répliqua sèchement Astrid. Et si jamais je découvre que tu as emmené l'autre fille en avion, ce sera la fin pour nous.

Ce n'était pas le premier commentaire de ce genre qu'elle faisait de la journée, et elle se rendit compte que Charlie était vraiment agacé.

– Il n'y a pas d'autre fille, alors arrête de me harceler, protesta-t-il.

– Je ne vois pas d'autre raison pour laquelle tu ne m'emmènerais pas faire un tour en avion, insista Astrid d'un ton désinvolte.

– Pas après ta disparition de l'autre soir. Si je te laisse monter dans un avion, quelle garantie aurais-je que tu en redescendras un jour ?

Astrid fit la moue.

– Oh là là, j'ai dit que j'étais désolée, non ?

Cordelia, appuyée sur l'un de ses deux longs bras bronzés, l'autre main en visière devant ses yeux, se redressa pour admirer le spectacle qui se déroulait dans le ciel.

– Je ne suis jamais montée dans un avion, déclara-t-elle à la ronde.

– Emmène-nous, Charlie ! supplia Astrid d'un ton enfantin.

Toutes ses suppliques devaient l'avoir vraiment trop

irrité. Aussi essaya-t-elle d'être mutine, mais ce fut peine perdue.

– Non, dit-il en se détournant.

L'expression de son visage devait être particulièrement sévère, ce qui amusa Cordelia, qui insista en riant :

– Oh mais pourquoi pas ?

Charlie s'éclaircit la voix, puis, se radoucissant :

– J'ai peur de... J'ai la phobie des hauteurs.

– Charlie ! s'écria Astrid en souriant. Tu ne m'as jamais dit ça !

– Bon, eh bien c'est fait, maintenant tu le sais.

– Je pourrais, intervint Cordelia pour changer de sujet, accompagner Astrid pour m'assurer qu'elle se tient bien. Je suis de ta famille, après tout.

Charlie, appuyé sur son avant-bras musclé, plissa les yeux en regardant sa sœur, semblant réfléchir à sa proposition.

– Oui, tu es de ma famille, et je commence juste à m'en féliciter. Mais il est encore trop tôt, après ta petite imprudence, pour te laisser partir seule dans une machine volante.

– Oh, Charlie ! l'implora Astrid d'un air enjôleur, la main sur le cœur. Ne sois pas méchant avec notre chère Cordelia ! Elle ne savait même pas qui sont les Hale... et qui sait, peut-être est-ce un grand amour, et comme Roméo et Juliette ils pourraient peut-être apporter la paix dans les maisons rivales ?

– Juliette meurt à la fin du livre, asséna Charlie.

Peut-être était-il juste effrayé à l'idée de se retrouver dans les airs, ou peut-être avait-elle poussé le bouchon un peu loin, toujours était-il que son ton était mordant. Quel gâchis, par ce bel après-midi !

– Ce n'est pas un livre, c'est une pièce de théâtre, espèce d'ignorant, le réprimanda-t-elle.

Cordelia, voyant qu'elle n'avait pas réussi à rétablir l'harmonie entre Astrid et Charlie, observa un petit biplan rouge et noir qui faisait de la voltige très haut dans le ciel. Partout dans le pré, des bras se tendaient, montrant aux jeunes enfants ou aux vieillards les brillants exploits dont les gratifiait le monde moderne. Un temps, la fugue de Dogwood et la compagnie de si bons amis avaient distrait Cordelia, mais maintenant qu'Astrid et Charlie étaient partis dans leurs querelles d'amoureux, ses pensées revinrent à Thom. Puis vint la nostalgie. Elle imagina le croiser par hasard dans la foule, et quel bonheur elle ressentirait alors de capter ne serait-ce qu'un coup d'œil de sa part, l'un de ses petits sourires en coin, ou de sentir le contact de son bras.

– C'est l'avion de Max Darby, dit Charlie après un moment durant lequel les filles étaient restées silencieuses.

– Max Darby ? (Cordelia regarda son frère.) Comme c'est bizarre. Je l'ai vu voler le jour de mon arrivée à New York.

Astrid, qui regardait dans le lointain, se leva brusquement.

– Maintenant, j'aimerais rentrer à la maison, déclara-t-elle.

– Ce garçon va se tuer, commenta Charlie en lançant à Cordelia un regard exaspéré, ignorant la remarque d'Astrid. Il n'a que dix-huit ans et ne cesse d'accomplir des exploits ridicules rien que pour attirer l'attention. Il a décidé de survoler la Floride, et on dit qu'il veut être le plus jeune pilote à traverser l'Atlantique en solitaire.

– Traverser l'Atlantique ?

Cordelia laissa résonner ce mot dans son esprit, essayant d'imaginer l'immensité que cela évoquait. Tu veux dire...

– New York-Paris, précisa Charlie.

New York-Paris...

Cordelia n'avait jamais entendu de mots aussi merveilleux. Son plaisir s'estompa, cependant, quand elle réalisa qu'Astrid tapait du pied, les poings sur les hanches, visiblement furieuse.

– Qu'est-ce qu'il y a ? (Charlie secoua la tête d'un air excédé, mais n'attendit pas la réponse d'Astrid pour se mettre debout.) C'est bon, c'est bon, on te ramène.

Cordelia se leva à son tour, et tous trois marchèrent dans le vent en direction de la voiture qu'ils avaient empruntée au garage des Marsh. Astrid avançait en tête, à vive allure, balançant les hanches, le vent plaquant sa robe pêche contre son corps. Charlie marchait à côté d'elle, et Cordelia, que leurs petits jeux d'amoureux n'intéressaient guère, se retourna et recula de quelques pas pour embrasser du regard l'immense étendue au dégradé de vert et de brun, la foule des spectateurs sur les bords du terrain, et les grands hangars de verre et d'acier qui se dressaient derrière eux.

Avant qu'elle se retourne pour les suivre, elle entendit un grand « Oh ! » s'élever de la foule : le biplan rouge et noir plongeait en piqué vers le sol. Cordelia porta instinctivement la main à sa bouche. Mais juste au moment où l'avion semblait dangereusement près de s'écraser, le pilote fit une manœuvre pour inverser sa trajectoire, parut un instant raser le sol, puis monta en flèche dans l'azur, comme s'élançant vers l'infini.

– Hé ! appela Charlie. Tu viens ?

Cordelia frissonna et se tourna en direction de la voix de son frère. Il était arrivé à la voiture, et Astrid était déjà installée sur le siège avant, les yeux fixés devant elle. Souriant intérieurement, Cordelia courut vers eux. Ce matin, elle s'était sentie obligée de faire ce qu'on lui demandait, mais ce n'était plus le cas. L'intrépidité de l'aviateur semblait l'avoir inspirée, et une lumière s'était faite dans son esprit à le voir ainsi foncer vers le ciel ou vers l'enfer à son gré, comme si la gravité n'existait pas pour lui. Elle voulait être intrépide, elle aussi, et suivre son désir de revoir Thom Hale.

19

Dans le froid et l'obscurité, Cordelia n'avait que le bruit de sa propre respiration pour lui tenir compagnie. De temps à autre elle tendait un bras pour toucher le mur de bois brut, et elle le faisait avec précaution pour ne pas s'enfoncer d'échardes dans la paume. Prendre seule le tunnel secret qui partait de la bibliothèque de Dogwood était effrayant, mais excitant, aussi.

Elle fut quand même soulagée d'arriver devant les quelques marches qui aboutissaient à la trappe, qu'elle souleva. Elle se retrouva, pour la seconde fois ce jour-là, au milieu des roseaux sur une langue de terre sableuse avoisinant une plage de galets. Le ciel était d'un bleu profond, et devant elle, le ponton sur lequel elle et Charlie avaient salué un pêcheur ce matin s'avançait sur l'eau lisse et soyeuse. Elle s'approcha du bord de l'embarcadère et resta là, immobile dans sa robe rouge, qu'elle avait méticuleusement choisie. L'air était assez chaud pour qu'elle n'ait pas besoin de se couvrir les épaules. Quelques mètres de soie attachés par de fines bretelles au-dessus d'une encolure en U flottant sur sa peau avaient suffi à la vêtir comme une reine.

Puis elle réfléchit à la façon dont les choses allaient se

dérouler, comme elle les avait décrites au téléphone. Elle sortit une cigarette d'un réticule en peau d'anguille et gratta une allumette qui s'embrasa et flamboya dans la chaleur de la nuit. Quelques secondes passèrent, puis elle entendit le bruit lent et mesuré des rames qui fendaient l'eau calme. Elle ne le vit que lorsqu'il arriva devant l'embarcadère, et l'anticipation du plaisir de le retrouver enfin la fit trembler.

Thom était dans la barque, habillé d'un pantalon blanc et d'une chemise marine à fines rayures dorées sous un cardigan beige. Ses cheveux luisaient, et un sourire prudent éclairait son visage, qui s'épanouit quand ils furent assez proches pour se voir vraiment. Cela lui faisait bizarre de le voir maintenant, sachant quel genre de vie il menait, d'autant qu'il ne ressemblait pas du tout à Charlie : il n'avait pas le franc-parler de son frère, ses traits étaient nettement plus fins, comme ciselés, et il semblait tout accepter sans sourciller au lieu de se mettre dans tous ses états.

Elle serra sa cigarette entre ses dents et se baissa pour s'asseoir sur le bord de l'embarcadère.

Il se leva, chercha son équilibre sur la vieille barque et lui tendit la main. Elle la prit, bascula un peu contre lui, et descendit dans la coque. L'embarcation oscillait sous ses pieds, mais Thom la tenait solidement par les épaules. Un oiseau croassa dans le ciel, son cri se répercuta sur les eaux de la baie déserte. Il ôta la cigarette de ses lèvres et la lança dans l'eau, puis contempla la jeune fille de son regard vert foncé. Elle attendit qu'il l'embrasse. Quand il le fit enfin, le sentiment de culpabilité d'aller contre le désir de son père en le revoyant et de profiter du secret que Charlie lui avait confié s'évanouit, laissant place à une légère inquiétude que le baiser de Thom lui fit vite oublier.

– Je pense à cela depuis la dernière fois qu'on s'est vus, dit-il en la tenant serrée contre son torse.

– C'est vrai ? fit-elle, espiègle.

Pour toute réponse Thom se contenta de lui sourire, de son sourire bouleversant.

Comme c'était excitant d'être dehors à cet endroit du monde sans que personne ne sache où elle se trouvait, et néanmoins vêtue d'une robe à la dernière mode. Ce qu'il lui avait dit le soir de leur première rencontre, à propos de la perfection de l'instant, fit écho dans ses pensées : maintenant, il lui semblait que chaque moment en sa compagnie possédait son propre genre de perfection, et elle était heureuse de vivre celui-ci, tant qu'il durerait, dans cette barque qui tanguait légèrement, au milieu de ces odeurs mêlées de sel et de musc, prise dans cette étreinte à la fois douce et puissante.

La suite fut une succession d'instants chacun plus beau que le précédent. Ils accostèrent et rejoignirent un chemin abandonné où il avait laissé sa voiture. Peu importait à Cordelia où ils allaient. Il démarra, et ils foncèrent en direction de la ville.

– Tu m'emmènes dans d'autres speakeasies ? lui demanda-t-elle.

– Tu verras.

Ils roulaient lentement dans la nuit. La ville se profilait au loin. Il faisait beau depuis quelques semaines, mais c'était la première nuit où la chaleur de la journée persistait longtemps après le crépuscule. Dans toute la ville et dans tous les bars, les gens étaient ivres de l'été.

Thom se gara devant un immeuble de l'East Side au cœur de la métropole, calme à cette heure tardive. Il fit le tour de la voiture pour aider Cordelia à en sortir, et lui enveloppa les épaules de son sweater tandis qu'elle posait les pieds sur le trottoir.

– Mais je n'ai pas froid, protesta-t-elle doucement.

– Tu pourrais avoir froid, là où nous allons, fut la seule explication qu'il lui donna.

Le sombre building qui se dressait devant eux ne semblait pas posséder de murs solides, bien qu'il fût difficile de voir quoi que ce soit, sauf aux endroits où de petites ampoules suspendues à un fil de fer éclairaient un bâtiment aux poutres massives. Ils avancèrent dans l'ombre, au-dessus d'amoncellements de câbles, de briques et d'acier. Ce n'était pas le genre de décor où elle se serait imaginée se promener avec Thom, mais ayant découvert depuis quelques jours que pas mal de débits de boissons se cachaient derrière toutes sortes de façades insolites, pourquoi s'étonner ? se dit-elle. N'était-elle pas une jeune femme avertie ?

Un homme coiffé d'un casque et vêtu d'un maillot de corps sortit des ténèbres. Il regarda Thom, sans même jeter un coup d'œil à Cordelia. Les deux hommes se serrèrent la main quelques secondes et échangèrent quelque chose. Puis l'homme alluma une lanterne.

– Attention aux marches, mademoiselle, dit-il avant de les conduire plus bas dans le chantier.

Ils le suivirent, et Thom enlaça fermement la taille de Cordelia.

– C'est par là.

L'homme indiqua l'endroit de son bras musculeux, et Thom aida Cordelia à se diriger.

Il y eut un bruit de levier, un grincement de gonds, un glissement de câbles. Elle tendit les bras vers Thom, il l'attira plus près et l'embrassa sur la joue.

– J'espère que les gens ne sont pas ivres, ici, plaisanta-t-elle tandis qu'ils commençaient à s'élever.

– Ne t'inquiète pas, la rassura-t-il en souriant. Je pensais te montrer ce soir quelque chose de plus intéressant. Juste toi et moi.

Tandis qu'ils montaient toujours plus haut, ils passèrent devant des parties inachevées du bâtiment, discernant les façades des autres buildings, des carrés de lumière alternant avec des carrés d'ombre de l'autre côté du treillis de poutres. Quand l'ascenseur s'arrêta, ils dominaient tous les buildings environnants. Une vraie ville n'est jamais noire, même la nuit. Cette nuit-là, dans l'air humide qui reflétait son effervescence, Manhattan baignait dans des teintes parme. Faisait-il plus froid ici, ou bien était-ce la hauteur vertigineuse qui faisait frissonner Cordelia ?

– Viens, lui dit Thom en lui prenant la main, souriant à nouveau. Nous n'avons que dix minutes.

– Pour quoi faire ? chuchota-t-elle.

Mais il marchait déjà prudemment sur une grande poutre en acier, la tirant derrière lui. Elle avait peur, et heureusement que le sol était trop loin sous elle pour qu'elle puisse voir quoi que ce soit. À cette hauteur dangereuse, elle se rappela néanmoins que, malgré son charme et son visage magnifiquement lisse, ou peut-être à cause de cela, Thom était un garçon avec qui on lui avait défendu de sortir. Personne au monde ne savait où elle était, et si tout à l'heure elle en était fière, à présent elle se demandait pourquoi elle se laissait emmener dans un lieu aussi secret et aussi dangereux. Elle frémit en imaginant qu'une simple petite poussée entraînerait une chute fatale que sa belle robe en soie rouge aurait du mal à amortir.

C'est alors qu'elle aperçut le panorama :

– Oh ! souffla-t-elle.

Sous eux, loin au-dessous d'eux, l'île s'étirait en longues rangées de lumières électriques immobiles, qui tressaillaient parfois subitement. Des immeubles d'appartements et des tours de bureaux s'étageaient dans le ciel, dans une escalade immobile et silencieuse. Dans les artères de la cité, un va-et-vient incessant régnait, un écoulement lumineux, comme sous l'impulsion d'un cœur ardent. Ils restèrent debout, tout près du bord ; Thom se tenait d'un bras à un arc-boutant d'acier, de l'autre l'enlaçait fermement par la taille.

La hauteur ne lui faisait pas peur. Elle lui donnait au contraire l'impression d'être au-dessus de tout, invincible. Elle ne pouvait s'empêcher de penser à la douce jeune fille qui était sa meilleure amie et se trouvait à présent parmi toutes ces lumières, en train de charmer une foule de sa voix. Un sourire mélancolique éclaira le visage de Cordelia, qui pensa que, malgré tout, une ville était une chose merveilleuse.

Letty était là, en effet, au milieu de millions de New-Yorkais, et bien que son nom ne soit pas encore à l'affiche brillant de tous ses feux, elle se sentait déjà à l'aise dans son travail. Elle s'était dit que c'était en quelque sorte comme un rôle qu'elle devait jouer, et elle s'était construit un personnage. Après quoi, elle s'était heurtée à moins de difficultés, ses mouvements étaient devenus plus fluides, son sourire plus avenant. Paulette et les autres filles étaient d'accord : Letty Larkspur était faite pour ce rôle. Elle avait compris le job plus vite que n'importe quelle vendeuse de cigarettes dans l'histoire du *Septième Ciel*. En outre, sa petitesse et sa gracilité l'aidaient à se mouvoir aisément dans la foule du night-club.

Les nuits commençaient à se confondre. Elle ne voyait généralement la lumière du jour que quelques heures, car elle rentrait tard et complètement épuisée, les pieds enflés, la tête embrumée. Mais c'était une fatigue saine et noble, et il n'y avait pas d'autre endroit où Letty aurait aimé être. Excepté, bien sûr, sur scène, mais elle trouvait qu'elle avait déjà de la chance de travailler dans un night-club. Et chaque jour à New York était saturé de promesses, un renouveau plein d'espoirs.

– Letty ! l'appela Grady comme elle passait devant lui.

Il était tout au bout du bar, perché sur son tabouret habituel, dans un costume à chevrons, tenant une bière qu'il semblait faire durer.

Mais elle était trop occupée. Elle essaya de saisir son regard par-dessus son épaule pour lui signifier qu'elle l'avait entendu, mais ne fut pas certaine qu'il l'ait remarqué. De toute façon, elle n'avait pas le temps. La salle était bondée, les clients étaient gais et prêts à acheter n'importe quoi à se mettre sous la dent. C'était une mer de visages, un océan mouvant de têtes : des femmes en turbans, des hommes aux mèches lisses et lustrées, agitant une main, tenant verre et cigarette dans l'autre. Les filles dans leurs uniformes crème plus ou moins décolletés se penchaient vers les tables, avec leurs soutiens-gorge rembourrés et leurs sourires laqués. C'était un feu roulant de propos échangés, de bavardages, de commérages, dont l'orchestre n'avait pas à craindre la concurrence. Elle se faufilait entre des tables avec la grâce d'un cygne, se penchant ici et là, ses yeux lançant des éclairs quand c'était nécessaire. Il y avait un rythme dans son travail, qu'elle maîtrisait davantage d'heure en heure. Elle suivait son intuition et savait quand il fallait être désagréable et quand il fallait être gentille avec un client.

– Letty !

Après un premier tour de la salle, elle venait de passer à toute allure devant le tabouret de Grady.

– Bonsoir ! répondit-elle cette fois mais sans s'arrêter.

Personne ne levait à ce moment-là le bras vers elle en agitant des additions, et deux ou trois filles étaient occupées à calculer les notes de quelques tables. Sur scène, Alice Grenadine, la grosse blonde qui sortait avec le directeur de la maison, commençait son premier numéro, les mains sur les genoux et battant outrageusement des cils.

– Si je vous achète un paquet de cigarettes, me parlerez-vous une minute ? cria-t-il.

– Pourquoi pas, monsieur ?

Tout en revenant vers Grady, Letty lui adressa un clin d'œil audacieux, penchant coquettement son menton vers son épaule. Paulette lui avait donné quelques conseils sur cette manœuvre, et elle s'était exercée devant le miroir.

– Quelle est votre marque ?

– Lucky Strike.

Il lui tendit une pièce et refusa la monnaie d'un signe de la main. Puis il enleva le papier d'aluminium et mit une cigarette entre ses lèvres. Elle frotta une allumette sur le côté de son plateau de marchandises et la lui alluma. Elle pratiquait également ce geste devant la glace, et c'était la première fois qu'elle le faisait pour un client.

– Merci, dit-il.

Elle sut alors qu'elle avait réussi son coup, et se sentit aux anges d'avoir cette nouvelle ruse à son actif. Il souffla la fumée et commença à se gratter pensivement la tête, juste au-dessus de son oreille.

– Je voulais vous dire... Je crois savoir où est votre amie.

Le sourire de Letty s'effaça.

– Quelle amie ?

Devant l'entrée, un homme au visage enflammé par la boisson hurlait pour qu'on le fasse entrer. Toutes les tables étaient déjà occupées, et une foule compacte se pressait autour du bar. Ce que lui expliquait calmement Mr Cole, mais l'homme éméché ne voulait rien entendre et ne faisait que crier plus fort.

– N'avez-vous pas dit qu'elle s'appelait Cordelia ? J'ai lu quelque chose dans le journal de ce matin à propos d'une certaine Cordelia, de l'Ohio, du même âge que vous. C'est la fille du bootlegger Darius Grey, qu'il ne connaissait pas et qu'il vient de retrouver, mais vous devez le savoir ? Grey est paraît-il fou de joie, il dépense pour elle sans compter, etc., etc. Elle était là l'autre soir, le soir où vous l'avez aperçue, je le sais parce qu'il paraît qu'elle est arrivée avec le fils de Duluth Hale, l'ennemi juré de Grey, qui a immédiatement envoyé quelques-uns de ses hommes de main pour l'arracher à lui et la faire partir d'ici. (Grady s'interrompit quelques secondes et tapota le bout de sa cigarette. Il avait parlé d'un souffle, comme s'il était inquiet.) Ainsi, peut-être ne vous a-t-elle pas fui ?

Les yeux de Letty se mouillèrent et sa gorge se noua, signe que les larmes sont prêtes à couler, quels que soient les efforts déployés pour les retenir. La jeune fille qu'elle appelait sa meilleure amie depuis toujours était, en moins d'une semaine, devenue une étrangère pour elle. Cordelia avait gravi plusieurs échelons de l'échelle sociale, et peut-être devait-elle le faire seule sans s'encombrer d'elle, mais quoi qu'il en soit, ses robes et son entourage étaient au-delà de leurs rêves à toutes deux. Letty ne pensait plus que c'était le secret bien gardé de Cordelia qui les avait séparées : car enfin Cordelia l'avait vue, elle savait où elle était, et ne s'était pourtant pas inquiétée de lui envoyer un mot, et la gentille explication de Grady n'y changeait rien. Peut-être était-elle une personne trop importante désormais pour fréquenter une fille qui devait travailler pour gagner sa vie... Letty n'avait plus rien d'autre à faire qu'à cacher sa blessure et à tâcher de ne pas y penser.

– Je ne sais pas. En fait, je n'ai jamais entendu parler de ces gens-là.

Letty ravala ses larmes, et un sourire radieux glissa sur ses lèvres.

Avant que Grady ait pu dire autre chose, elle s'éloigna d'un pas léger sans regarder derrière elle. Grady était gentil, elle savait qu'il n'avait que de bonnes intentions, mais elle n'avait pas envie d'en savoir plus sur Cordelia, et ne souhaitait donc pas rester plus longtemps près de lui. Elle continua son service, échangeant quelques paroles qui la firent rougir une ou deux fois, afin de refouler tout sentiment dérangeant, et par-dessus tout, de s'efforcer d'oublier Cordelia.

– Nous venons tout juste d'arriver de New Haven, dit un homme élancé au menton bien rasé et aux yeux d'un bleu éblouissant, alors qu'elle était près de lui. J'ai passé mon dernier examen ce matin et... Oh, petite !

– Oui ? fit Letty en se retournant.

– Combien coûtent ces roses rouges ?

Elle l'informa du prix, et il fouilla dans ses poches. Quand elle lui eut tendu la fleur, il l'examina, et sourit.

– Tenez, dit-il en la lui tendant à son tour. Voulez-vous m'épouser ?

Ses amis, tous minces et vêtus de costumes clairs comme lui, se mirent à rire. Letty rougit, se demandant s'il lui faisait la cour ou s'il se moquait d'elle. Elle prit la fleur, en cassa la tige, ce qui fit s'esclaffer et applaudir les quatre ou cinq autres garçons. Elle glissa la fleur dans ses cheveux, derrière son oreille. Puis, après quelques secondes :

– Laissez-moi juste y réfléchir, dit-elle avant de s'éloigner.

Ces mots déclenchèrent une hilarité plus grande encore et quelques sifflements. Mais suivant le conseil de Paulette, comme d'habitude, qui était d'en dire le moins possible, elle en resta là et se faufila à travers la foule.

En repassant devant l'entrée, son attention fut à nouveau attirée par un appel :

– Hé, Letty !

Levant les yeux, elle vit alors Mr Cole qui l'implorait du regard.

– Oui ?

Elle s'approcha de lui, les yeux ronds. Ce fut alors qu'elle remarqua l'individu qui était à ses côtés, à la mâchoire finement dessinée, à la moustache bien taillée, aux sourcils sombres et plats, au regard intense. En quelques secondes, elle reconnut l'homme qui avait tiré la ceinture de son tablier quelques soirs auparavant. Puis son nom lui revint. Amory... Amory... Amory Glenn.

– Mr Glenn, lui présenta Mr Cole sur un ton doucereux.

Derrière eux, l'homme au visage aviné était en train d'exploser de colère.

– Mr Glenn va occuper sa table habituelle à gauche de la scène, et il aimerait que vous l'accompagniez.

Letty regarda rapidement tour à tour les deux hommes, légèrement inquiète. Là, quelles paroles son personnage si bien contrôlé devait-il prononcer ? Quelle était la bonne réplique, la bonne réaction ? De quelle table voulait parler Mr Cole ? Bon, elle la trouverait facilement, vu qu'il n'y en avait plus beaucoup de libres. Prenant son courage à deux mains, elle répondit :

– Bien sûr.

– Parfait, dit Amory Glenn en descendant les quelques marches vers la salle principale à la suite de Letty qui slalomait dans le night-club surpeuplé.

Les gens la regardaient différemment maintenant, du moins était-ce son impression, et elle se dit qu'il serait peut-être bon qu'elle dise quelque chose. Mais l'idée qu'elle pourrait faire une bévue ou perdre pied la terrorisait, aussi décida-t-elle de se contenter d'avancer, le regard droit et sérieux.

– C'est ici, dit-elle, quand ils eurent atteint la table qu'il occupait l'autre soir, faisant de son mieux pour paraître naturelle.

Elle se tourna vers lui. Il était beau, à la façon dont le serait un libertin dans un roman suranné, mais il y avait autre chose en lui, une chose qu'on pouvait ne pas voir clairement, mais qui se dégageait avec force, comme une aura lointaine, à peine visible, mais capable de changer le mouvement des marées. La bougie était déjà allumée sur la table. Comme elle n'avait pas le droit de commander des boissons, elle sourit du mieux qu'elle put et dit :

– Qu'est-ce qui vous ferait plaisir ?

Comme il ne répondit pas tout de suite, elle ajouta :

– Des cigarettes, des friandises, des fleurs ?

Il sourit du coin des lèvres, tendit le bras et enleva la rose de Letty de derrière son oreille. Ses yeux brillèrent, il regarda la fleur en la tournant dans ses doigts, puis leva les yeux vers elle.

– Dites au garçon : comme d'habitude.

– Oui, bien sûr. (Elle fit une petite révérence.) Il sait... ?

– Il sait.

La fleur toujours dans la main, il détourna le regard et

s'assit. Elle s'était déjà un peu éloignée quand elle le vit lever son index et ajouter, comme une pensée après coup :

– Oh, il y a autre chose.

– Oui ?

Ses yeux sombres rencontrèrent les siens, et il sourit à nouveau.

– J'aimerais sortir avec vous.

Letty devint écarlate. Elle considéra l'assemblée autour d'elle. Si des clients la regardaient, du moins le faisaient-ils discrètement. Ses mains serraient le bord de son plateau. Elles étaient moites de sueur. Elle plissa les yeux. Durant le trajet vers la table de Mr Glenn, elle s'était sentie si mal à l'aise qu'elle ne parvenait pas à décider s'il était ou non souhaitable de passer une soirée avec lui. Elle n'avait certes jamais passé de soirée seule avec aucun homme, et de toute façon, cela lui semblait par principe ne pas être très correct. Mais comme elle hésitait, les paupières battantes, tout en observant Miss Grenadine éclairée par les feux du projecteur, elle sentit quelque chose d'ancien chavirer en elle, et quelque chose de nouveau se lever et prendre sa place.

– Demain est ma seule soirée libre de la semaine, déclara-t-elle en retenant son souffle.

– Parfait. (Il s'enfonça dans sa chaise, jetant la fleur au milieu des bouchées en chocolat de son plateau.) Écrivez-moi votre adresse quand vous le pourrez. Je passerai vous prendre à huit heures.

En traversant la salle, elle ne distingua aucun visage, et si quelqu'un lui fit signe, elle ne s'en rendit pas compte. Son pouls était redevenu normal, et elle marchait d'un pas plus léger, avec une sensation libératrice. *Pourquoi pas ?* pensait-elle.

C'est ce que dirait Cordelia, se dit-elle. Sauf que Cordelia n'était plus là pour lui donner des conseils ou lui dire ce qu'il fallait faire, et bien que cette pensée l'ait attristée plus tôt, elle trouvait maintenant quelque chose de libérateur dans l'irréversible distance qui s'était installée entre elles.

– New York ! souffla Thom à Cordelia depuis leur perchoir précaire, après un instant de silence pétrifié. Je voulais vous faire admirer cette vue de la ville, puisque vous êtes l'une d'entre nous maintenant.

– Merci, dit-elle, savourant ses mots.

Elle était loin de chez elle, en compagnie d'un garçon qu'elle connaissait à peine, et elle se sentait étrangement plus elle-même à chaque seconde qui passait. Mais ne pouvant trouver les mots pour l'exprimer à Thom, elle lui demanda simplement, tandis que le vent fouettait sa jupe contre ses jambes nues :

– Qu'est-ce que c'est que tout cela ?

– Pour l'instant, ce n'est qu'un amas de métal. (Il s'interrompit pour allumer une cigarette, ce qui n'était pas si facile à cette hauteur.) Mais ce sera un jour un gratte-ciel, le plus haut du monde. C'est le projet de Mr Chrysler.

– Mr Chrysler le constructeur automobile ?

– Exact. (Thom souffla la fumée.) Il ne fait que trente ou quarante étages pour le moment, mais on dit qu'il en aura plus de soixante-dix quand il sera terminé.

Cordelia siffla, imaginant le plus grand édifice d'Union. L'insignifiance de la petite ville d'où elle venait lui revint un instant à l'esprit, et avant de pouvoir se retenir, elle s'entendit dire :

– Tu ne peux pas imaginer combien ma vie était différente, il y a une semaine, et Darius... mon père... a été si bon pour moi.

– J'imagine, répondit calmement Thom.

Elle tourna la tête pour contempler l'île qui s'étirait dans le lointain. Dans l'enthousiasme que lui provoquait la beauté du panorama, elle ajouta :

– C'est pour fuir les conventions que je suis venue jusqu'ici. Mais je n'ai pas fait tout ce chemin pour obéir à d'autres règles.

– Nous trouverons un moyen, dit-il.

Il la regarda longuement dans les yeux.

Il n'y avait plus rien à dire et, les dix minutes étant presque écoulées, il lui prit la main pour la reconduire. Ils furent plus prudents sur le chemin du retour, et Cordelia, qui pourtant avant leur ascension avait eu envie d'aller danser, suggéra qu'il valait mieux éviter les endroits où l'on pourrait les reconnaître. Ils restèrent un moment dans la voiture garée au bord d'une route de campagne. Elle lui raconta tout sur son enfance, et comment elle avait décidé de fuir vers la ville. Elle s'était gardée de mentionner John, bien sûr. Elle lui en parlerait peut-être un jour, même si elle ne pouvait partager avec personne, pas même avec Letty, l'image de son mari au bord de la voie regardant son train s'éloigner.

– Mieux vaut que tu me raccompagnes à la maison, dit-elle en se défaisant de son étreinte, comme le ciel s'éclaircissait.

Il acquiesça tristement.

Sur le ponton, elle l'embrassa pour lui dire au revoir, mais ni l'un ni l'autre n'ayant envie de se quitter, il insista pour la raccompagner à pied jusque chez elle. Ce n'était pas vraiment une bonne idée, se dit-elle en fronçant les sourcils, mais elle n'avait aucune envie de se séparer de lui non plus, cette pensée lui était insupportable. Après avoir feint de réfléchir quelques minutes à ce qu'ils pourraient faire, elle lui montra la trappe. C'est ainsi qu'il l'accompagna dans la sombre galerie, et l'embrassa une dernière fois quand il la quitta sous la bibliothèque de Dogwood et les trois étages de la maison où dormaient les associés de l'entreprise de vente d'alcool illicite de la famille Grey.

Leurs lèvres se détachèrent, et il fit un pas en arrière.

– Je trouverai le moyen de te voir bientôt, dit-il.

Sur ce, il s'en alla.

Elle le regarda s'éloigner dans la galerie. Puis elle se souvint de ce qu'elle éprouvait quand il lui manquait, de la douleur quasi physique qu'elle ressentait.

– Thom ! souffla-t-elle.

Il s'arrêta, et son cœur battit plus fort. Il régnait un tel silence ici en bas qu'elle entendit le bruit de leur respiration.

– Je t'ai tout dit sur mon enfance minable, mais tu ne m'as rien dit de la tienne...

Il se retourna. Elle vit son sourire éclatant rayonner dans l'obscurité.

– Effectivement.

– Bon, alors la soirée n'est pas encore finie, murmura-t-elle.

Tout en gravissant sur la pointe des pieds l'escalier de service, elle imagina toutes les conséquences vertigineuses de son acte. N'importe, malgré la présence des hommes qui dormaient partout dans la maison avec des flingues sous leurs oreillers, ce qu'elle faisait avec Thom n'était pas mal. Ils avaient simplement trop de choses à se dire.

Ils s'assurèrent que la porte était bien fermée, et elle suspendit sa robe de soie rouge pour éviter qu'elle ne se froisse. Il était très tard. Quand elle s'allongea en combinaison à côté de lui, ses pensées se brouillèrent. Elle se sentait merveilleusement bien, et juste avant de sombrer dans le sommeil, elle sentit les lèvres de Thom caresser les siennes. Demain il lui parlerait de tous les lieux où il s'était rendu, il lui révélerait tous ses secrets, et lui confierait qui il était vraiment. Mais pour l'instant, être dans ses bras lui suffisait.

20

– Ne le prends pas mal, pour Luke, ma chérie.

Astrid, qui avait presque oublié Luke depuis la dernière fois qu'elle l'avait vu au *White Cove Country Club*, reposa son magazine de papier glacé sur ses genoux et regarda sa mère, qui s'était malheureusement levée plus tôt que de coutume. Peu de temps avant, Astrid était confortablement couchée sous les draps rose pâle de son vaste lit. Mais à présent sa mère était là, appuyée contre la tête de lit en chêne lustré et en forme de demi-lune. La troisième Mrs Marsh avait enlevé ses effets de la nuit précédente, et était maintenant vêtue d'un kimono ivoire. Ses cheveux étaient rassemblés en un chignon simple qui la flattait. Elle avait été une beauté, tout le monde le disait, et sa fille chassa de son esprit cette vérité plusieurs fois entrevue.

– Ma chère maman, lui répondit Astrid en tournant lentement une page, je prends tout très bien.

– En effet... (Virginia s'interrompit, et son regard sombre erra dans la pièce.) Moi aussi, d'ailleurs.

Astrid avait vécu dans de fort belles maisons, et ses appartements dans Marsh Hall n'étaient ni meilleurs ni pires que tous ceux qu'elle avait occupés jusque-là. Les murs étaient d'une teinte froide assez belle, le plafond voûté d'une couleur blanc cassé, les meubles simples et d'excellente facture, décorés de marqueterie, et les fauteuils revêtus d'un tissu d'ameublement rose pâle. Le décor était peut-être un peu sérieux pour une jeune fille qui aimait tant s'amuser, et pas tout à fait aussi raffiné que la suite qu'occupait Billie, qui était un membre de la famille Marsh. Mais Astrid estimait depuis longtemps qu'un lieu de résidence n'était qu'un élément très provisoire dans la vie d'une jeune fille, et elle ne donnait pas à cet appartement plus d'importance qu'à n'importe quel autre endroit où poser ses affaires.

– Toujours bien prendre les choses est un luxe que peut se permettre la jeunesse, continua sa mère en se redressant sur un bras.

– Ne sois pas si mélo !

Astrid jeta son magazine de côté et, prenant le miroir ovale sur sa table de nuit, se mit à arranger ses cheveux sur son front. Elle se trouva si jolie qu'elle n'eut pas envie de laisser quoi que ce soit gâter le bonheur qu'elle ressentait.

– Je suppose que tu as entendu dire que les Grey donnent une nouvelle réception ce soir, et je venais voir si tu pouvais m'obtenir une invitation...

– Il y a tellement de fêtes ce soir, que même si j'étais invitée chez eux, je ne pourrais pas y aller.

Virginia caressa le dessus-de-lit et se mit à en tirailler agressivement les fils, comme une enfant.

– De toute façon, ce n'est pas ce que je voulais dire... Je voulais seulement savoir comment ça se passait entre Charlie et toi, en ce moment.

– Oh, très bien, répondit Astrid en éloignant le miroir de son visage et en regardant sa mère.

– Très bien ?

– Oui.

Sa mère releva alors ses grands yeux verts baissés sur ses mains pour la regarder. Astrid s'efforça de soutenir ce regard et de ne montrer aucun signe de faiblesse, car elle ne pouvait supporter l'idée que sa mère devine qu'elle soupçonnait Charlie de la tromper.

– Il me semble que depuis quelques jours, tu ne vois pas Charlie aussi souvent que d'habitude. Et... il aurait pu ne pas aimer la façon dont tu regardais Luke, l'autre jour.

– Tu as sans doute raison. (Astrid haussa les épaules.) Mais il n'en sait rien, n'est-ce pas ?

Ce fut au tour de sa mère de soupirer. Elle se leva, fit quelques pas sur le tapis en peluche et marqua un temps d'arrêt devant la haute psyché au cadre de chêne, si bien que les deux femmes purent y voir leur reflet. Elles avaient les mêmes yeux. Astrid frissonna devant cette ressemblance.

– Tout ce que je veux te dire, ma chérie, c'est d'être gentille avec Charlie... Il est vraiment un beau parti pour toi.

– Je pense plutôt que *je* suis un beau parti pour lui ! (Astrid rejeta les couvertures, se leva, et s'enveloppa dans un peignoir de soie rose.) De toute façon, je suis toujours très gentille avec tout le monde.

– Eh bien alors, évite d'être trop gentille avec d'autres garçons, sinon...

– Je m'étonne que ce sujet t'intéresse, l'interrompit sèchement Astrid. (Elle marcha vers la partie de la pièce en contrebas et posa sa main sur la poignée de la porte de la salle de bains.) Tu ne t'es jamais souciée auparavant de savoir qui me courtisait.

Sa mère s'approcha de la fenêtre et jeta un regard en bas. Le parc s'étendait derrière elle, dense et feuillu et, un bref instant, Astrid apprécia ce profil de médaille qui avait rendu Mrs Marsh célèbre quand elle était jeune fille.

– Mais bien sûr que si, répondit-elle consciencieusement. Simplement, c'est plus important maintenant. Tu sais, ça ne se passe pas très bien entre Harrison et moi en ce moment... Tu n'es pas sans connaître, bien sûr, les difficultés des femmes seules qui ont des goûts de luxe... et les Grey réussissent vraiment bien en affaires.

– Oh !

Astrid arrondit les yeux et ébouriffa ses cheveux courts. Les choses ne s'étaient jamais bien passées entre sa mère et aucun de ses maris, et elle trouva très drôle l'idée qu'elle devrait maintenant être responsable de leur train de vie !

– Tu n'es pas sérieuse.

La dame poussa un autre grand soupir et fit face à sa fille. Son visage était empreint de tristesse et même de gravité, et Astrid, qui s'était réveillée déterminée à ne pas laisser alourdir sa journée par quoi que ce soit de mélancolique, se détourna avant d'entrer dans la pièce voisine pour s'y préparer un bain chaud et parfumé.

Mais la vapeur d'eau fumante ne fit qu'empirer les choses. Quand elle pénétra dans la grande baignoire en marbre, les pensées de sa mère envahissante et de l'amant qu'elle ne parviendrait jamais à mettre sous son joug l'obnubilèrent davantage. Aussi quand elle revint dans sa chambre, la peau encore humide et le sang bouillonnant, l'idée de déjeuner avec Virginia lui fut insupportable. En conséquence, elle s'habilla pour passer l'après-midi au *White Cove Country Club*.

– Bonjour !

Astrid, en jodhpur beige, bottes de cheval noires et chemise blanche amidonnée, était appuyée, espiègle, contre la barrière blanche, et attendait. Aussitôt, Luke se retourna pour la regarder. Il essaya de ne pas sourire mais n'y parvint pas. Il donna un petit coup aux rênes qu'il tenait dans sa main et avança vers elle dans la lumière du soleil, suivi par son grand et beau cheval. Le club était derrière elle, et les dames élégantes qui y déjeunaient étaient trop loin pour pouvoir les entendre – ou qu'eux-mêmes puissent entendre leurs observations.

– Que faites-vous ici ? lui demanda-t-il.

Des mèches de cheveux noirs tombaient sur son front, jetant des ombres sur ses yeux étincelants.

– Ne vous inquiétez pas, je n'ai aucun message pour vous de la part de ma mère.

Luke détourna les yeux.

– J'ai un cadeau pour votre ami, lui dit Astrid en souriant et en lui montrant une belle pomme rouge bien lustrée.

Le cheval rouan marchait l'amble, faisant gicler la boue sous ses sabots. Quand Astrid lui tendit son cadeau, l'animal baissa aussitôt la tête pour le prendre.

– Merci, dit Luke. (Il essaya de garder les yeux baissés, mais ce fut plus fort que lui, il les releva et regarda Astrid intensément.) Mais vous le gâtez !

– Justement. (Astrid plissa les yeux et se pencha davantage sur la barrière pour se rapprocher de Luke. Elle sentit l'odeur de sueur de la couverture du cheval mêlée au parfum de l'herbe.) C'est bien d'être gâté. Toutes les filles devraient l'être comme lui.

– Mais vous ne l'êtes pas, répondit-il d'une voix timide et complice à la fois.

Le soleil sortait d'un nuage. Astrid plaça sa main en visière devant ses yeux :

– Bien sûr que si ! Et je suis certaine que vous me préférez ainsi.

– Miss Donal…, commença-t-il, essayant de paraître sérieux.

– Oh, ne vous en faites pas, mon cher ami. Je ne suis pas venue ici pour vous compliquer la vie. J'espérais simplement que vous me donneriez une leçon d'équitation.

– Oui, bien sûr, répondit-il très vite.

Astrid aurait joui encore davantage de l'impatience et de l'ardeur qu'il avait mises dans sa réponse si sa mère avait été là pour en être témoin. Elle rougit, et hésita entre un sourire et un froncement de sourcils.

– Sauf que je ne peux pas, aujourd'hui, dit-il.

– Demain ?

Au bout d'un temps de réflexion, il acquiesça timidement de la tête.

– Vous portez bien la tenue de cheval, mademoiselle, ajouta-t-il.

Ils restèrent un instant silencieux à s'observer. Elle aima voir son visage soudain transformé par le bonheur, et rien que cela valait la peine qu'elle soit venue ici, et pas seulement parce que flirter avec lui était une superbe vengeance sur sa mère et sur Charlie. Puis, malgré elle, ses pensées revinrent vers Charlie et cette odieuse histoire de boucle d'oreille, et elle se dit qu'à son tour, ce serait bien qu'elle ait un trophée. Elle avança vers Luke et posa sa main sur sa nuque. Leurs visages étaient si proches que l'espace d'un instant, leurs lèvres auraient pu se toucher. Mais elle se contenta de dénouer le foulard qu'il portait autour du cou, un foulard blanc et vert aux couleurs du club, avec son nom brodé dans un coin. Sans détourner le regard, elle recula un peu et le noua autour de son propre cou.

– C'est mieux comme ça, n'est-ce pas ? fit-elle avec un petit sourire malicieux.

Avant qu'il ait le temps de répondre, elle retourna vers le club, assez lentement pour qu'il puisse admirer sa démarche. Dans la salle à manger, elle retrouva deux autres élèves de Miss Porter et s'installa à leur table une petite heure, grignotant du bout des dents une salade Waldorf, parlant peu, la joie au cœur. Le temps qu'elle se retrouve dans la fraîcheur du vestibule de Marsh Hall, son humeur avait complètement changé et était au beau fixe. Oubliés les propos humiliants et moroses de sa mère, oubliées ses peurs au sujet de Charlie. En se dirigeant vers l'escalier, elle enleva le foulard. Quand elle passa devant la suite de sa mère, elle laissa tomber son trophée devant la porte, histoire de susciter les interrogations de la dame.

Mais sans doute cette légèreté ambiante régnait-elle sur tout White Cove, car non loin de là, son amie Cordelia se réveillait, respirant calmement et éprouvant une égale sensation d'exaltation. Le corps de Thom avait laissé son empreinte dans le lit, et la combinaison de la jeune femme collait à sa peau qui transpirait légèrement. Elle se sentait reposée, son corps était chaud, et quand elle porta les mains à son visage, elle sentit qu'elle souriait.

– Thom, murmura-t-elle tout haut, juste pour éprouver le frisson que son nom lui provoquait toujours, avant de rejeter ses couvertures, de jeter un peignoir sur ses épaules et de traverser le balcon.

Le soleil était déjà haut dans le ciel et, en contrebas, la pelouse bourdonnait d'activité. Avant d'apercevoir son père, elle n'avait pas éprouvé la moindre crainte qu'on n'ait découvert ses expéditions nocturnes ou vu Thom en train de sortir de la maison. Darius venait vers elle, vêtu d'un pantalon bleu clair et d'un gilet assorti, le bras levé en signe de salut, souriant.

– Cordelia, mon petit ! appela-t-il depuis les deux étages inférieurs, sur un ton qui l'assura qu'il ne se doutait pas le moins du monde qu'elle s'était permis de passer la nuit avec Thom.

– Bonjour papa ! cria-t-elle en agitant joyeusement la main.

– Toi et Charlie avez été si gentils que j'ai pensé organiser une garden-party pour toi ce soir, continua-t-il en élevant la voix pour qu'elle puisse l'entendre par-dessus le tohu-bohu.

Il fit un geste vers les traiteurs qui apportaient des cageots de citrons jaunes et de citrons verts, de l'eau de Seltz et autres denrées nécessaires pour la fête. Les lumières étaient accrochées tout autour de la tente blanche, et les musiciens installaient leurs instruments dans un coin de la pelouse.

– Mais en attendant, va t'habiller. Je veux que nous déjeunions en famille dans la véranda.

– D'accord !

Cordelia fit demi-tour et essaya d'oublier l'étreinte des bras de Thom, la douceur de ses caresses. Elle mit ses mains dans ses poches, histoire qu'il lui soit plus facile de faire comme si rien de spécial ne s'était passé durant la nuit. Mais alors que ses mains s'enfonçaient dans sa robe en lin, elle sentit un morceau de papier et le déplia, devinant que Thom en était l'auteur.

J'ai pensé qu'il ne serait pas raisonnable de rester dormir, aussi suis-je parti avant que personne ne se réveille dans la maison. Mais l'idée d'un jour sans te voir m'est insupportable. Rencontrons-nous sur le ponton dès que tu pourras t'échapper ? Je t'y attendrai.

Cordelia se mordit la lèvre, se demandant comment elle allait pouvoir supporter les heures qui la sépareraient de leur prochaine rencontre. Son cœur se mit à battre très fort, et il lui sembla que chaque seconde sans voir Thom allait être pour elle une sorte de torture. Elle alla dans sa suite et prit une cigarette dans le paquet posé sur sa coiffeuse. C'étaient des Lucky Strike qu'elle avait achetées lors d'une soirée, quand elle était encore autorisée à quitter la maison, et elle fut heureuse de les avoir, car aspirer la fumée lui apporta un peu de calme. Puis elle enflamma le billet de Thom avec l'allumette et le laissa brûler dans le cendrier en argent, observant ses mots se consumer et disparaître dans les flammes.

Quand elle eut fini sa cigarette, elle s'habilla d'une tunique couleur chair, qu'elle ceintura d'une écharpe noire assez bas sur les hanches, comme le faisait Astrid. Tout en arrangeant ses cheveux autour de son visage, elle pensa que cette soirée était une parfaite couverture, après tout, et qu'il y aurait tellement de monde qu'on n'aurait pas le temps ni l'occasion de regretter son absence ni même de s'en apercevoir. Lors de la dernière réception dans le parc, son père s'était d'ailleurs retiré assez tôt. Quand la soirée serait bien entamée, elle dirait à Milly qu'elle avait besoin de quelques heures de calme et de solitude, puis elle emprunterait le tunnel pour le rejoindre. Tandis qu'elle descendait l'escalier monumental et traversait la salle de bal vide pour le moment, elle l'imagina en train de l'attendre, toujours très élégant, avec son petit sourire en coin.

– La situation n'est pas bonne, entendit-elle dire son père alors qu'elle s'approchait des doubles portes vitrées de la véranda.

– Effectivement, pas vraiment, répondit Jones.

À travers les rideaux blancs translucides, elle vit les deux hommes assis autour de la table ronde dressée pour le déjeuner. Charlie était debout, en face d'eux, à quelques mètres, appuyé contre une colonne de pierre et regardant au loin le vaste domaine. Il était difficile d'imaginer que quoi que ce soit de fâcheux puisse arriver au cœur de ce paysage estival, tranquille et luxuriant.

– Je n'ai jamais fait confiance à Duluth.

– Si, autrefois.

– Je n'aurais jamais dû.

Son père poussa un grand soupir et marmonna entre ses dents. Elle vit alors qu'il était véritablement inquiet. Elle aurait souhaité pouvoir faire quelque chose pour lui.

– Cet homme n'a aucun scrupule, continua-t-il.

– Aucun, insista Jones.

– Je crains qu'il ne...

Mais Darius s'interrompit en voyant Cordelia. Il recula sa chaise, lui sourit en essayant de recouvrer une expression sereine, et tendit son bras vers elle pour l'inviter à prendre place à table.

– Sois la bienvenue, ma chérie. Tu es ravissante.

– Merci.

Elle s'assit et arrangea les plis de sa jupe.

– Jones, déclara Darius, nous terminerons cette discussion après le déjeuner. Mais fais en sorte que tous les hommes soient de garde cette nuit.

Cordelia essaya de sourire à Jones qui se levait pour partir. Charlie se tourna vers sa sœur et lui lança un clin d'œil complice. Cordelia se sentit coupable à la pensée qu'elle n'avait pas attendu longtemps pour trahir sa confiance. Mais, l'air ailleurs, il prenait un pichet d'argent et versait du thé glacé dans leurs verres.

– Au fait, Jones, s'il te plaît, reprit Darius juste avant que son homme de confiance ne franchisse les portes vitrées qui séparaient la véranda du reste de la maison. Je m'inquiète particulièrement pour ma fille. Je tiens à ce qu'un de mes hommes ne la quitte pas d'une semelle ce soir.

– Très bien, répondit Jones avant de disparaître.

– Ne sois pas triste, Cord, lui dit alors Darius, ce n'est qu'un aspect de notre vie ici, mais il me tient à cœur que tu sois en sécurité. Après le déjeuner, que dirais-tu d'une petite partie de tir, toi et moi ?

Cordelia se rendit compte trop tard que son visage avait affiché malgré elle une expression de tristesse. Elle acquiesça à la proposition de son père et essaya de sourire.

– Bien. Maintenant, déjeunons ensemble comme toute bonne famille civilisée. Ce sont ces petits rituels, tu sais, qui nous distinguent des barbares. Que font les peuples civilisés avant un repas ? Ils disent le bénédicité, n'est-ce pas ?

Il prit la main de ses enfants et, après un silence, tous trois baissèrent la tête et fermèrent les yeux.

Il parut pour le moins étrange à Cordelia de demander la bénédiction du Seigneur à côté du tristement célèbre bootlegger Grey, mais elle apprécia ces quelques instants où ni son frère ni son père ne la regardaient, sûre que sa déception de ne pouvoir s'échapper ce soir pour rejoindre Thom se voyait comme le nez au milieu de la figure.

21

Ce soir, des jeunes filles dans leurs chambres luxueuses s'inquiétaient de ne pas être assez souvent invitées à sortir. Quelques jeunes épouses de Park Avenue attendaient avec impatience le retour de leurs maris à la maison, d'autres espéraient qu'ils rentrent beaucoup, beaucoup plus tard, quand l'odeur des cigarettes fumées par d'autres hommes se serait dissipée dans les brises de la nuit. Au centre de la ville, Letty Larkspur était assise en compagnie de son nouvel animal, essayant de se sentir à l'aise dans la robe qu'on lui avait prêtée, et priant le ciel qu'elle soit assez belle pour le monde dans lequel elle était sur le point d'entrer.

La robe faisait partie de la garde-robe de Paulette, elles l'avaient choisie ensemble avant le départ de celle-ci pour *Le Septième Ciel*. Elle était en crêpe noir sans manches, avec un petit volant au milieu des cuisses, et de larges bretelles brodées d'or. Ses cheveux noirs et courts dessinaient deux accroche-cœur autour de son visage, et sa petite bouche était laquée d'un rouge cornaline. Ses sourcils, plutôt épais à son arrivée à New York, étaient à présent épilés et s'effilaient en arcs au-dessus de ses grands yeux bleus. Elle ne s'était jamais trouvée aussi jolie, mais malgré cela elle se demandait si elle serait assez belle pour plaire à un homme comme Amory Glenn.

Bon Zèbre, qui n'avait cessé de courir en rond dans la chambre, s'arrêta brusquement, épuisé, près de la vieille coiffeuse et posa sa tête sur les genoux de sa maîtresse – ce qui procura une certaine sérénité à Letty, qui leva les yeux au plafond au plâtre écaillé taché d'humidité, et respira profondément plusieurs fois. Elle savait qu'un jour cette chambre et ces petites peurs dérisoires de ne pas être assez chic ou assez belle lui sembleraient très loin, et qu'elle en rirait.

Elle s'imagina nonchalamment installée sur un divan en train de donner une interview. « Ça n'a pas toujours été facile », dirait-elle langoureusement, dans le confort parfumé de son salon rose en contrebas. « J'étais vendeuse de cigarettes dans l'un de ces bars clandestins, les speakeasies, où je chantais parfois avec l'orchestre. »

Letty observa son reflet, jouant de ses paupières ombrées de cils noirs et épais.

– Je vivais dans un endroit horrible et minuscule, commença-t-elle tout haut, d'une voix exagérément suave et légère. Avec trois charmantes filles, qui avaient toutes leur propre talent, sans oublier mon cher Bon Zèbre qui a subi en ma compagnie l'inconfort de cette époque-là...

Son monologue fut interrompu par le bruit d'un klaxon, deux petits coups prometteurs. Elle se hâta de jeter un châle sur ses épaules, embrassa Bon Zèbre, ouvrit la porte et sortit dans la chaleur du soir.

– Letty !

Elle se retourna à l'appel de son nom et essaya de cacher son air déçu quand elle vit non pas Amory Glenn, mais Grady, appuyé contre sa vieille décapotable noire, dans la lumière crépusculaire qui s'épaississait.

– Bonsoir, Mr Lodge.

– Vous êtes… splendide, dit-il d'un air sérieux, à l'évidence le souffle coupé.

Elle regarda à droite et à gauche dans la rue, craignant qu'Amory ne l'aperçoive avec un autre homme et ne se dise que leur rendez-vous était annulé.

– Merci, répliqua-t-elle brusquement. Mais que faites-vous ici ?

Grady tressaillit imperceptiblement, sans perdre son sourire.

– On m'a dit au club que c'était votre soirée libre… et je me disais que Bon Zèbre aimerait peut-être faire une promenade.

– C'est très gentil à vous, mais…

Avant qu'elle puisse penser à ce qu'elle allait lui dire, une Duesenberg noire étincelante déboucha dans la rue et klaxonna avant de s'arrêter devant la maison de Letty. En admirant le long nez de la limousine et la courbe somptueuse de ses ailes, elle ne put s'empêcher d'éprouver un petit sentiment de pitié pour Grady, qui essayait toujours de la conquérir, mais qui n'avait tout simplement pas les moyens de faire des entrées comme celle-ci. Un chauffeur en uniforme descendit et s'approcha du couple à l'évidence gêné.

– Mr Glenn vous attend, annonça-t-il sans les regarder ni l'un ni l'autre.

Letty regarda tristement Grady. Le visage du jeune homme avait changé d'expression.

– Je croyais que vous m'aviez dit que vous alliez vous tenir à l'écart d'Amory Glenn.

Détournant les yeux, après un temps d'hésitation, elle lui répondit par une question :

– Vous êtes jaloux ?

– Non non..., balbutia Grady en évitant son regard. C'est que, comme je vous l'ai déjà dit, ce n'est pas un bon zèbre, et...

– Mais qu'est-ce que vous avez donc avec les zèbres, Mr Lodge ?

Elle s'éloigna et essaya de se rappeler qu'elle allait prendre place dans le genre de véhicule luxueux dont elle n'avait fait que rêver jusque-là, et qu'elle ne devait pas se laisser influencer par de gentils écrivains qui ne pouvaient rien lui offrir d'autre que des promenades d'après-midi dans leurs vieilles voitures déglinguées.

– Je sais ce que je fais, ajouta-t-elle.

Amory Glenn la regarda s'installer sur le siège en velours rouge de la limousine et, avant qu'ils échangent un seul mot, il lui tendit un verre long et fin rempli d'un liquide pâle.

– Excellent choix de robe, Miss Larkspur, dit-il en faisant tinter leurs verres.

À ce moment, le nom de « Larkspur » cessa de lui paraître virtuel et résonna à ses oreilles comme le sien. « Larkspur » évoquait des doigts ornés de bagues, des boas en plumes, et des appareils photos qui crépitaient.

– Merci, dit-elle.

Puis elle leva son verre pour examiner ce liquide pâle qui formait des bulles.

– Vous n'aimez pas le champagne ?

Ne voulant pas avouer qu'elle n'en avait jamais avalé la moindre goutte, elle répondit :

– Bien sûr que si.

Là-dessus elle en but une gorgée, qui l'étourdit instantanément, sensation qu'elle trouva tout sauf désagréable.

– Ça n'a pas du tout le goût de la bière, s'écria-t-elle, juste avant de réaliser qu'elle venait de se trahir.

– Bien sûr que non ! s'esclaffa Amory tout en faisant signe au chauffeur de démarrer. Il ne manquerait plus que ça !

La conscience d'avoir réagi comme une sotte lui noua l'estomac, jusqu'au moment où elle comprit qu'Amory ne se moquait pas d'elle.

– Madame est comédienne ! expliqua-t-il au chauffeur, qui acquiesça de la tête d'une façon un peu raide et commença à descendre la rue bordée d'arbres.

Dans la partie de la ville où ils arrivèrent, les immeubles étaient plus hauts et plus droits, et les arbres taillés. Ils se garèrent devant le restaurant. Hormis ces détails, elle n'avait aucune idée de l'endroit où elle se trouvait : son verre de champagne vidé, elle était maintenant détendue, et le remords d'avoir laissé Grady planté dans la rue s'était envolé. Deux portiers lui firent descendre un petit escalier et pénétrer dans l'obscur entresol d'une maison de ville. Presque toutes les tables étaient occupées et éclairées par des bougies. Ce n'était pas ainsi qu'elle avait imaginé un restaurant de luxe, elle s'attendait à quelque chose de bien plus vaste, avec des palmiers en pots, de la lumière électrique et des miroirs dans tous les coins, mais la façon dont ils furent reçus, avec un distingué : « Bienvenue au *Grotto*, Mr Glenn », lui assura qu'elle se trouvait dans un endroit très sélect.

Amory s'assit à une petite table près du mur et laissa le maître d'hôtel aider Letty à s'installer. Pendant ce temps, il alluma une cigarette et, un coude appuyé sur la table, se mit à regarder autour de lui.

– Merci, Gene, dit-il à l'homme qui venait d'installer Letty. Mon père est venu, ce soir ?

– Non, Mr Glenn.

– Parfait. Nous prendrons une bouteille de Pol Roger et une douzaine d'huîtres. Pour le dîner, mademoiselle prendra des escargots, et moi un steak saignant et sans sauce.

– Très bien.

– Mon père est propriétaire de théâtres, lui dit Amory, comme si cette information expliquait son questionnement sur la présence de son père.

– Un jour, je le serai aussi, ajouta-t-il spontanément.

– Oh.

Letty acquiesça avec exubérance tandis qu'on leur versait du champagne. Ils trinquèrent à nouveau.

– Le *Grotto* est le lieu de prédilection des gens du show-business. Justement, voici l'acteur Valentine O'Dell.

Amory le lui indiqua discrètement, et Letty tourna les yeux vers une table dans un coin. Un homme raffiné en veste de smoking blanche y était assis accompagné de plusieurs dames. C'était à celle qui capterait le plus son attention. Letty n'en revenait pas de se trouver dans la même salle que le célèbre Valentine O'Dell, et l'espace d'un instant, tout émoustillée, elle rêva de retourner à Union rien que pour pouvoir raconter ce miracle à ses sœurs. Ses traits étaient aussi beaux, son visage tout aussi rayonnant qu'il le paraissait sur l'écran du cinéma de Defiance – sauf qu'elle l'avait toujours imaginé grand, et qu'en réalité il avait plutôt la stature d'un jockey.

– Sophia Ray n'est apparemment pas avec lui ce soir. Depuis qu'ils sont petits, ils font ensemble des tournées de music-hall.

– Sophia Ray ! Quel bonheur de dîner dans le même restaurant qu'elle...

Mais peut-être Letty avait-elle trop d'étoiles dans les yeux et s'était-elle montrée trop provinciale, car Amory changea brusquement de sujet.

– Excusez-moi. Voulez-vous une cigarette ?

En imaginant ce que sa grande sœur aurait dit (« Les femmes qui fument sont des femmes de mauvais genre ! »), elle se tut, hésitante, les lèvres entrouvertes. Puis, comme malgré elle, elle accepta.

Les filles qui partageaient son appartement la taquinaient de ne pas fumer, surtout depuis qu'elle passait la plupart de ses soirées à vendre des cigarettes. Comme elle commençait à sentir que la situation se présentait bien pour elle, et qu'elle était, au bout du compte, quelqu'un d'assez important pour se retrouver assise là où elle l'était, elle ne voulut pas paraître empruntée. En outre, c'était la Letty d'avant, son côté Haubstadt, qui voulait la persuader de ne pas fumer, et elle décida de l'oublier. Elle était Letty Larkspur, désormais.

En fait, la vue de la cigarette qu'elle tenait entre ses doigts lui donna de l'assurance. Et bien que le goût de la fumée ne soit pas aussi subtil que celui du champagne qu'elle avait bu, et qu'il lui racle un peu la gorge, il l'étourdit de la même façon. Elle sourit d'un sourire calme et radieux, comme si elle avait dit, d'une voix sensuelle et sophistiquée : *Allez-y, continuez, Mr Glenn.*

– Alors, le champagne, vous l'aimez ?

– Bien meilleur que la bière ! dit-elle, insistant sur la plaisanterie.

Et cette fois ce fut plus drôle. Tous deux éclatèrent de rire.

– Oui, donc, les théâtres... (il fit une pause, un sourire flottant sur ses lèvres, comme pour donner plus d'emphase à ce mot), les théâtres sont notre affaire, comme je le disais, et avant d'aller plus loin, j'aimerais vous demander une faveur.

– Une faveur ?

Le mot lui sembla un peu mesquin, et pour la première fois depuis leur arrivée au restaurant, elle ressentit une légère inquiétude. Elle pensa à Grady et à l'expression soucieuse qu'il avait eue quand il avait vu la limousine, et fut contente qu'il n'ait pas été là pour entendre le mot « faveur » dans la bouche d'Amory.

– Oui. Vous savez, j'ai adoré vous voir sur scène l'autre soir. Vous êtes de loin la meilleure de leurs chanteuses (ce disant il se pencha vers elle, et posa sa main sur la sienne), mais je suppose que vous le savez déjà.

Letty rougit et leva lentement les yeux de son verre pour le regarder.

– Merci, murmura-t-elle.

– Je vous en prie. (Il ajusta ses boutons de manchette et jeta un coup d'œil autour d'eux.) Je crois que votre avenir sur scène sera très brillant.

– Vraiment, vous le pensez ? dit-elle d'une voix d'ingénue.

– Oui, vraiment.

Letty se redressa sur sa chaise et regarda les autres femmes dans la salle, installées lascivement, qui adressaient des sourires lourds de sous-entendus aux hommes qui s'attardaient dans l'ombre du bar. Ces femmes étaient-elles des vedettes en vogue ? Avaient-elles la moindre idée qu'une jeune fille à la carrière prometteuse se trouvait parmi elles ?

– Et je sais parfaitement que dans un an ou deux, vous ne daignerez pas considérer une proposition comme celle que je suis sur le point de vous faire.

– Laquelle ? demanda Letty, la gorge un peu nouée.

– Je donne une soirée pour un excellent ami à moi, dans

l'un des meilleurs établissements fréquentés par les gens du show-business, et je me demandais si vous... si vous accepteriez... si vous me feriez l'honneur d'accepter d'y produire votre numéro.

– Mon... numéro ?

– Oui... Bon, je sais, je ne vous ai entendue chanter qu'une chanson. Mais je veux dire les chansons de votre répertoire, une dizaine, disons. Et peut-être un peu de shimmy. (Il secoua les épaules, imitant la danse.) Je vous paierai trente-cinq dollars...

– Trente-cinq dollars !

Elle en resta coite. Ses yeux se fermèrent à la pensée de toutes les nouvelles robes et de tous les bijoux qu'elle allait pouvoir s'acheter avec cet argent. Ou bien elle vivrait sur ces économies sans travailler, et irait passer des auditions tous les jours.

– Vraiment, vous valez beaucoup plus, je le sais. Mais les gens qui auront la chance de vous voir... Si j'étais votre agent, par exemple, je vous conseillerais de le faire, même pour rien... mais je ne suis qu'un humble mécène, et c'est en tant qu'ami que je participe à votre avenir.

Les yeux fermés, les épaules dansantes, inspirant l'atmosphère chaude et enfumée de la pièce, elle s'imagina en train de monter sur scène. Elle se demanda combien de chansons elle savait, et si elle aurait besoin d'en apprendre d'autres.

– Merci mille fois, Mr Glenn !

Elle avait oublié sa cigarette entre ses doigts, et quand elle bougea le bras, une longue cendre tomba sur la table.

– Oh ! fit-elle en riant et en l'essuyant de la main. Mr Glenn, je vous suis tellement reconnaissante.

– C'est bien, dit-il en lui allumant une autre cigarette. Alors c'est d'accord ?

– Bien sûr ! Quoi de plus excitant ?

– Rien, je suppose.

Amory sourit. Un serveur arriva avec un grand plat d'huîtres, et son compagnon assaisonna aussitôt avec zèle et adresse les coquillages humides disposés sur la glace. Puis il en prit une et la porta aux lèvres de Letty.

– Merci, parvint-elle à articuler en avalant.

Letty ne savait pas grand-chose de la mer, mais elle supposa que c'était ce goût-là qu'elle avait.

– Vous aimez ? lui demanda-t-il.

– Oui, mais rien ne vaut les hot-dogs ! dit-elle en revenant sur la même plaisanterie, qui leur inspira le même rire.

Tout dans la pièce devint alors flou et doré, et elle se dit que si Cordelia avait pu la voir, elle ne l'aurait plus jamais traitée d'idiote. Letty Larkspur savait où était son intérêt. Le comportement d'Amory ne la troublait plus autant, et elle s'était mise à penser que, selon l'ordre naturel des choses, il fallait absolument qu'elle soit accompagnée d'un homme aussi beau que lui.

Quand sa limousine la déposa devant sa porte, le niveau de ses attentes s'était merveilleusement élevé.

– Merci pour cette charmante soirée, Mr Glenn, dit-elle en s'éloignant d'un air réservé.

– J'enverrai la voiture vous prendre demain avant le spectacle. Vous vous tiendrez prête à sept heures ?

Elle hocha la tête, lui fit signe de la main et se retourna vers sa porte. À cette heure l'air était frais, et les rues luisaient d'humidité comme si la pluie était tombée par moments quand elle était à l'intérieur du restaurant en train de déguster des huîtres et de boire du champagne, comme les vedettes de cinéma. Aux yeux de Letty Larkspur,

New York était une chose toute nouvelle, tout comme elle-même d'ailleurs.

Ce soir, elle avait appris ce que toute jolie fille voulant réussir dans la grande ville apprend à un moment ou à un autre : si à New York, il y a toujours quelque chose à regarder, tout est infiniment plus intéressant à travers une vitre, installée sur le siège arrière d'une limousine.

Mais Cordelia qui, à Union, avait une année d'avance sur Letty et quelques centimètres de plus, et qui en outre connaissait beaucoup plus de mots interdits qu'elle s'était exercée à prononcer de façon très naturelle, la devançait dans un autre domaine : elle savait maintenant à quel point une position et une vue privilégiées peuvent devenir oppressantes. Allongée sur une couverture, sur une petite colline surplombant la tente blanche de Dogwood, les jambes repliées recouvertes par la jupe fluide de sa robe noire cousue de paillettes, elle observait la scène qui se jouait sous ses yeux. Sous les nombreuses petites lumières électriques de la tente, des invités riaient et dansaient sur la musique, les filles jetant des regards furtifs autour d'elles, les garçons leur faisant des avances.

La jeune demoiselle de la maison n'était nullement intéressée par ces gens, bien sûr. Son père s'était déjà retiré, Charlie jouait au billard à l'intérieur, et Astrid ne s'était pas montrée du tout. Mais elle n'était pas seule. Suivant les ordres de son père, Danny l'avait suivie toute la soirée et se tenait debout derrière elle, la main posée sur sa ceinture chargée, elle le savait, d'un revolver.

Alors même que son esprit s'échappait constamment vers l'embarcadère où elle savait que Thom l'attendait, elle ne ressentait plus aucune impatience ni le moindre désir de s'éclipser. En tout cas plus depuis la fin du déjeuner, et la séance de tir avec son père. Ils n'avaient pas éprouvé le besoin de parler, mais en revanche ils avaient tiré en silence des heures durant.

Quand ils eurent terminé, il lui montra comment nettoyer proprement un fusil de chasse et un revolver à six coups. Quand elle eut fini d'huiler ce dernier sous le regard satisfait de son père, il le lui remit :

– Je veux que tu le gardes.

– Vraiment ?

Elle avait regardé, fascinée, le canon en bronze, son élégante crosse en bois, sa gâchette.

– C'était mon premier pistolet. Le premier qui fût vraiment à moi, pas une arme qu'on m'avait prêtée, ni que j'avais volée faute de pouvoir l'acquérir honnêtement. Je l'ai acheté dans le bon vieux temps à un Italien de ma connaissance, quand je commençais tout juste à débiter de l'alcool. Tu peux trouver cela étrange, ma chérie, mais je te fais totalement confiance, précisa-t-il avec un sourire grave et attentif. À Charlie aussi, bien sûr, mais ses dons sont différents des tiens. Je ne te demande pas de comprendre, tu comprendras en temps voulu.

Ils étaient au bord de la piscine, sous le soleil de midi. Elle avait vraiment envie d'être digne de sa confiance. Ce fut exactement là qu'elle se mit à regretter de s'être éclipsée avec Thom la veille au soir, et au fur et à mesure que les minutes passaient, son remords ne faisait qu'augmenter.

– Oh, ne t'en fais pas, je sais que tu es triste à cause du jeune Hale, s'était-il hâté de continuer, comme s'il lisait dans ses pensées. Je le connaissais un peu quand il était petit, et il était déjà très beau. Mais tu apprendras quelque chose à temps : ce genre d'amour est interchangeable, on ne peut pas s'y fier. Fais-moi confiance, tu en éprouveras d'autres. Mais ce genre d'amour, tu ne peux pas compter dessus. Alors que les liens du sang, c'est autre chose.

Un bref instant, Cordelia voulut avouer à son père tout ce qu'elle avait fait et lui demander pardon. Mais alors il lui sourit sereinement, presque un peu tristement, et il lui sembla qu'il savait déjà tout et ne lui en voulait pas. Elle sentit le poids du pistolet dans ses mains, et lui sourit à son tour.

– Merci. J'espère qu'un jour, vous serez fier de moi.

Quand la soirée débuta, elle n'était pas encore d'humeur très festive, mais ce qu'elle savait alors, c'est que même si elle avait pu s'esquiver pour retrouver Thom, elle n'aurait même pas essayé de le faire. Le pistolet de Darius Grey était maintenant rangé avec une très ancienne lettre qu'il avait écrite à sa mère et un trench-coat encore plus ancien. C'étaient ses reliques familiales, ses possessions les plus chères.

De temps en temps, des jeunes gens regardaient la fille de Grey, chuchotaient quelque chose et souriaient. Mais Cordelia détournait aussitôt les yeux, et repensait alors aux caresses de Thom. Elle essayait de se rappeler quelle était la plus jolie chose qu'il lui avait dite, mais rien ne lui venait, et elle était triste à la pensée que leur relation était sans avenir, et qu'elle allait devoir se contenter de ces rares souvenirs pour le reste de sa vie. C'était comme ça, on ne pouvait rien y faire. Cette pensée la déchirait, et elle ferma les yeux pour calmer sa douleur. La jeune fille qu'elle était dans le train n'avait qu'un espoir, se souvint-elle : retrouver son père. Jusque-là, elle était orpheline, et maintenant, elle ne l'était plus.

Elle rouvrit tristement les yeux. Les étoiles étaient plus rares cette nuit, mais elle se dit que c'était à cause des nuages.

– Je me sens un peu fatiguée, Danny, dit-elle en se levant.

Quand il l'eut raccompagnée à sa suite, elle retira les épingles de ses cheveux qui retombèrent sur ses épaules, qu'elle recouvrit d'une délicate étole. Puis elle s'installa confortablement dans le fauteuil blanc devant les fenêtres ouvertes sur le balcon. Elle se sentait gonflée de soupirs. Elle resta calme et silencieuse, écoutant la musique lointaine qui s'élevait de la tente, se laissant envahir d'une exquise mélancolie.

Le temps passa sans qu'elle s'en aperçoive, jusqu'à ce que ses yeux se ferment. Dans ce lieu délicieux, juste avant de s'endormir, elle sentit les bras de Thom l'envelopper comme la nuit d'avant, et c'est peut-être à cause de ces rêves qui la berçaient qu'elle ne fut pas surprise d'entendre le son de sa voix.

– Tu es jolie même quand tu es triste.

Il avait franchi la porte et la refermait doucement derrière lui.

Elle releva la tête qu'elle avait reposée dans ses bras croisés et le contempla. Le bord de son chapeau était abaissé, le rendant méconnaissable, mais il le releva, et montra alors son visage lisse et parfait.

– Qu'est-ce que tu fais là ?

Sa voix était à la fois caressante et furieuse.

– Comme tu n'étais pas à l'embarcadère, j'ai traversé le tunnel.

Les nombreuses phrases qu'elle avait préparées dans sa tête au cours de l'après-midi, à savoir qu'ils devaient en rester là, qu'elle ne pouvait pas trahir sa famille, qu'elle était triste, mais que c'était fini, toutes ces pensées l'abandonnèrent alors.

– Ne disons rien pour l'instant, dit-elle après un silence.

– Très bien.

Il marcha vers elle.

Toute la journée, elle s'était imaginé son visage, mais maintenant son cœur battait trop vite, et elle dut baisser les yeux. Elle posa les coudes sur ses genoux, courbée sous le poids de sa situation désespérée. Ses mèches ondulées cachaient en partie son visage, et ses pieds nus étaient tournés à l'intérieur.

– Qu'est-ce qu'on t'a fait ? s'inquiéta Thom.

Il s'approcha d'elle et s'agenouilla.

Elle baissa la tête vers l'endroit où le regard de Thom était fixé. Un hématome marquait son épaule droite, là où elle avait appuyé la crosse du pistolet, et pour la première fois elle se rendit compte à quel point cet endroit était douloureux. Elle s'était peut-être un peu trop acharnée à tirer sur les pamplemousses cet après-midi, se dit-elle. Un peu sur la défensive, elle lui répondit :

– Rien. On ne m'a rien fait. Papa m'a simplement appris à tirer.

– Ah.

Ils demeurèrent à nouveau silencieux. Puis il posa une main sur sa cuisse, tandis que de l'autre, il écartait délicatement les mèches collées à ses lèvres humides. Son contact fit s'envoler toutes ses nouvelles convictions. En une seconde, elle oublia tout ce qu'elle s'était promis, et tous ses principes.

– Ne me dis pas que tu vas rompre.

Elle secoua la tête, mais les souvenirs de Darius lui revinrent par vagues successives : comme il avait été protecteur avec elle, ce jour-là, et comme il était émouvant, dans son peignoir et ses mocassins, avec ses cheveux gris qui accusaient son âge, quand ils avaient déjeuné sur la terrasse, et avec quelle sollicitude il avait réagi à sa déception quand elle manquait sa cible. Il n'y a pas de lien aussi fort que celui du sang, lui avait-il dit, et elle essaya de toutes ses forces de garder cela en tête.

– Peut-être..., commença-t-elle, et sa voix vacilla. Peut-être devrions-nous en rester là, avant que je ne te cause de réels problèmes. Comme tu l'as dit quand nous nous sommes rencontrés, ce fut un moment parfait, et peut-être ne voulions-nous pas aller plus loin, ni l'un ni l'autre...

– C'est une bêtise que j'ai dite ! l'interrompit-il brusquement. (Puis, d'une voix plus lente et plus grave, pesant soigneusement chaque mot :) Je ne te connaissais pas, alors.

Cordelia rejeta la tête en arrière et regarda le plafond, la gorge serrée par l'émotion.

– Et qu'est-ce qui te fait croire que tu me connais, maintenant ?

Il se leva d'un coup, et s'éloigna de quelques pas.

Quand il se retourna pour la regarder, il avait l'air touché au vif, et elle ne put s'empêcher de se sentir rassurée. Les bruits de la soirée étaient à présent assourdissants, et elle savait qu'il fallait qu'il parte tant qu'il pouvait encore se faufiler parmi la foule sans être repéré. Qui savait ce qui se passerait dans le tunnel une nuit comme celle-ci, et quelles seraient les conséquences si jamais Danny venait s'assurer que la jeune dame de la maison était bien allée se coucher ?

– Je vais partir, si tu le veux, dit-il finalement.

Un instant, elle regarda sa longue et haute silhouette en costume d'été, ses cheveux luisants soigneusement peignés, et ses yeux qui semblaient tout savoir. Son cœur se serra quand elle pensa à la douleur de rester assise là dans cette chambre après son départ.

– S'il te plaît, ne pars pas, murmura-t-elle.

– Je ne peux pas te promettre que ce sera facile, dit-il après un temps. Tout ce que je sais, c'est que je ne peux supporter l'idée de passer un jour sans te voir.

– C'est juste que... être ici, pour toi...

– Pouvons-nous nous voir demain, sur la route ? Nous irons vers l'East End, où personne ne nous reconnaîtra, et nous pourrons vivre au grand jour, au lieu de rester ici et d'avoir peur. J'y serai à la tombée de la nuit...

Elle hocha la tête et essuya ses larmes avant qu'il ne les remarque.

– Peut-être. J'essaierai. Je ne sais pas, maintenant. Je n'en sais rien.

Il s'efforça de sourire mais ne le put qu'à moitié, et finalement, son visage exprima plus de tristesse que de joie.

– À demain ? fit-il en faisant un pas en arrière.

En contrebas s'élevait le chant plaintif d'une trompette. Une jeune fille s'était tordu la cheville, une petite agitation s'en était ensuivie. Puis, comme il n'y avait pas de quoi s'inquiéter, tout le monde commença à boire à sa santé. Des couples fraîchement formés se promettaient de rester éveillés jusqu'au lever du soleil, et on servait des boissons fraîches. Un calme particulier envahit alors Cordelia.

Elle voyait maintenant que sa situation était tout simplement impossible. Elle était enfermée dans un dilemme : elle voulait rencontrer Thom demain sur la route, mais la chose était hors de question. Ce qu'elle avait éprouvé, assise sur la petite colline au-dessus de la tente, pensant que tous les baisers de Thom allaient peut-être faire partie de son passé, lui revint. Alors elle sut qu'il lui était impossible de le laisser s'en aller. Pas de cette façon, après quelques caresses retenues du bout des doigts. S'il devait partir, elle voulait être sûre qu'ils s'étaient réellement connus, qu'ils ne s'étaient pas réservés pour un futur qui pourrait ne jamais arriver.

Cordelia se leva et, le regardant dans les yeux, elle fit glisser sur ses épaules les bretelles de sa chemise de nuit.

– Ne t'en va pas, lui dit-elle.

La lumière du dehors scintillait dans ses yeux, et ses lèvres s'entrouvrirent. Un moment ils s'observèrent, puis il s'approcha d'elle, la souleva dans ses bras et la porta jusqu'au lit. Comme elle retombait dans ses oreillers moelleux, ses cheveux lui firent une auréole autour de la tête, et un sourire s'épanouit sur son visage. Elle tendit les mains vers le visage de Thom et l'approcha de ses lèvres. Tout son être se tendit et s'amollit à la fois, et les conséquences de leur situation n'existèrent plus. Il n'y eut plus que cette chambre et cette nuit chaude et noire, et Thom au-dessus d'elle, qui la serrait contre lui, entre les draps.

22

– Cordelia semble très calme, ce matin, dit Astrid en se grattant négligemment la cheville avec son maillet de croquet, tout en repoussant les petites mèches lustrées qui tombaient sur son front.

Elle portait une robe blanche courte en jersey qui faisait penser à une tunique grecque, et qui magnifiait sa mince silhouette. À côté d'elle, Charlie, en sweater blanc à encolure en V et en pantalon blanc, courbé sur son maillet, se concentrait sur son coup.

– Hier soir non plus, à la garden-party, elle n'était pas très communicative. Papa lui a appris à tirer, et tu aurais dû voir la détermination qu'elle y a mise. À la fin de la journée, elle était, il faut le reconnaître, plutôt efficace.

– Oh, la petite chérie...

Astrid détourna son regard de Cordelia, qui était assise sur la pelouse des Grey dans un fauteuil en osier, juste en dessous de la terrasse étagée aux escaliers flanqués de sculptures antiques. Elle était coiffée d'un grand chapeau de paille noir à bord flottant, et habillée d'une robe blanche à encolure bateau à fines rayures bleu marine.

– Il faudra que nous lui changions les idées, continua-t-elle.

Elle se tut, les yeux tournés vers les autres invités, quelques membres de la jeunesse de White Cove, la plupart venant de familles comme la sienne, et non comme celle des Grey, tous en blanc, tenant des verres à pied remplis de jus de pamplemousse avantageusement additionné de quelques gouttes de champagne. Apparemment ils étaient les derniers convives de cette soirée plutôt exceptionnelle. Charlie était venu la voir, l'avait réveillée, et priée de venir profiter de la fête qui se poursuivait jusqu'au matin. Elle ne comprenait pas, à présent, pourquoi il avait souhaité sa présence. Malgré sa robe flatteuse et son teint particulièrement frais comparé à celui des filles qui n'avaient dormi de la nuit, il ne lui prêtait aucune attention spéciale.

Un moment, dans la cuisine où Cordelia était descendue la première, Astrid avait trouvé que tous ces gens, mangeant avec faim, les yeux rougis par le manque de sommeil, plutôt gentils, ressemblaient à une famille de clochards, si ce n'est qu'ils se trouvaient dans une belle maison. Nombre d'entre eux qu'elle connaissait depuis son enfance étaient encore là, fatigués mais refusant que la fête se termine. *Comme c'est charmant*, avait-elle pensé. Puis la tristesse l'avait envahie à l'idée que l'été devait finir, et elle s'était demandé si elle ne devrait pas tout simplement décider de laisser tomber ses études et de vivre comme cela toute sa vie.

Alors qu'elle regardait ailleurs, Jones était arrivé et avait chuchoté quelque chose à l'oreille de Charlie, après quoi celui-ci était devenu morose et ne s'était plus soucié d'elle. Les hommes étaient ainsi, se dit-elle. Mais quelques instants plus tard elle se demanda pourquoi Jones faisait des messes basses à Charlie au lieu de parler à Darius : c'était très gênant pour elle, surtout en ce début de journée qui promettait tant de plaisir.

– Ton père aurait-il trop bu et serait-il déjà allé se coucher ? lui demanda-t-elle d'un ton irrité.

– Non. (Charlie donna un grand coup dans la balle, qui roula vers le guichet suivant.) Il est toujours un peu tendu, le soir, ajouta-t-il. À toi de jouer.

– J'en ai assez, déclara Astrid. (Elle se tourna vers Emma Cantwell et Cass Beaumont, à quelques mètres derrière eux, qui étaient depuis peu en couple.) Vous n'en avez pas assez ?

– Non, dit gaiement Emma. Et toi ? demanda-t-elle à Cass.

– Non, répondit Cass en plaçant une main sur sa hanche. Allez, Astrid, finis donc la partie !

– Désolée, s'excusa Astrid d'un ton guilleret, mais peut-être d'une façon trop abrupte pour être convaincante. Ça m'est absolument impossible ! Demandez à Gracie Northrup de jouer pour moi.

Comme elle s'éloignait sur la pelouse, elle espéra sans beaucoup y croire que Charlie l'observait. Elle n'avait pas la moindre idée de ce qui pouvait alors se passer dans sa tête, mais quoi qu'il en soit, son manque d'attention la contrariait, et elle ne se sentait pas prête à sacrifier une belle journée en sa compagnie, alors qu'il était d'une humeur aussi exécrable.

– Tu vas bien ? demanda-t-elle en arrivant près de Cordelia.

– Je n'ai pas très bien dormi la nuit dernière. (Elle haussa les épaules et eut un petit sourire énigmatique.) Mais je vais bien.

– C'est bien.

Astrid se retourna et regarda Charlie, de l'autre côté de la pelouse, en train de jouer à présent avec la grassouillette Gracie Northrup qui s'étranglait de rire gauchement, comme à son habitude. Elle était elle aussi une élève de Miss Porter. Plus âgée qu'elle, elle était en licence quand Astrid était en première année. Les quatre silhouettes blanches se détachaient sur le ciel bleu.

– Gracie a mal choisi son chemisier, reprit Astrid pour changer de sujet. (Il était à pois, et son col lavallière attirait trop l'attention sur sa poitrine généreuse.) Il la grossit, elle n'en a vraiment pas besoin...

– Tu ne veux plus jouer ?

– Quelque chose a irrité Charlie. (Astrid mit sa main en visière devant ses yeux, feignant de ne pas attacher d'importance à ce qu'elle disait.) Il n'est pas drôle, cet après-midi. Je crois que je vais rentrer à la maison. Quand il sera prêt à faire un effort pour moi, peut-être alors je reviendrai. La fête est finie, de toute façon. Pourquoi ne commanderais-je pas le chauffeur ce soir ? Nous pourrions aller en ville.

Cordelia renversa la tête en arrière, et la lumière rendit ses yeux bruns presque transparents. Ce n'était pas la première fois qu'Astrid remarquait à quel point son physique était impressionnant quand elle était bien habillée. Dans une ferme, son visage aurait semblé sévère, mais ombrés par son luxueux chapeau, ses traits nets, ses pommettes hautes lui donnaient un air aristocratique.

– Où veux-tu aller ? demanda-t-elle.

– Oh, mon chou, aucune importance. Nous pouvons simplement faire un petit tour en voiture et inviter des gens à se joindre à nous.

– Pourquoi pas... ? fit Cordelia, un peu hésitante.

Astrid fit la moue.

– J'aime quand tu dis « oui », Cordelia Grey, mais pour le moment, je me contenterai de ton « pourquoi pas ».

Elle se baissa pour embrasser son amie sur les deux joues, puis monta l'escalier sans jeter un regard en arrière vers Charlie pour vérifier s'il remarquait sa sortie.

Mais de retour à Marsh Hall, Astrid ne se sentit plus aussi insouciante. Pourquoi Charlie ne s'était-il pas davantage intéressé à elle ? Sa beauté s'était-elle brusquement fanée, sinon qu'y avait-il d'autre ? Quand elle entra dans sa chambre, elle regrettait presque d'être partie, et ses traits se tendirent.

Dans le dressing-room adjacent, elle s'assit sur le petit tabouret capitonné de la coiffeuse. Rien ne clochait pourtant dans son aspect. D'un geste nerveux, elle se mit à arranger ses cheveux qui encadraient son visage d'une façon à la fois gaie et féminine. En vérité, son reflet dans le miroir était exactement le même que les autres soirs, quand tous les hommes la suivaient du regard et que Charlie semblait complètement subjugué par sa beauté. Et soudain le souvenir d'un certain soir, quelques mois plus tôt, lui revint. Il faisait froid, elle portait une robe blanche comme celle-ci, et s'observait dans le miroir de cette même coiffeuse, enveloppée du parfum des jacinthes de serre...

Soudain, la mémoire lui revint complètement, et elle comprit qu'elle s'était trompée. Elle se mit à ouvrir des tiroirs et à les fouiller. Rubans, brosses à cheveux, bas et... une boucle d'oreille noire tape-à-l'œil, une seule. Les larmes lui montèrent alors aux yeux. Elle prit le bijou dans sa main, et s'obligea à regarder dans le miroir le genre de fille qui était censée avoir perdu une boucle d'oreille dans la chambre de Charlie.

Pas étonnant qu'il ait eu l'air si préoccupé et distant, soupira-t-elle. Penchée en avant devant son miroir, le menton appuyé sur son poing, elle se jeta un regard impitoyable. Comment aurait-il pu se comporter autrement, quand sa petite amie ne cessait de traquer des fantômes et voyait des problèmes là où il n'y en avait pas ?

– Que faire avec une idiote comme toi ? lança-t-elle à son reflet.

Bien sûr, Astrid n'était pas la seule à converser avec elle-même dans cette ville. À cette heure entre chien et loup, de nombreuses jeunes filles s'observaient dans le miroir de leur coiffeuse, se regardant de face, de trois quarts et de profil, se trouvant jolies au-delà de toute expression, ou désespérément insignifiantes.

Derrière elles, généralement, le tableau se composait d'un tas de vêtements rejetés, d'un verre de gin où la glace fondait, d'une ou deux amies qui dispensaient leurs conseils tout en espérant ne pas être éclipsées, d'un sandwich entamé, et peut-être, si elles étaient riches ou avaient de généreux soupirants, d'un phonographe jouant un air entraînant pour se mettre dans l'humeur de la soirée à venir.

Dans le cas de Letty, il n'y avait pas d'amie dans le tableau. Fay exécutait des battements de jambes avec son beau sourire figé dans l'une des quarantièmes rues de West Side ; Kate s'occupait des vestiaires ; quant à Paulette, elle était au *Septième Ciel*. Probablement avait-elle déjà dit à Mr Cole que Letty ne se sentait pas bien et ne viendrait pas ce soir. Le sandwich portait la marque des dents de Bon Zèbre, qui l'avait dévoré en partie pendant qu'elle avait le dos tourné. Maintenant le chien courait en cercles dans le petit espace entre la vieille coiffeuse bancale et le lit qu'elle partageait avec Paulette. Les robes qu'elle avait essayées et rejetées recouvraient complètement le dessus-de-lit. Paulette aurait choisi des tenues voyantes ou provocantes dans lesquelles elle ne se serait pas sentie à l'aise, mais maintenant qu'elle était seule, du moins avec son compagnon à quatre pattes, elle avait définitivement fixé son choix sur la robe qu'elle avait en fait repérée depuis le matin.

Dans le miroir, Letty vit une jeune fille menue qui rayonnait de partout. Elle avait fardé ses paupières d'un vert irisé, maquillé ses lèvres d'un rouge grenat éclatant, et ses cheveux noirs coupés au carré étaient lisses et brillants. Sa robe était un fourreau en taffetas noir, sans manches, long jusqu'aux chevilles, finement rehaussé de perles sur le buste, et à la taille subtilement marquée. Elle l'avait vue le matin même sur un mannequin dans une vitrine, qui lui avait instantanément évoqué une chanteuse sophistiquée, la plus raffinée de tous les temps. Elle avait aussitôt acheté cette robe qui lui avait pratiquement coûté tout l'argent qu'elle avait économisé depuis qu'elle était vendeuse de cigarettes. Mais à partir de ce soir, elle serait riche, et de toute façon, l'essentiel n'était-il pas que son apparence soit parfaite, ce qui, pour autant qu'elle puisse en juger, était le cas.

Letty n'avait pas encore saisi la pleine signification des mots « Cinquième Avenue », mais quand elle remonta cette artère légendaire dans une limousine noire miroitante, les yeux brillants et se répétant inlassablement les paroles des chansons de son répertoire, elle commença à ressentir le pouvoir de ce lieu.

Elle était de plus en plus nerveuse, mais le fait de rouler tout droit dans cette avenue au décor raffiné lui apporta un certain calme. Elle réussit même à se débarrasser totalement de l'appréhension qu'elle ressentait à l'idée de monter sur scène. Puis son attention fut attirée par la façade d'un grand et élégant immeuble en pierre, si haut qu'elle ne pouvait en voir le sommet depuis son siège. Plusieurs portiers en livrée allaient et venaient d'un pas rapide sous une majestueuse marquise en fer forgé et en verre dépoli. Au-delà, des piles de bagages attendaient sur des chariots en cuivre, à l'intérieur d'un hall au sol de marbre miroitant et aux murs ornés de dorures. Puis la portière de la voiture s'ouvrit, mettant fin à sa rêverie.

– Nous y voici, mademoiselle, dit le chauffeur.

– Où sommes-nous ? dit-elle en essayant de ne pas sembler surprise, tout en commençant à descendre fébrilement de la voiture.

– Au St. Regis, mademoiselle.

Il s'écarta légèrement et détourna les yeux.

– Oh.

Elle sortit maladroitement de la voiture et resta un moment sur le large trottoir, un peu instable sur ses hauts talons. Elle avait imaginé que la soirée d'Amory aurait lieu dans un night-club, mais s'efforça de laisser croire que ce grand hôtel était exactement l'endroit auquel elle s'attendait.

– Merci, dit-elle.

Puis, consciente qu'il fallait qu'elle maintienne à tout prix une démarche sûre et élégante, elle se dirigea du mieux qu'elle put vers l'entrée. Après une vingtaine de pas réussis, elle réalisa une fois à l'intérieur qu'elle n'avait aucune idée de l'endroit où se trouvait sa loge, ni de celui où l'attendait Amory, et elle commença à paniquer.

– Je peux vous aider, mademoiselle ?

La voix, venue de derrière son épaule, était onctueuse et posée.

Elle se retourna et se retrouva devant un homme grand, en habit noir, qui portait une moustache désuète et bien taillée. Son ton n'était ni amical ni inamical, et il gardait les mains derrière le dos quand il parlait.

– Oui..., commença-t-elle. Je suis ici pour une soirée.

– Une soirée, mademoiselle ? (Il eut un sourire impassible.) De quelle soirée voulez-vous parler ?

– Eh bien, ce n'est pas une soirée à laquelle je dois assister, en fait. Je suis chanteuse, voyez-vous. Je dois me produire sur scène et dois être reçue par Mr Amory Glenn...

– Ah, la soirée de Mr *Glenn*.

L'homme jeta un coup d'œil à la ronde, avant de la pousser légèrement par l'épaule. Il la conduisit, en passant sans s'arrêter devant les ascenseurs et le majestueux escalier incurvé, jusqu'à une porte très ordinaire, au fond du hall. Ils avancèrent dans un long couloir puis montèrent une volée de marches qui donnait sur un autre couloir. La lumière était tamisée, et elle se demanda, l'espace d'un instant, si elle allait vraiment demander à rencontrer tout de suite Amory. L'endroit était plutôt miteux, pensa-t-elle, il n'allait pas avec sa tenue. C'est alors que, toujours d'une façon très professionnelle, l'homme la conduisit devant une porte qui s'ouvrit sur un espace aussi exigu qu'impeccable. C'était une vraie loge meublée d'un fauteuil tapissé dépourvu d'accoudoirs, et d'une coiffeuse sur laquelle étaient présentés toutes sortes de maquillages, rehaussée d'un miroir couronné d'ampoules en verre dépoli. Elle comprit alors que ce passage sordide qui conduisait aux loges était un lieu auquel le public n'avait pas accès.

C'était l'entrée des artistes.

– Mr Glenn a dit qu'il viendrait vous voir avant le début du spectacle. En attendant, que puis-je vous apporter ?

Elle le savait, elle aurait dû avoir toute une liste d'exigences. Mais elle n'avait aucune idée, pour l'instant, de ce dont elle allait avoir besoin. Le fait d'être dans sa propre loge la comblait déjà.

– Non merci.

– Je vous prie de bien vouloir sonner, si vous changez d'avis. Mon nom est Ernest. Je suis le concierge de cet hôtel. Vous pouvez me demander à la réception.

Quand il fut parti et que la porte se referma derrière lui, elle ferma un instant les paupières, puis se retourna. Le sol était recouvert d'un moelleux tapis persan bordeaux, et une collection de costumes à perles et à plumes était accrochée le long du mur. Quant à la coiffeuse, on aurait dit un autel. À côté des brosses de maquillage et des pots de couleurs trônait sur la table, devant le miroir, un grand seau en argent poli qui contenait, entourée de glaçons, une bouteille de champagne verte au col orné d'une feuille d'or. Il y avait une autre porte, qui ouvrait vraisemblablement sur la scène ; des bruits sourds lui parvenaient – c'était l'orchestre qui jouait en sourdine, et les gens qui se rassemblaient et parlaient ensemble. Elle imagina la grande salle, les hommes évoluant avec leurs femmes sur la piste de danse, et les rumeurs qui flottaient dans l'air à propos des différents spectacles.

Quelques minutes plus tard, la porte qui conduisait à la scène s'ouvrit, et Amory entra, en smoking, les cheveux brillantinés et le visage rubicond.

– Ah, ma chère, comme vous êtes charmante ! dit-il avant de lui planter un baiser parfumé et humide sur la joue.

Elle essaya de ne pas rougir devant l'intimité de ce geste.

– Alors, n'est-ce pas épatant ? Ne vous ai-je pas dit que je vous lancerais ? Une vraie loge, dans un des lieux les plus huppés de New York, et une salle de connaisseurs sur le point de découvrir vos nombreux talents...

– Oui, Mr Glenn, tout cela est merveilleux ! (Letty jetait des regards autour d'elle.) Seulement... Je suis un peu nerveuse. Je n'ai jamais chanté accompagnée d'un orchestre, et je...

– Avez-vous bu du champagne ?

– Non... (Elle se tut et se mordit la lèvre inférieure.) Je préférais ne pas le faire, avant de...

– Oh, allez, allez, buvons à votre succès ! Vous êtes sur le point de devenir une star.

Là-dessus, avec un petit bruit sec qui la fit sursauter, il ouvrit la bouteille et emplit deux flûtes. Son regard sombre et impérieux ne la quitta pas avant qu'elle boive. Son anxiété déclina quelque peu à la première gorgée, elle en prit donc une seconde. Elle lui sourit.

– Vous voyez, pas de quoi vous inquiéter ! Après tout, vous avez répété, le soir où vous êtes montée sur la scène du *Septième Ciel* ?

– Eh bien, non...

Letty baissa les yeux, espérant que son appréhension ainsi étalée ne fasse pas trop dilettante.

– L'orchestre est excellent. Il va vous suivre. Contentez-vous d'improviser, ma petite, soyez libre, spontanée. Soyez attentive à votre public, donnez-lui ce qu'il veut.

Il décrivit un large cercle du bras, et elle eut l'impression, un instant, d'être entre les mains d'un talentueux metteur en scène. Elle hocha affirmativement la tête, pleine de confiance.

– Et voilà !

Parmi les costumes, il prit une coiffure d'argent ornée de petites larmes dansantes incrustées de perles, et lui en ceignit le front. Elle regarda dans le miroir ses grands yeux fardés et sa bouche qui brillait comme un joyau, et pensa qu'elle avait définitivement l'air d'une jeune fille capable d'être la vedette de son propre spectacle.

– Alors, est-ce que je ne vous ai pas apporté tout ce que vous pouviez désirer ?

– Oh, oui, Mr Glenn ! s'exclama-t-elle en se tournant vers lui avec de grands yeux.

– Alors, un baiser ?

Les coins de la bouche de Letty s'affaissèrent, et ses sourcils se relevèrent jusqu'à la ligne sombre de sa frange. Mais avant qu'elle puisse dire un seul mot, il la saisissait des deux mains, la serrait contre lui et pressait ses lèvres sur les siennes. Elle était trop choquée pour pouvoir lui dire de s'arrêter, mais le baiser se termina avant qu'elle ait vraiment compris ce qui s'était passé.

Il recula et, d'un ton très différent, lui dit :

– Maintenant, remettez-vous du rouge à lèvres. Il est temps d'y aller.

Elle se tourna vers le miroir et fit comme il avait dit. Ce gros bécot n'avait rien à voir avec l'idée qu'elle s'était faite de son premier baiser, mais elle essaya d'oublier ce qui venait de se passer, imaginant plutôt la sensation agréable qu'elle aurait sur scène, éclairée par un spot, sous le regard d'une grande salle dont toute l'attention allait se porter sur ce qu'elle allait faire.

– Vous êtes prête ? dit-il quand elle se fut éloignée de la coiffeuse.

Elle fit oui de la tête, mais elle n'était plus qu'une boule de nerfs.

– Bien. Maintenant, je vais vous présenter, et quand vous entendrez les applaudissements, vous monterez sur la scène et commencerez votre numéro.

Si elle avait pu sourire, elle l'aurait fait, mais ses traits étaient trop tendus pour pouvoir exprimer la moindre mimique.

– Mettez-leur-en plein la vue !

Sur ces mots, il sortit.

Elle ferma les yeux et s'appuya contre le chambranle de la porte. Amory lui parlait, mais elle n'entendait pas ce qu'il disait, sa voix était trop étouffée, et son cœur battait à tout rompre. Les seuls mots qu'elle comprit furent ceux qu'il prononça plus fort :

– Letty Larkspur !

Les applaudissements crépitèrent. Elle respira à fond, franchit la fente obscure des rideaux et entra sur la scène, aveuglée par les spots.

23

La journée avait été la plus torride de l'été, et au coucher du soleil il faisait encore assez chaud pour avoir envie de nager.

Astrid avait passé les dernières heures du jour au bord de la piscine de Marsh Hall, située quelque part derrière la maison, entre deux bungalows blancs aux décors en stuc et deux hautes rangées de cyprès. Elle s'était bronzée au soleil et s'interrogeait : devrait-elle raconter à Charlie ce qu'elle avait imaginé à tort, ou ne plus en faire mention et essayer désormais d'être gentille avec lui ? À cette heure, tandis que le ciel s'emplissait d'une palette de bleus tirant peu à peu sur le gris d'une lumière déclinante, elle crawlait lascivement sur le dos, observant les nuages roses glisser dans le ciel et écoutant le pépiement des oiseaux mêlé au bruit lointain d'une conversation entre jardiniers.

– Belle soirée, n'est-ce pas ?

Surprise, elle se retourna dans un bruyant éclaboussement. Billie se prélassait dans l'un des transatlantiques blancs, en peignoir de bain à grecques multicolores, un turban blanc dans ses cheveux bruns. Elle était arrivée sans qu'Astrid ne l'ait remarquée, et avait l'air d'être installée là depuis un certain temps.

– Oh, superbe, dit Astrid avant de replonger dans l'eau comme un dauphin.

Elle jouissait de cette sensation d'être sous l'eau, hors des bruits du monde. Quand elle émergea, elle décida, n'étant plus seule, de ne plus nager, et sortit de la piscine. Billie, la tête posée sur la chaise longue, avait les yeux clos et ce petit sourire de bien-être qui vient facilement aux lèvres par un temps aussi splendide.

– À toi de jouer, ma chérie, dit Astrid en enfilant un peignoir blanc à motifs jaunes sur son maillot de bain bleu marine.

Billie, sans bouger de sa chaise longue, la prévint :

– Si j'étais toi, je ne bougerais pas d'ici.

Astrid, qui essayait d'évacuer une petite quantité d'eau qui stagnait dans son oreille, prêta à peine attention à la réflexion de Billie. Alors qu'elle s'éloignait, ses pieds nus et mouillés s'enfonçant dans l'herbe, elle l'oublia au profit de quelque chose de bien plus important : avoir la preuve que Charlie n'était pas un goujat et qu'elle s'était trompée avait anéanti son ressentiment envers lui, laissant place à une agréable sensation intensifiée par la douceur de cette journée. De temps à autre, on entendait le bourdonnement d'un moustique, et parfois la lueur soudaine d'une luciole étincelait dans le crépuscule.

Elle venait de monter la petite colline en direction de la maison quand elle entendit un bris de verres suivi d'une explosion de voix. Elle courut le reste du chemin, traversa la bibliothèque aux fenêtres à petits carreaux, puis le grand vestibule, et ressortit de l'autre côté, sur la route de gravier. La grosse Studebaker crème était stationnée de travers, comme si quelqu'un venait de la sortir précipitamment du garage ; son toit ouvrant était abaissé, et les sièges arrière débordaient de bagages. À mi-chemin entre la porte et la voiture s'amoncelaient des morceaux de verre brisé qui ressemblaient à ceux d'un grand vase chinois bleu et blanc qui, aussi loin qu'elle s'en souvienne, se trouvait jusque-là dans le corridor du premier étage, à côté de son double.

La portière de la voiture s'ouvrit côté conducteur, et Luke en sortit, l'air plutôt embarrassé. Astrid, surprise de le voir, entrouvrit les lèvres, prête à lui dire quelque chose, quand l'autre vase bleu et blanc de la paire vola dans le ciel, lancé d'une fenêtre, pour aller s'écraser en mille morceaux sur le gravier. Un cri de colère suraigu s'ensuivit, puis celui, nettement plus grave, à l'évidence celui d'un homme :

– Fous le camp ! Fous le camp ! hurlait son beau-père.

Derrière elle, sur le perron, elle entendit un bruit de pas précipités, puis sa mère apparut, courant dans une robe en mousseline abricot, le visage crispé par la colère.

– Oh, Astrid, te voilà !

Puis, sans plus prêter attention à sa fille, elle courut vers la Studebaker. Quelques secondes plus tard, Harrison Marsh II descendait le perron, bouillant de rage, le visage enflammé ; pas plus que sa femme, il ne se préoccupa de la présence d'Astrid.

– Hors d'ici ! cria-t-il à nouveau en marchant à grands pas sur la pelouse.

– Il faudrait me payer cher pour que je reste ! éructa la troisième Mrs Marsh.

– De toute façon, quelqu'un devra payer, lui rétorqua-t-il d'un ton cette fois plus calme, mais d'autant plus implacable. Une femme comme elle ne vit pas d'amour et d'eau fraîche, jeune homme, ajouta-t-il à l'adresse de Luke.

– Monsieur, je...

– Tais-toi, Luke ! coupa la maîtresse de maison en essayant de remettre l'épingle de son chapeau cloche en paille, qui s'était légèrement déplacé pendant la bagarre. J'ai toujours détesté ces vases, ajouta-t-elle à personne en particulier. Allez, Astrid, viens. Nous partons.

Astrid s'arrêta sur le perron, ses cheveux courts et mouillés agglutinés dans son cou, son peignoir entrouvert, n'en ayant pas trouvé la ceinture quand elle l'avait emporté pour aller nager. Elle regarda les trois personnes qui se tenaient sur la route, qui avaient toutes trois l'air pitoyable, et elle eut presque la nausée.

– Où allez-vous ? demanda-t-elle enfin.

– Au St. Regis. Nous y resterons jusqu'à ce que je décide de notre prochaine destination. L'Europe, ou bien... je ne sais pas encore.

– Tu n'es pas obligée de partir, Astrid ma chérie, lui dit son beau-père en se tournant vers elle, la voix radoucie.

Il transpirait abondamment et s'essuya le front avec un grand mouchoir blanc et vert. La seconde d'après, le cœur d'Astrid chavira : elle réalisa que c'était le bandana qu'elle avait pris la veille au cou de Luke, et que ce devait être cet objet qui était la cause de la dispute.

– Ta mère est devenue complètement hystérique, je le crains. Je ne crois pas qu'il soit raisonnable que tu la suives. Tu peux rester ici aussi longtemps que tu veux.

– Ne sois pas grotesque, maugréa la mère d'Astrid. Elle mourrait plutôt que de rester dans cette vieille maison qui sent le renfermé. Viens, chérie, ce sera drôle, comme quand tu étais petite et que nous vivions à l'hôtel. Tu te rappelles ?

Astrid s'en souvenait. Ce n'était pas drôle du tout. Au St. Regis, elle n'avait pas le droit d'avoir un animal de compagnie, et on lui avait interdit de courir dans les couloirs parce qu'un jour, elle avait réveillé de sa sieste l'une des Mrs Astor dont la maison de ville était alors en travaux de rénovation.

Tout en évitant de les regarder, elle marcha vers le garage dont Luke avait laissé la porte ouverte. Le gravier s'enfonçait dans la plante de ses pieds nus, mais elle n'y prêtait guère attention.

– Astrid, ce n'est pas le moment de faire des histoires ! entendit-elle sa mère hurler.

Voyant que sa fille ne se retournait même pas, elle pesta et se mit à crier des ordres à Luke.

Dans le garage, bâtiment isolé au toit de verre, et grand comme un hangar à avions, le calme régnait. Astrid soupira, s'enveloppa dans son peignoir et en remonta le col pour se réchauffer. Elle ouvrit la portière du coupé Marmon rouge, cadeau que son beau-père avait fait à Billie pour son vingtième anniversaire, et se glissa sur le siège du conducteur. N'ayant conduit que deux ou trois fois une voiture dans sa vie, et en compagnie de Charlie dans le parc de Dogwood, elle se dit que ce n'était peut-être pas le moment de tester ses talents de conductrice. Mais voyant que la clé de contact était en place sur le tableau de bord et qu'elle n'avait plus qu'à la tourner, elle décida de partir. Rester là une minute de plus lui était insupportable. Le rôle qu'elle avait joué dans ce drame la rendait malade.

– Astrid Donal ! hurla sa mère tandis que sa fille passait devant elle dans le coupé.

Le moteur peinait. Elle se concentra pour sortir du parc, serrant le volant de toute la force de ses mains fragiles. Mais la voiture cala juste avant d'atteindre la haie d'arbustes. Astrid se dit que si elle ne redémarrait pas sans tarder, elle allait subir les hurlements de sa mère qui lui demanderait ce qui lui était passé par la tête. Elle réussit à faire repartir le moteur, et tourna rapidement sur la route qui longeait la crique.

Un peu plus d'un kilomètre de chemins vicinaux séparait les entrées de Marsh Hall et de Dogwood, et si quelque résident local s'était trouvé là par hasard, sorti faire une petite promenade, ou revenu de la ville tôt cet après-midi, il se serait régalé à la vue de l'une des plus prometteuses jeunes filles du gratin de New York, enveloppée dans un peignoir de piscine qui lui arrivait aux genoux, et qui jurait comme un charretier.

La voiture cala plus d'une fois, et plus d'une fois Astrid crut aller dans le fossé. Néanmoins, elle arriva tant bien que mal à rester sur la route et se retrouva enfin devant les hautes grilles en fer forgé de Dogwood.

– Miss Donal ! s'écria Danny en arrivant du poste de garde. Vous allez bien ?

– Oui, très bien, répondit Astrid avec un grand sourire, glissant ses doigts dans ses cheveux humides pour les dégager de son visage. En fait, il y a eu une scène à la maison, et tout ce que je voudrais, c'est me changer et prendre une tasse de thé avec mes amis Grey. Et peut-être ne pas rentrer chez moi pendant un bon moment. Vous voulez bien ? le pria-t-elle d'un ton charmeur.

Danny sourit, puis alla ouvrir la grille. Astrid manœuvra la voiture dans l'allée de tilleuls, dont la côte s'avéra vite trop raide. La Marmon cala juste au milieu de l'allée, dans l'herbe. Elle en descendit et courut à travers la pelouse jusqu'à la maison. Comme elle était soulagée de se trouver là, loin de ce monde où l'on se mariait par intérêt dans le but d'acquérir des biens et un nom prestigieux, dans une maison où l'on gagnait sa propre vie, quelle qu'en soit la façon.

– Charlie ! appela-t-elle en montant au petit trot l'escalier principal, serrant son peignoir autour de sa taille.

Elle trébucha sur la dernière marche et se cogna l'orteil, mais la douleur ne l'arrêta pas.

– Charlie !

Comme personne ne montrait le bout de son nez pour voir qui arrivait, elle se dirigea vers la chambre de Charlie. Quand elle ouvrit la porte, elle sut immédiatement qu'il était là. Elle sentait son odeur. Mais son soulagement fut de courte durée, car elle comprit tout de suite qu'il n'était pas seul.

– Charlie ? murmura-t-elle.

Les rideaux étaient tirés, et la pièce baignait dans une lumière tamisée. Il ne l'entendit pas tout de suite, bien qu'elle se soit approchée de son grand lit à barreaux de cuivre. Tout ce qu'elle vit de lui, ce furent les jambes de son pantalon blanc et son dos nu animé de mouvements de poussée. L'autre personne, elle ne pouvait la voir, mais elle comprit, au bruit des gémissements qu'elle émettait, que c'était une fille.

– Charlie ! voulut crier Astrid.

Mais le son mourut dans sa gorge. Elle baissa les yeux, et remarqua que son orteil saignait.

Cette fois, il entendit. Il releva la tête, haletant, et quand il la vit, sa mâchoire inférieure tomba dans une expression de stupeur et de contrariété. Il se redressa brusquement, le menton levé d'un air de défi. Astrid regarda alors la fille qu'il chevauchait : c'était Gracie Northrup, allongée dans une position plutôt compromettante, son ridicule corsage à pois entrouvert sur un non moins ridicule balconnet à fanfreluches. La peau de la fille était couverte de marbrures, et son visage, à moitié caché dans les oreillers, avait une expression abasourdie.

– Oh, Charlie, je vais m'évanouir ! s'entendit dire Astrid.

Ses lèvres nues, qui souriaient quelques minutes auparavant à l'idée de le voir, étaient maintenant serrées et durcies.

– Astrid, fit Charlie en sortant maladroitement du lit, la boucle de sa ceinture pendante.

– N'approche pas ! (Elle recula, mais il continuait à marcher vers elle.) Non ! cria-t-elle. N'approche pas ! Non ! Non ! Non ! Non !

En redescendant quatre à quatre les marches de l'escalier, elle se tint à la rampe pour ne pas tomber, laissant son peignoir flotter derrière elle. Elle ne pensait ni à son orteil ni à la traînée rouge qu'elle laissait derrière elle. Quand elle sortit de la maison, le ciel n'était pas encore totalement noir, mais les couleurs du couchant avaient disparu. Dès qu'elle fut dans la Marmon, elle essaya de la faire démarrer, mais en vain : elle tremblait trop.

– Ah ! cria-t-elle, frappant de la main le volant, de rage et de douleur.

– Miss Donal, que faites-vous ?

Elle s'arrêta, leva les yeux et vit Danny, qui s'était précipité de son poste de garde. L'espace d'un instant, la répugnance qu'elle avait ressentie s'atténua. Sachant ce qu'elle avait à faire, maintenant, un calme froid l'habitait.

– Oui, Danny ? dit-elle en souriant.

– Que faites-vous ? répéta-t-il, cette fois sur un ton moins pressant.

– Danny, j'ai besoin de votre aide. (Elle baissa pudiquement les yeux vers ses cuisses roses étalées sur le siège de cuir, visibles entre les pans écartés de son peignoir.) Je ne conduis pas très bien, comme vous avez pu le constater, or il faut que j'aille tout de suite en ville.

– À Manhattan ?

Danny semblait inquiet.

– Oui. Vous ne voulez pas ?

Elle comprit qu'il n'était pas censé le faire ; il était en poste et se verrait puni de l'avoir quitté. Mais il fallait qu'elle parte vite, loin de là. Aussi lui dit-elle, avec un grand sourire :

– Danny, cette voiture nous cause vraiment beaucoup d'ennuis en ce moment. Conduisez-moi en ville, et ensuite elle sera à vous, d'accord ?

Il ferma les yeux, comme s'il calculait les conséquences de ce marché. Le temps qu'il les rouvre, il faisait déjà le tour du coupé et prenait la place du conducteur. Elle se glissa sur le siège du passager et replia les jambes sous elle, comme une gamine.

– Merci beaucoup, Danny, dit-elle, tandis qu'ils tournaient sur la grand-route.

Mais il était trop tendu pour la regarder.

– Où allons-nous ? demanda-t-il d'un ton impassible.

Astrid ferma les yeux et fit face au vent pour qu'il lui souffle au visage et sèche ses cheveux. *Aucune importance,* avait-elle envie de lui dire.

– Au St. Regis, dit-elle.

Au même moment, au St. Regis, Letty entrait dans la lumière des spots, le bruit sourd de ses talons de cuir résonnant sur les planches.

Elle se força à sourire, mais son malaise grandit. La salle ne correspondait pas du tout à ce qu'elle avait imaginé : elle n'était ni grande ni fastueuse. D'austères poutres en bois décoraient le plafond, et les murs étaient lambrissés d'acajou sombre, le tout créant une ambiance très masculine. Au lieu d'une foule, elle ne distingua qu'une vingtaine de visages ; tous des hommes qui l'examinaient attentivement, dont certains mâchonnaient un cigare. Aucun n'était accompagné, et la plupart, sous leurs costumes coûteux, arboraient une corpulence qui sentait le jouisseur et le bon vivant. Amory était assis sur le côté, entouré de quelques hommes de son âge.

Tâchant de garder son calme, elle se tourna vers l'orchestre. Elle ne s'attendait pas non plus à cela : il n'était composé que de quatre musiciens. Elle avait imaginé qu'un vrai orchestre l'accompagnerait. Pour autant elle essaya de se rappeler qu'il fallait toujours aller de l'avant, qu'elle ne faisait que débuter, et que ce petit défaut permettrait peut-être à sa voix de gagner en puissance.

– Connaissez-vous : « I'm Gonna Make You Breakfast in the Morning » ? demanda-t-elle à l'orchestre, rassemblant tout son courage.

Le batteur hocha affirmativement la tête sans sourire, et frappa sur le tambour à timbre. Le bruit ne dissipa pas son malaise, pourtant elle se retourna vers la salle et se mit à battre la mesure de la main sur sa hanche. Quelques sourires se dessinèrent sous les moustaches. Elle arqua les sourcils et, les coudes pliés, commença à tortiller des épaules et à se balancer au rythme de la musique.

Quand elle se mit à chanter, elle sut que tout allait bien se passer. Elle avait confiance en sa voix, et se sentait portée par la musique. À la fin de la chanson, elle lança les bras en l'air et ferma les yeux. Elle écouta les applaudissements, qui n'étaient pas tout à fait aussi enthousiastes qu'elle l'aurait espéré, mais c'était néanmoins une sensation agréable, et elle sut que la prochaine chanson les convaincrait complètement.

– Merci, dit-elle d'une voix mélodieuse.

Elle était en train de réfléchir à l'air qu'elle allait chanter, quand le batteur, suivi par les autres musiciens, se remit à jouer. La musique était cette fois plus lente. Elle se retourna vers eux, pour comprendre ce qu'ils voulaient qu'elle fasse, mais aucun d'eux ne la regarda. Elle resta là, plantée sur scène, dos au public, le cœur battant. À sa grande surprise, quelqu'un siffla dans la salle.

Lentement, elle se retourna. Il y eut quelques maigres applaudissements. Des sifflets suivirent, puis l'homme assis à côté d'Amory, dont les cheveux bruns étaient aussi brillantinés que les siens et qui avait les yeux vitreux, se mit à crier :

– Montre-nous ce qu'il y a sous ta robe, *baby* !

Elle eut le souffle coupé d'indignation. Il était clair que l'ami d'Amory avait trop bu, et qu'il se comportait comme un goujat. Elle attendit qu'Amory prenne sa défense. Mais comme il n'en faisait rien, elle commença à comprendre que son ami n'était pas le seul rustre dans la salle, ni le seul homme à vouloir qu'elle enlève ses vêtements. Tous applaudissaient et sifflaient.

Les paupières de Letty s'abaissèrent lourdement quand elle comprit pourquoi elle était payée trente-cinq dollars. Quelle idiote elle était ! Pendant ce temps, l'orchestre derrière elle continuait à jouer. La batterie se faisait de plus en plus forte et de plus en plus menaçante.

– Allez, montre-nous ! cria encore le voisin d'Amory.

Elle reprit son souffle et se demanda ce que ferait une vraie professionnelle. *The show must go on !* disait toujours sa mère. Depuis qu'elle était petite, elle n'avait qu'une envie, c'était d'être sur scène, et maintenant elle se trouvait devant un public d'hommes du show-business qui, après tout, pouvaient garder un bon souvenir de son spectacle, si elle se forçait à leur donner ce qu'ils étaient en train de lui réclamer à grands cris.

Docilement, elle plaça son pouce sous la bretelle de sa robe et la fit glisser de son épaule. Elle tremblait, mais pas au rythme de la musique ; elle était incapable de se trémousser ni de faire quoi que ce soit qui ressemblât à une danse. Ses lèvres tremblaient, elles aussi, et quand elle rouvrit les yeux, elle vit que presque tous les hommes étaient debout et la regardaient avec des yeux de loups. Depuis qu'elle était jeune fille, elle était habituée à faire ce qu'on lui disait et, bien qu'elle eût tout donné pour échapper à ces regards lubriques, l'idée de s'enfuir de la scène lui sembla mauvaise. Néanmoins, elle prit conscience que si elle restait une seconde de plus, elle se mettrait à hurler. Elle lâcha sa bretelle et s'enfuit.

Elle parvint à se retenir de pleurer jusqu'à la traversée du rideau, et quand elle arriva devant sa loge, un torrent de larmes brûlantes inonda ses joues. Elle se laissa tomber dans le fauteuil et s'effondra sur la table de la coiffeuse, hoquetant, tremblant de tout son corps. Elle pleurait à cause de la façon dont ces hommes l'avaient regardée, elle pleurait ses illusions perdues. Elle aurait continué longtemps à verser des larmes si sa solitude n'avait pas été de si courte durée.

– Ça ne va pas la tête ? hurla Amory en entrant sauvagement. (Son visage était cramoisi et il plissait les yeux, l'air mauvais.) Edmund Laurel, l'acteur, se marie demain ! C'était l'enterrement de sa vie de garçon ! Sa dernière chance de voir le corps d'une autre femme avant d'être lié pour toujours. Tu as gâché sa soirée !

– Je croyais... je croyais...

– Que j'allais te payer trente-cinq dollars pour *chanter* ? éructa-t-il.

Amory leva la main et la frappa au visage. Elle ressentit une douleur au niveau de sa pommette droite et de son arcade sourcilière. L'impact de la gifle coupa net le flot de ses larmes. Sous le choc, elle redevint froide, se durcit, se préparant à un autre coup.

Mais il avait reculé. Elle entendait son souffle rageur, mais n'osait pas le regarder.

– Fous le camp, lui ordonna-t-il. Fous le camp maintenant, et ne crois pas que je vais te donner le moindre sou pour ce petit numéro pathétique d'aguichage ! Tu ne feras jamais ton chemin dans le spectacle !

Détournant les yeux, la tête baissée, elle prit sa veste sur le dossier du fauteuil et se hâta de partir. Si quelques grooms ou clients remarquèrent sa fuite dans le hall, elle ne les vit même pas. Elle se sentait si petite tandis qu'elle marchait à grandes enjambées dans la sombre avenue qu'elle se croyait invisible à tout regard.

Pourtant Astrid, en traversant le hall pour se rendre au bar, vit Letty passer comme l'éclair. Elle se demanda pourquoi la petite jeune fille à la robe perlée pleurait.

– Où est Luke ? demanda-t-elle en s'asseyant sur le tabouret à côté de sa mère.

Le bar chic mais à l'ambiance morne baignait dans une lumière sépia tamisée. Des bouquets de plumes de paon étaient placés à dessein ici et là pour apporter une certaine intimité à une partie de la clientèle, et laisser un champ de vision à d'autres. Les jambes minces de Virginia Donal de Gruyter Marsh étaient croisées sous sa robe en mousseline de soie abricot et la fatigue qui empreignait ses traits passait inaperçue dans la pénombre. Elle leva les yeux de son cocktail vers sa fille sans avoir l'air surpris de la voir arriver, ce qui ne l'empêcha pas de la scruter de la tête aux pieds.

– Qu'est-ce que c'est que cette tenue ? répliqua-t-elle sèchement en guise de réponse.

Avant d'arriver à l'hôtel, Astrid avait ouvert le compartiment à gants du coupé et trouvé le foulard noir que Billie portait autour du cou quand elle était au volant, ainsi que ses mocassins marron qu'elle utilisait pour conduire. Astrid avait ceinturé son peignoir avec le foulard, et les mocassins cachaient son pied blessé. Ses cheveux étaient secs et négligemment peignés en arrière.

– Chère mère, mais voyons, vous ne savez pas que c'est la dernière mode ? lui rétorqua-t-elle.

Sa mère sourit vaguement à la plaisanterie, et répondit d'une voix lasse à sa première question :

– Luke est retourné à White Cove. Il semblerait qu'il était plutôt inquiet de perdre son travail et qu'il ne voulait pas, tout compte fait, être impliqué dans une histoire de divorce compliquée.

– Oh ! Alors, tu vas divorcer ?

Astrid s'aperçut dans le miroir, et fut surprise de voir à quel point, sans maquillage, elle avait l'air d'une enfant.

– Je ne sais pas.

Mrs Marsh prit son verre de cocktail et le vida. Les yeux brillants, elle continua d'un ton calme :

– Mais je pense rester un petit moment ici. Comment es-tu arrivée là ? Qu'est-ce qui t'a fait changer d'avis ?

– Je m'inquiétais pour toi, mentit Astrid. J'ai réalisé que j'ai été égoïste, et que je ne devais justement pas te laisser seule maintenant, continua-t-elle.

À ces paroles, sa mère eut à nouveau ce même sourire triste et tendit le bras pour prendre la main de sa fille. Des veines bleues saillaient sous sa peau.

– Je suis tellement contente que tu sois là, dit-elle sur un ton un peu mélo.

– Prendrez-vous quelque chose, mademoiselle ? demanda le barman en plaçant une serviette devant la jeune fille.

– Oui, répondit Mrs Donal. Un cocktail pour elle et un autre pour moi. Seulement..., ajouta-t-elle en se retournant sur son tabouret vers Astrid, va te changer et enfiler une robe, tu veux bien, ma chérie ? Je me suis installée dans notre ancienne suite, celle où nous vivions, et la femme de chambre a mis tous mes vêtements dans la penderie. Choisis la tenue que tu veux. Nous allons nous amuser toute la nuit.

Je me fiche de ce que nous allons faire, faillit lui dire Astrid. Mais une telle réflexion aurait attiré l'attention sur la tristesse qui était en elle, et de toute façon, elle avait envie, à cet instant présent, de se sentir très jolie, de capter le regard des hommes et de se faire inviter à danser. L'essentiel, c'était qu'elle n'entende plus prononcer le nom de « Charlie » et qu'elle ne fasse rien qui pourrait lui rappeler cette vision répugnante de lui au lit en train de s'activer sur Gracie Northrup. C'est dans cet état d'esprit qu'elle monta dans la suite, enfila une robe lavande qui laissait une épaule découverte et avait une jupe à volants virevoletante à mi-mollet, et qu'elle souligna de fard foncé ses lèvres et ses paupières. Quand elle redescendit, un bel Anglais qui avait probablement le double de son âge était en train de parler avec sa mère, mais Astrid s'assit entre eux, fit les yeux doux au gentleman dans le but manifeste de le séduire, jusqu'à ce que son attention se porte entièrement sur elle. Elle n'aimait pas trop la façon dont elle se comportait ni celle dont se passait la soirée, mais très vite la pièce se mit à tourner autour d'elle, et après cela, ses souvenirs ne furent plus très nets.

24

Si en fin d'après-midi Cordelia avait supposé que son chapeau noir à large bord la rendait moins visible, elle réalisa, au coucher du soleil, que cette supposition était absurde. Les ombres s'allongeaient sur la route de campagne, et à la vue de sa silhouette étirée, elle se rendit compte que son chapeau, par le fait même qu'il voilait son visage, attirait l'attention sur le reste de sa personne – d'autant qu'à cette heure, il n'avait plus guère d'utilité. Contre toute attente, le poste de garde était désert, mais quoi qu'il en soit, maintenant elle ne craignait plus d'être repérée. Chaque fois qu'elle entendait le bruit, même lointain, de ce qui pouvait être une voiture, un espoir la soulevait, et chaque fois que cet espoir s'avérait vain, elle sombrait de plus en plus profondément dans un état d'inquiétude fébrile.

Un instant, elle se dit que Thom n'était pas sur la route parce qu'il devait être en train de prendre des dispositions pour une soirée très particulière. Elle portait encore la même robe droite à rayures bleues et blanches qu'à la partie de croquet de ce matin, pour ne pas avoir l'air de se rendre quelque part. Et une demi-heure avant, elle n'avait pas encore décidé si elle irait ou non à sa rencontre. Elle n'avait alors pas pensé à la possibilité qu'il ait pu changer d'avis.

L'idée qu'il allait arriver d'un instant à l'autre la transporta quelques instants de joie, jusqu'au moment où une conduite intérieure noire décapotable surgit en trombe. Elle eut l'impression qu'elle se dirigeait droit sur elle, mais brusquement elle dévia en direction de la ville. Pendant quelques secondes, sa poitrine s'était soulevée à la pensée que cela pouvait être Thom. Mais cette automobile qui roulait à tombeau ouvert et avait tourné dans un crissement de pneus la perturba. Après cela, une sorte de pressentiment ne la quitta plus.

Thom n'était jamais en retard ; c'était toujours lui qui l'attendait. Elle commença alors à se demander si sa famille n'avait pas exigé de lui aussi qu'il se tienne éloigné d'elle. Elle n'avait vraiment aucune idée du genre d'homme qu'était Duluth Hale, vu que son fils ne parlait quasiment pas de lui ; la seule chose qu'elle savait, c'est que Darius Grey ne lui faisait pas confiance. Après quoi, ses craintes s'amplifièrent – et si elle s'était trompée, si elle ne s'était plus exactement souvenue du rendez-vous, si c'était sur le ponton que Thom voulait la rencontrer et que, ne la voyant pas arriver, il avait traversé la galerie pour la retrouver aux alentours de la maison ? Et si Charlie et Darius l'avaient surpris et capturé, maintenant ? Son père lui avait dit qu'il n'était pas un homme violent, mais qu'en revanche il était très bon tireur.

Une fois que cette pensée lui eut traversé l'esprit, elle ne la quitta plus. Elle se dépêcha de retourner vers la maison. Il n'y avait plus aucune raison qu'elle se cache plus longtemps. Quelque chose s'était mal passé, pensait-elle, et il fallait qu'elle sache quoi. Elle avança vers la grille, s'attendant à ce qu'un garde vienne vers elle pour la réprimander ou lui apprendre une mauvaise nouvelle. Mais personne n'apparut. Elle revint en direction de la route et de la forêt de pins qui la bordait, inquiète.

C'est là qu'elle entendit les coups de feu.

Elle se retourna et vit qu'elle n'était pas la seule à les avoir entendus. Six ou sept hommes se précipitèrent depuis différents points de la propriété en direction de la maison. Elle regarda, terrorisée, ses mains accrochées au portail. On entendit un cri. Elle resta pétrifiée sur place, mais personne ne remarqua sa présence. Elle imagina Thom, toujours tiré à quatre épingles et impeccablement coiffé, se mouvoir avec cette assurance suggérant qu'il n'avait jamais connu la gêne ni la douleur. La pensée qu'il pouvait maintenant être blessé, voire pire, la bouleversa. Elle venait de décider qu'elle devait retourner vers la maison, quelles qu'en soient les conséquences, quand elle entendit le bruit d'une voiture sur la route.

Pendant quelques secondes, elle se mit à espérer encore, mais elle vit que ce n'était pas lui. La voiture était un cabriolet Packard vert olive au capot couleur crème. Elle connaissait cette voiture : elle avait roulé dedans. L'homme au volant était Charlie. Il se gara sur la route et éteignit le moteur. Un instant, ils se dévisagèrent.

– Je ne savais pas que tu étais parti, dit-elle après un silence.

La surprise de le voir la tranquillisa un peu et calma son imagination, mais pour peu de temps.

– J'ai dû reconduire l'un de nos invités de l'après-midi.

Il plissa les yeux en la regardant, avec une expression de soupçon ou de circonspection, elle ne savait pas. Comment les invités avaient-ils pu rester si tard à Dogwood ? se dit-elle. Mais elle décida de ne pas lui en faire la remarque.

– Que fais-tu ici ? la questionna-t-il.

Elle enleva son chapeau et regarda vers la maison.

– Il y a eu des coups de feu, dit-elle. Il me semble que c'est une raison importante.

L'expression de Charlie changea, et il sursauta.

– Quel genre de coups ?

– Je ne sais pas... (La sensation désespérée qui l'habitait depuis tout à l'heure remonta en elle.) Après, il y a eu un cri, puis tout est retombé dans le calme.

– Où est Danny ? demanda Charlie en sortant de la voiture et en jetant des regards éperdus autour de lui. Il n'était pas là quand je suis parti. Il n'est pas censé s'absenter, même une seconde.

– Je l'ignore... Je ne l'ai pas vu.

Le regard de Charlie alla de la maison à sa sœur.

– Viens, aide-moi !

Obtempérant, elle le suivit, et ils poussèrent ensemble le lourd portail de fer.

Il avait accéléré en montant la côte avant qu'elle ait le temps de refermer la portière. Ils n'échangèrent pas un mot en roulant jusqu'à la maison. Voyant combien Charlie était perturbé, Cordelia sentit son cœur se mettre à battre vite et fort.

– Que crois-tu que c'était ? hasarda-t-elle quand ils s'arrêtèrent sur l'allée de gravier devant le majestueux perron de la maison.

Le visage de son frère était devenu très pâle. Il secoua la tête, les dents serrées. Sans la regarder, il sortit de la voiture, puis ils se précipitèrent tous deux à l'intérieur. Le vestibule était vide, mais des voix d'hommes leur parvinrent de la véranda. Charlie courut dans cette direction, Cordelia sur ses talons. Peut-être les coups de feu n'avaient-ils été tirés que pour effrayer Thom, se dit-elle. Peut-être était-il sain et sauf, et quand son père verrait qu'elle était toujours là, et qu'elle lui promettrait de ne plus jamais parler de sa vie à un Hale, ils le laisseraient partir...

Une vingtaine d'hommes étaient debout dans la véranda, rassemblés autour d'un canapé à motifs floraux. Personne ne parlait, et l'atmosphère était sinistre. La plupart d'entre eux portaient des costumes sombres, et leurs dos formaient un mur qui cachait à Charlie et à Cordelia ce qu'ils regardaient tous.

– Charlie ! dit Elias Jones en l'apercevant. (Il se détacha des autres et tendit les bras pour arrêter la trajectoire du jeune homme.) Que tout le monde sorte.

Comme le mur des hommes s'entrouvrait lentement, Cordelia remarqua que du sang était répandu sur le sol, et que leurs semelles laissaient des empreintes rouges sur le carrelage.

– Non !

Ce n'était pas la voix de Charlie. C'était un cri humain comme elle n'en avait jamais entendu. C'était le genre de cri d'angoisse et de rage qu'on entend au cœur de la nuit, dans les contrées désolées, celui que pousse un animal quand il a perdu l'un de ses petits.

Alors elle réalisa que ce n'était pas Thom, mais son père dont le sang se répandait sur les carreaux blanc et turquoise.

– Oh, non ! s'entendit-elle dire, tandis que ses yeux se fermaient et que sa nuque se raidissait.

Entre-temps les hommes avaient lentement reculé, sans pour autant quitter la pièce. Charlie essayait de repousser Jones qui lui barrait le passage.

– Où est le docteur ? hurlait-il. Pourquoi personne n'est allé chercher un docteur ?

– Il a dit qu'il n'en voulait pas, dit Len, le cuisinier. (Il était pâle et avait les yeux rouges.) Il a dit qu'il serait trop tard quand il arriverait, et qu'un homme doit savoir se résigner quand son heure est arrivée.

Finalement Charlie parvint à repousser Jones et s'effondra à côté de son père. À la grande surprise de Cordelia, il l'appela.

– Cordelia ? fit-il sans se retourner vers elle. Cordelia, viens ici.

Les gardes du corps qui bloquaient l'entrée de la porte la regardèrent s'avancer et s'agenouiller à côté de Charlie. Elle ne s'était pas encore défaite de ce sentiment qu'il la détestait, et fut surprise de sentir le bras de son frère autour de son épaule. Il essayait, comprit-elle, de la réconforter. Elle ne savait pas si son père était encore vivant. Sa chemise ivoire était trempée de sang, de sang rouge foncé. Mais quand il ouvrit les yeux, qui avaient déjà perdu leur éclat, elle sut qu'il les voyait, car il articula péniblement, dans un souffle :

– Mes enfants.

Charlie prit une main de Darius, et Cordelia prit l'autre. Son sang était visqueux et chaud, il en avait partout, sur les mains et sur le corps, et leurs propres mains en furent bientôt couvertes.

– Vous êtes tous deux mes héritiers, dit-il.

Et ses yeux se fermèrent pour ne plus se rouvrir.

Pendant longtemps ils restèrent agenouillés ainsi, tandis que dans la pièce, les ombres bleues du crépuscule chassaient peu à peu les tons rouges et orangés du couchant. Personne n'alluma les lampes, et leurs cernes, sous leurs yeux brûlants, se creusèrent.

Un jour, quand elle était petite fille, elle avait vu un

homme qu'on avait retiré de sous son tracteur, et qui s'était vidé de son sang jusqu'à la mort. Mais ce qui se passait ici et maintenant ne ressemblait en rien à cela. Elle sentait que son père souffrait, mais il souffrait stoïquement, sans pousser de cris comme ceux qu'elle avait entendus à la ferme. Elle et Charlie ne le quittèrent pas des yeux jusqu'au moment où Jones déclara :

– Il est mort.

Alors des larmes silencieuses coulèrent sur le visage de Cordelia.

Les deux jeunes Grey étaient couverts de sang. Charlie se leva le premier, sa sœur le suivit.

– Comment... ? commença-t-elle dans un murmure.

– Nous l'ignorons. Il n'y avait qu'un homme. Personne ne l'a reconnu, mais on est sûr que c'était l'un des Hale. Il paraît qu'il est sorti par le... (Jones leva les yeux vers les hommes de Grey qui observaient la scène, en rang, et secoua négativement la tête comme pour dire que rien n'avait plus vraiment d'importance)... par le tunnel, continua-t-il. Eddie et Wilson l'ont poursuivi, mais il est parti comme une flèche et courait à toute allure. Quand ils sont arrivés à l'autre bout du tunnel, il était déjà loin, dans un canot à moteur.

Cordelia cacha son visage dans le creux de son bras et essaya d'essuyer ses larmes sans se barbouiller de sang.

– Allez vous laver tous les deux, dit Jones. (Son ton était aussi pondéré que d'habitude, mais avec une pointe de tristesse.) Il y a beaucoup de décisions à prendre, mais ce sera pour plus tard.

Elle fit oui de la tête et jeta un regard à Charlie. Mais il ne semblait plus du tout dans le même état d'esprit à son endroit que lorsqu'il avait passé son bras autour de son cou. Il y avait à présent une noirceur dans son regard, quelque chose semblait bouillonner de rage à l'intérieur de lui, et la fureur avec laquelle il avait monté la côte tout à l'heure était maintenant entièrement dirigée contre elle. Ce fut seulement au cours du silence qui s'ensuivit qu'elle se rappela combien peu de gens connaissaient l'existence du tunnel. Des pensées l'assaillirent, mais elle ne pouvait se résoudre à croire que Thom avait pu faire une chose pareille, qu'elle pouvait en être indirectement responsable. Elle passa devant Charlie, sortit dans le couloir et se dirigea vers l'escalier.

Elle monta lentement les marches de la première volée, et toute pensée à propos de Thom et de Charlie, ainsi que toute interrogation sur la façon dont cela avait pu se produire, et pour quelle raison, cédèrent la place à l'abattement et à l'émotion. Elle ne pensait plus qu'à une chose, la plus affligeante de toutes : son père était mort. Elle pensa à lui, la veille dans la véranda. Il semblait plus vieux que d'habitude, et lui disait qu'elle visait de mieux en mieux et qu'elle était devenue très rapidement une bonne tireuse. Ce fut après qu'elle eut contourné le premier palier et commencé à monter la seconde volée qu'elle entendit un bruit de pas derrière elle. Ils résonnaient d'une façon menaçante sur le bois dur, au rythme de son pas. Son cœur battit plus vite : Charlie la suivait. La peur s'empara d'elle, et bien qu'elle s'efforçât de penser à la façon dont elle pourrait se défendre, elle comprit qu'elle aurait forcément le dessous si Charlie, dans la violence de sa colère, s'en prenait à elle.

Quand elle atteignit le couloir de l'étage supérieur, elle se retourna et lui fit face.

– Où pensais-tu aller, tout à l'heure, sur la route ? l'interrogea-t-il en arrivant derrière elle.

Elle le regarda fixement, les traits tendus par le chagrin et l'appréhension, mais ne sut quoi répondre à cette question.

– C'était Thom, hein ? continua-t-il, tout en lui tournant autour. Tu continues à le voir, c'est ça ?

– Qu'est-ce que ça peut faire ? rétorqua-t-elle d'un ton las. Qu'est-ce que tout cela peut faire, maintenant ?

– C'est important, répliqua Charlie, qui hurlait à présent. C'est important parce que le coupable doit payer ! Tu lui as dit, hein ? Tu lui as parlé du tunnel !

Cordelia secoua la tête et cacha son visage dans ses mains.

– Charlie ! (C'était Jones, au rez-de-chaussée, qui l'appelait d'un ton pressant.) Charlie, descends maintenant ! J'ai besoin de toi. Tu te laveras plus tard.

Le visage enfoui dans ses mains, elle sentit néanmoins la présence de Charlie, qui se rapprochait d'elle. Quand il parla, il le fit posément, mais ses mots, dans leur précision laconique, résonnaient d'une façon d'autant plus violente.

– Il t'a utilisée. Il s'est servi de toi comme d'une putain. Il t'a utilisée pour piéger papa, et maintenant, papa est mort. Tu es inutile et vaine. (Elle sentait son souffle chaud dans son oreille.) Tu es pire qu'inutile. Tout est ta faute.

– Non..., gémit-elle.

Mais il était déjà parti, et ses pieds martelaient si fort les marches que le bruit retentissait jusqu'au plafond. De toute façon, elle ne savait pas à qui s'adressait ce « non ». Elle désirait que rien de tout cela ne soit vrai. Mais bien que la vérité lui déchirât le cœur, elle savait qu'elle ne pouvait la nier.

Au rez-de-chaussée, Charlie et Jones parlaient, mais elle ne percevait rien de leur conversation. Aussi retourna-t-elle d'un pas lourd dans sa chambre.

Quand elle ouvrit la porte, Milly, sa femme de chambre, se leva du bord du lit où elle était assise, les mains croisées sur ses genoux.

– Qu'est-ce qui se passe ? Qu'est-ce qui est arrivé ? demanda-t-elle, roulant des yeux terrifiés.

– On l'a tué. (Cordelia étouffa un sanglot et mit son poing sur sa bouche.) Mon père est... mort.

– Oh, fit Milly, oh non !

Cordelia ouvrit son poing et posa sa main sur son ventre. Elle se força à respirer à fond et retrouva un peu de calme.

– Ne t'effondre pas maintenant, dit-elle. (Bien qu'elle ait eu l'intention d'être gentille, elle se rendit compte que ses paroles résonnaient plutôt comme une menace.) J'ai besoin que tu me prépares un bain.

La domestique hocha la tête et alla faire ce qui lui était demandé. Quand le bruit de l'eau coulant dans la baignoire en porcelaine put s'entendre depuis la chambre, elle y retourna et prit la robe ensanglantée que Cordelia avait enlevée et la leva au-dessus de sa tête pour l'examiner, comme si elle réfléchissait à la façon dont elle allait s'y prendre pour la nettoyer.

– Jette cette maudite robe, lui dit Cordelia.

Puis elle entra dans la salle de bains et referma la porte.

Au début, elle voulait savoir où était Thom, ce qu'il pensait de ce drame et entendre son explication, puis se laisser réconforter par lui. Mais en s'enfonçant peu à peu dans l'eau fumante, elle se remémora l'horrible insulte de Charlie ; elle était en effet une idiote et une putain, et à l'évidence Thom s'était servi d'elle. L'eau était si chaude qu'elle eut peur de s'ébouillanter, mais elle s'y habitua et apprécia cette chaleur, comme si elle pouvait s'y dissoudre et noyer tout le mal qu'elle avait fait.

Pendant un long moment elle resta dans la baignoire, de plus en plus persuadée que Thom ne s'était jamais vraiment soucié d'elle, jusqu'à ce que l'eau refroidisse et qu'elle ait la chair de poule. Il n'avait jamais eu de sentiments pour elle, et il lui avait pris la seule personne de sa vie qui l'avait vraiment aimée et protégée. Elle se remit à pleurer, et ses larmes coulèrent le long de son corps et dans l'eau du bain. Elle pleura d'avoir été si stupide, elle pleura l'homme qui venait de perdre la vie, elle pleura sur les choses qu'elle avait apprises sur lui, et sur celles qu'elle ne saurait jamais, elle pleura sur le monde insouciant et privilégié qui était devenu le sien depuis seulement quelques magnifiques semaines, et elle pleura sur toutes ces années où personne ne l'avait aimée et sur toutes les futures années où personne ne l'aimerait plus jamais.

Quand elle n'eut plus de larmes, elle sortit du bain et enfila la robe que son père lui avait achetée pour qu'elle ait chaud pendant les nuits fraîches. Tout en elle n'était que tristesse et chagrin, et quand elle s'approcha des portes-fenêtres et alla sur le balcon, elle vit que l'obscurité à Dogwood était la même que partout ailleurs.

25

– Où as-tu acheté cette robe luxueuse ?

Letty avait les yeux fermés, et des mèches de cheveux bruns étaient collées sur son visage en sueur. La voix venait de Fay, réalisa-t-elle au bout de quelques secondes. Ainsi elle était chez elle ; c'était déjà quelque chose. Mais il y avait de la brume dans sa tête, et la peau délicate autour de son œil gauche était meurtrie. Elle trouva enfin le courage d'ouvrir les yeux, ce qui se révéla une erreur.

– Oh..., gémit-elle.

Elle tressaillit à la lumière éclatante et à la vue de ses trois camarades de chambre penchées au-dessus d'elle. Elles portaient des robes aux couleurs vives, et elles la regardaient toutes froidement, d'une drôle de façon.

Alors le souvenir de son humiliation au St. Regis lui revint, et elle se couvrit le visage de ses mains. Elle s'était retrouvée ensuite, quelque part sur le chemin du retour vers l'appartement, dans un bar clandestin au premier étage d'un immeuble, qui donnait sur une rue aux lumières pourpres. Là, un vieux gentleman en costume bien taillé mais aux dents gâtées, qui prétendait être un Vanderbilt, lui avait offert à boire. Plus tard, en rentrant chez elle, elle s'était enivrée avec une bouteille de gin qu'elle avait trouvée dans le frigidaire avant de se laisser tomber sur son lit. Elle portait encore sa nouvelle robe qui, toute fripée maintenant, avait nettement moins belle allure.

– Et le vol de la bouteille de gin, cette nuit, tu en as entendu parler ? l'accabla Kate.

Quand Letty écarta les doigts qui recouvraient ses yeux, elle vit la petite brune brandir une bouteille vide d'un air accusateur.

– Qu'est-ce qui est arrivé à ton œil ? s'inquiéta Paulette.

La jeune fille avait porté ses mains à sa bouche, comme si cela lui faisait mal de voir son amie dans cet état, mais quand elle reprit la parole, ce fut sur un ton hostile :

– Mr Cole était furieux que tu ne sois pas venue travailler hier soir. Il a dit qu'il ne voulait pas que tu reviennes. Il m'a mise sur les lundis et m'a retiré les samedis, pour me punir de lui avoir fait perdre du temps avec toi.

Letty se détourna et cacha son visage dans les coussins en velours râpé du sofa. Elle avait l'estomac tout retourné. Aucune de ses camarades ne bougea et, dans le silence, elle entendit Bon Zèbre se mettre à courir en cercles autour du canapé. Le souvenir des amis d'Amory en train de la regarder sur la scène du St. Regis jaillit dans son esprit comme un coup de poignard.

– Tu t'es fait de l'argent, hier soir ? lui demanda Fay.

– Non, gémit Letty.

– Alors tu vas devoir partir, lui annonça Kate d'un ton sec.

– Comment ?

Letty se retourna sur le canapé et ouvrit de grands yeux paniqués.

– Allons, mon chou, tu ne vas pas t'effondrer, ça ne ferait que rendre la tâche plus difficile à tout le monde ! la rudoya Fay.

Letty regarda alors Paulette, qui était allée s'asseoir sur une chaise en bois près du poêle. Après avoir hésité à rencontrer son regard, elle souleva d'une main une élégante robe de soirée en mousseline mauve au corsage orné de petits chapelets de perles argentées. Dans l'autre main, elle tenait du fil et une aiguille, comme si elle essayait de réparer le vêtement.

– C'est Bon Zèbre qui a fait ça ? lui demanda-t-elle d'une voix calme, en lui montrant la partie déchiquetée de la jupe.

À ses pieds, dans un panier, s'entassaient d'autres vêtements pareillement déchirés.

Au son de son nom, Bon Zèbre accourut comme l'éclair et se mit à battre furieusement de la queue contre les jambes de sa maîtresse.

– Oh, mon bébé..., s'attendrit Letty. Oh, mon Bon Zèbre !

Bon Zèbre se coucha à ses pieds et leva vers elle ses beaux yeux en amande d'un air coupable.

– Je t'en achèterai une nouvelle, je te le promets ! pleura Letty.

– Avec quel argent ? lui lança Fay en posant une main sur sa hanche et en arrondissant les yeux.

– Si Amory Glenn m'avait payé les trente-cinq dollars que..., commença Letty, mais elle se tut quand elle se souvint à quoi étaient en fait destinés ces trente-cinq dollars.

– Amory Glenn t'a dit qu'il te paierait cette somme pour *quoi* ? Juste pour *chanter* ? Pfft, et tu l'as cru ! s'esclaffa Fay.

– Je suis désolée, Letty, reprit Paulette. Tu dois partir. Ton chien a abîmé quelques-unes de mes plus jolies robes, et de toute façon Clara a besoin d'un lit, je lui ai dit qu'elle pouvait prendre ta place.

– Clara *Hay* ?

Les trois filles hochèrent affirmativement la tête. Letty eut l'impression que la terre s'ouvrait sous elle.

– Mais je te rembourserai... Je vous donnerai tout l'argent que j'ai économisé, en avance sur le loyer ! supplia Letty, saisissant le collier de Bon Zèbre pour le faire rester tranquille.

Sentant la pression de sa maîtresse, le chien s'arrêta et poussa un petit gémissement tout en continuant à agiter la queue.

– S'il vous plaît, ne me chassez pas ! Je vais trouver du travail. Bon Zèbre se tiendra bien maintenant, hein, bébé ? N'est-ce pas que tu ne feras plus de bêtises ?

– Combien tu as ? demanda Paulette.

Letty ferma les yeux. Après l'argent qu'elle avait dépensé pour la robe, il lui restait...

– Cinq dollars ? fit-elle, comme si elle posait une question.

Aussitôt après avoir prononcé ce chiffre dérisoire, elle comprit que tout était perdu pour elle. Elle ne méritait pas de rester.

– Garde ton argent, mon chou, lui dit Fay avec un grand soupir, et sers-t'en pour prendre le prochain train pour le Kansas.

– Je suis navrée, continua Paulette. Clara a trouvé un travail, et toi, tu n'en as plus. Je ne peux pas prendre davantage de risques pour toi.

Suivie par l'impatient lévrier, Letty retourna dans sa chambre et, ravalant ses larmes, elle se mit à ranger ses affaires dans le vieux sac marin avec lequel elle était partie d'Union. Les vêtements qu'elle avait emportés de l'Ohio lui parurent encore plus misérables qu'avant. Elle avait eu l'impression de posséder quelque temps les robes que Paulette lui avaient prêtées, mais ce n'était qu'une illusion temporaire. L'amitié, commençait-elle à comprendre, pouvait être terriblement éphémère.

Malgré elle, elle pensa à Cordelia, mais bien que le souvenir de sa vieille amie l'attristât, elle y trouva néanmoins un peu de force. Elle essaya d'imaginer ce que Cordelia aurait fait dans la même situation : elle défit le col de sa vieille robe noire, lissa ses cheveux raides et noirs sur son front et se maquilla les lèvres. Cela fait, elle se baissa, regarda Bon Zèbre au fond des yeux et lui chuchota :

– Tout va bien se passer.

Mais sa voix tremblait.

Quand elle revint dans le salon, ce fut la tête droite. Le sac marin à l'épaule n'était pas, elle le savait, particulièrement chic, mais elle trouva que, malgré le désordre que le lévrier avait causé, il lui remontait le moral et se laissait flanquer à la porte avec beaucoup d'élégance.

– Bon, à un de ces jours !

Letty agita la main en signe d'adieu et se dirigea vers la porte avec la plus grande dignité dont elle se sentait capable.

Fay ferma le magazine qu'elle lisait et, affichant un visage soucieux, lui lança :

– Évite à l'avenir de fréquenter d'autres Amory Glenn !

Sans daigner lui répondre, Letty quitta l'appartement et monta, aussi courageusement qu'elle put, sur le trottoir. C'était une belle matinée, et elle pouvait deviner la chaleur qu'il allait faire quand le soleil serait haut dans le ciel. Mais cela ne fit que jeter une lumière plus cruelle sur son désespoir. Il y avait des fleurs roses aux arbres, des gens partout, mais aucun d'eux ne semblait particulièrement intéressé par elle ni se soucier de la façon grossière dont elle avait été traitée la veille au soir. Tous vaquaient à leurs occupations, comme si la jeune fille aux cheveux noirs coupés au carré n'existait pas.

– Attends !

Elle se retourna et vit Paulette qui montait les trois marches vers la rue, un vague sourire au coin des lèvres.

– Tiens, dit-elle.

Elle tenait, roulée en boule dans sa main, la robe noire à volants que Letty portait le soir où Amory Glenn l'avait emmenée au *Grotto*. Elle la plia proprement.

– Je te la donne. Elle ne me va plus, de toute façon. C'est vrai, elle te va beaucoup mieux. Et puis tiens, dit Paulette en tendant à Letty un billet de dix dollars, haussant les épaules comme pour s'excuser. C'est tout ce que j'ai pu économiser pour l'instant.

Bon Zèbre s'assit sur le trottoir, levant des yeux interrogateurs vers la plus grande des deux filles.

– Je ne peux pas accepter. (Letty serra les lèvres et fit non de la tête.) Je t'ai déjà coûté bien trop cher.

– Qu'est-ce que ça peut faire ? fit Paulette. De toute façon, on verra bien, peut-être qu'un jour tu me rembourseras avec des intérêts.

– Alors merci.

Letty mit la robe dans son sac marin et rangea soigneusement le billet dans sa poche.

Paulette se baissa pour embrasser Letty sur la joue.

– Endurcis-toi, mon chou, lui conseilla-t-elle en soupirant.

Et là-dessus, elle fit demi-tour en direction de l'appartement.

– Alors, Bon Zèbre, où allons-nous, maintenant ?

Sa migraine était moins forte, il y avait toujours des fleurs roses aux branches des arbres, et Paulette avait été gentille avec elle, qui ne méritait probablement plus d'être traitée aussi gentiment. Letty s'agenouilla et caressa la tête fine de son chien.

– Je suis tellement contente de t'avoir.

Un frisson la parcourut à la pensée que Bon Zèbre avait manqué de peu d'être abattu, et de ce qui aurait pu arriver si Grady n'avait pas été là pour donner cinq dollars à l'affreux bonhomme.

Grady. Elle avait oublié Grady. Soudain, tout ce qu'elle désira, ce fut d'être dans la voiture cet homme et de se rendre avec lui dans l'un de ces petits endroits spéciaux qu'il connaissait, où l'on servait peut-être du chocolat. Elle se releva et se mit à marcher d'un bon pas. Il lui avait montré où il habitait, quand ils étaient passés dans sa rue en voiture, et bien qu'elle n'y ait alors pas prêté grande attention, elle se souvint distinctement qu'il avait parlé de sa mansarde de Bedford Street.

Quand elle arriva à Bedford, à quelques pas de là, elle sautillait presque, Bon Zèbre gambadant à son côté. Pourquoi n'avait-elle pas davantage apprécié la courtoisie avec laquelle Grady l'avait traitée ? Elle en était sûre, il allait tout faire pour l'aider.

Elle remonta la rue et leva la tête vers le toit de l'immeuble et les chiens-assis qu'elle apercevait à travers le feuillage des arbres. Puis elle entendit la voix de Grady, mais sans le voir.

– Vous voilà, ma chère ! cria-t-il. Comme vous m'avez manqué !

Letty s'arrêta de marcher, regardant autour d'elle, tout sourire. Elle ne le vit pas tout de suite, puis l'aperçut devant son immeuble, en train de se baisser pour ouvrir la portière d'une belle voiture couleur crème. C'était une attitude qui le caractérisait, cette façon élégante de se courber. Son pantalon à rayures était retenu par des bretelles, et les manches de sa chemise étaient roulées jusqu'aux coudes. Elle fit quelques pas empressés dans sa direction, leva le bras et ouvrit la bouche, prête à crier son nom.

Mais avant que le son ne sorte de sa gorge, elle vit que ce n'était pas à elle qu'il s'adressait. Ce n'était pas pour elle qu'il tenait la portière de la voiture ouverte, attendant qu'elle arrive. C'était pour une femme en robe de soie bleu paon à volants, qui posait sur le trottoir ses pieds chaussés de jolis escarpins en cuir. Ses lèvres étaient laquées de rose vif, et ses épaules recouvertes d'un châle bleu roi, comme si elle se rendait à l'opéra. Ses cheveux roux avaient été ondulés au fer – elle était coiffée comme Paulette –, mais la chevelure de la jeune femme accrochait la lumière d'une façon encore plus belle.

Letty laissa retomber son bras, et son cœur se serra. Elle observa Grady poser doucement sa main sur l'avant-bras de la jeune femme et se pencher pour l'embrasser sur la joue, juste à côté de la boucle de perles et de diamants qui pendait à son oreille. Il y avait quelque chose de si doux et de si rassurant en lui qu'elle s'étonna qu'il ait eu l'air si nerveux et si gamin quand il lui parlait au night-club. Mais quelle importance, maintenant. Elle avait été stupide de penser qu'il voudrait l'aider, alors qu'elle l'avait bêtement traité de haut. Elle était seulement soulagée qu'il ne l'ait pas vue là, pathétique, plantée sur le trottoir, avec son vieux sac marin.

Mais avant qu'elle réussisse à s'enfuir, Bon Zèbre le reconnut et aboya chaleureusement vers lui.

Letty ne saurait jamais si Grady la vit avant qu'elle ne se soit éclipsée. Elle n'était que honte et consternation quand elle courut le long de cette jolie rue bordée d'immeubles en briques rouges qui voyait brûler, se réduire en cendres et s'envoler les dernières braises de son espoir.

26

La suite au quinzième étage du St. Regis était lumineuse, et Astrid admirait le joli papier turquoise qui tapissait les murs. Ses pensées étaient totalement confuses, elle s'étonnait par exemple de la relative simplicité de son nom, avec ses quatre syllabes abruptes, comparé à celui de sa mère. Mais peut-être que lorsqu'elle aurait atteint l'âge de celle-ci, elle aurait elle aussi un nom à rallonge. Ce n'était pas une idée très romantique, mais elle considérait cela comme plus ou moins inévitable, tout spécialement ce matin, alors qu'elle avait mal à la tête et que le monde lui semblait assez peu engageant.

Sa mère était assise non loin d'elle, sur le lit jumeau à côté du sien, ses cheveux bruns enveloppés dans une serviette, le dos appuyé contre la tête de lit tapissée de brocart d'or. Entre elles se trouvaient la table de service et leur petit déjeuner. Astrid essaya de manger un œuf à la coque présenté dans son coquetier, mais l'abandonna vite, l'air dégoûté.

– Quel triste petit déjeuner, dit-elle en regardant d'un regard accusateur son œuf à moitié consommé.

– Mange-le, rétorqua sa mère sans lever les yeux de la rubrique mondaine du journal qu'elle était en train de lire.

C'était la demande immuable de Virginia Donal de Gruyter Marsh dans tous les hôtels où elle descendait : le journal devait lui être apporté ouvert à la page mondaine, et plié de sorte qu'elle ne puisse rien lire d'autre avant que ses délicates rétines s'accommodent à la lumière et s'adaptent à la taille des caractères.

– Qui sait quand nous pourrons nous en offrir un autre, ajouta-t-elle d'une voix lugubre.

– Je crois que nous devrions faire un tour à la section égyptienne du Metropolitan, dit Astrid en rejetant les couvertures et en se mettant debout, ses pieds nus sur le tapis moelleux, et après, aller prendre un sandwich au cresson au *Plaza*.

Elle portait ce qui ressemblait à un pyjama rouge, avec le nom du St. Regis brodé sur la poche de poitrine, mais si on la regardait plus attentivement, on s'apercevait qu'elle était en fait vêtue d'un uniforme de groom. Même après quelques secondes de réflexion, elle fut incapable de se rappeler comment elle en était arrivée à porter une chose pareille.

Sa mère lui jeta un regard sinistre. Astrid rejeta ses cheveux en arrière et rabaissa sur ses yeux le loup qu'elle avait auparavant relevé sur son front, afin de ne plus voir sa mère. Une main sur la taille, les pieds en dehors, elle mima l'attitude de Charlot. Sa mère n'ayant aucune réaction, du moins verbale, Astrid soupira et se tourna vers la fenêtre, arracha son masque et le laissa tomber sur le sol.

– Ramasse-le, lui ordonna sa mère.

– Non, répliqua Astrid.

Toutes deux savaient que quelqu'un d'autre le ferait.

Astrid fit la moue et regarda la Cinquante-Cinquième Rue

par-dessus l'appui de la fenêtre. Un moment, elle s'amusa à imaginer que si elle se jetait par la fenêtre, la marquise rouge de l'entrée de l'hôtel la préserverait d'une chute fatale, et qu'elle rebondirait en l'air jusqu'à sa suite, où sa mère, dans l'intervalle, se serait demandée, terrorisée, ce que son éducation de lady exigeait qu'elle fasse dans une telle situation.

– Arrête de faire la tête, chérie, dit sa mère avant d'avaler bruyamment une gorgée de café. J'ai déjà une horrible migraine, et c'est plus que je n'en peux supporter, vraiment.

– Qui était cet Anglais ? l'interrogea Astrid pour changer de sujet.

Elle n'ignorait pas que sa question était un peu cruelle, sachant parfaitement que le mal de tête de Virginia s'était déclenché quand l'attention de l'homme s'était détournée d'elle pour se porter sur sa fille.

– Spencer Gridley, répondit sa mère sur un ton allègre. Apparemment, c'est un rien du tout, les pages mondaines ne mentionnent même pas son arrivée dans le pays, encore moins dans cet hôtel.

– Et notre arrivée à nous, est-elle mentionnée ? demanda Astrid de sa voix la plus douce et la plus innocente. Dans cet hôtel, je veux dire.

Cette fois, sa mère ne réagit pas, si ce n'est en tournant nerveusement les pages du journal, et Astrid, qui ne savait pas exactement pourquoi elle jouait à un jeu aussi absurde, décida d'aller seule au Metropolitan. Il ne pouvait y avoir d'objection à cela, après tout, puisque l'entrée était gratuite. Elle traversa la chambre et, sur le seuil du salon adjacent, elle entendit sa mère s'exclamer, d'une voix changée :

– Ça alors ! Oh là là !

– Quoi donc ? ironisa Astrid en se retournant vers sa mère. Spencer Gridley serait en fait un lord, et il nous aurait vues sous notre *piiiire* aspect ?

Au lieu de réagir à cette petite insolence, sa mère étala le journal sur le couvre-lit, et mit le gros titre à la une sous les yeux d'Astrid :

GREY LE BOOTLEGGER ASSASSINÉ DANS SA PROPRIÉTÉ DE LONG ISLAND, lut-elle, et juste au-dessous, en caractères un peu plus petits : SA VOISINE DE WHITE COVE MRS DULUTH HALE ANNONCE QU'ELLE MAINTIENT SA GARDEN-PARTY DE CE SOIR.

Astrid leva les yeux au plafond et détourna la tête d'un air indifférent.

– Et alors ? continua sa mère le souffle coupé. Tu ne dis rien ? Mais c'est horrible !

– Il buvait trop, lança Astrid d'un ton désinvolte.

– Je pourrais dire la même chose de toi, repartit sa mère en approchant le journal de son visage, parcourant fébrilement l'article des yeux. Ah, ils disent que ses funérailles seront célébrées demain. Tu dois y aller, chérie.

– Certainement pas.

Astrid baissa la tête et s'efforça de ne pas s'intéresser à l'article que sa mère était maintenant en train de dévorer.

– Tu as raison, réagit sa mère en tendant l'index sans lever les yeux du journal. Il faut que tu aies une nouvelle robe noire. Nous irons chez *Bendel* et nous la mettrons sur la note de mon cher vieil Harrison ! Il n'a certainement pas dû vouloir déjà résilier mon compte. Maintenant que j'y pense, continua-t-elle en s'animant considérablement, nous devrions t'acheter une garde-robe complète, pour que tu ne sois pas obligée de retourner à Marsh Hall. Rien d'extravagant : deux robes de journée, deux robes de soirée, une jolie petite veste, un cardigan, deux paires de souliers à talons, deux paires de plats, des bas, des sous-vêtements, un chapeau, trois tout au plus. Alors tu pourras reprendre le train pour White Cove afin d'aller t'occuper de Charlie, et...

– Je te dis non !

– Astrid, ne sois pas ridicule ! martela-t-elle en frappant le couvre-lit de ses deux mains. Il se peut que tu croies que ce genre d'occasion t'arrivera chaque mois de ta jeune vie, mais mon rôle de mère m'oblige à te dire que ce ne sera hélas pas le cas. Il va hériter d'une vraie fortune, et un homme n'oublie jamais la femme qui est à ses côtés pour le soutenir dans les moments difficiles.

– Sauf que je crains de ne plus l'aimer, répondit dédaigneusement Astrid.

Sa mère s'éclaircit la gorge et mit un temps fou à replier le journal. Une fois qu'elle l'eut mis de côté, elle posa sur sa fille un regard qui se voulut compatissant.

– Qui était-ce ?

– Comment ça ?

– Qui était cette fille ?

La troisième Mrs Marsh soupira patiemment, se retourna, repoussa la couverture et s'assit au bord du lit, les pieds posés sur le sol.

– Tu l'as surpris avec elle, ou n'est-ce qu'une intuition de ta part ?

Astrid baissa la tête. Une mèche de cheveux blonds lui barrait le visage.

– Gracie Northrup.

– Gracie Northrup ? rugit sa mère. Son grand-père était fermier !

– Je sais, dit Astrid dans un gémissement, la tête dans les mains. Je veux dire... je ne savais pas, mais qu'est-ce que ça peut faire, de toute façon ? Tout ce que je sais, c'est que je l'ai vu, et qu'il était sur elle !

– Oh, ma chérie ! Oh, allons voyons, voyons, roucoula sa mère.

Elle prit la main d'Astrid et s'approcha d'elle. Elles étaient côte à côte sur le lit.

– C'est un minable, un mufle, mais aucun n'échappe à la règle ! Ne t'inquiète pas, tu t'y habitueras, et tu te retrouveras. Allez. Pleure un peu, cela te fera du bien, mais n'essuie pas trop fort tes yeux : ils vont être rouges et tu vas te donner des rides. (Elle soupira et arrangea les cheveux de sa fille avec ses doigts.) Pleure un peu, et ensuite nous irons chez *Bendel*, tu veux bien ? Nous t'achèterons ce dont tu as besoin, tant que nous sommes à New York, pour ta garde-robe, et si tu veux, mais *seulement* si tu veux, nous t'achèterons une très belle robe noire pour demain, si tu décides bien sûr d'aller…

– Je ne veux pas, pleura Astrid sur l'épaule douce et satinée de sa mère.

– Mais personne ne dit que tu le dois ! Allez viens, ma chérie, tu verras, tu te sentiras tellement mieux dans de beaux et nouveaux vêtements…

Astrid lâcha encore quelques sanglots, ponctuant le dernier par un hoquet.

– Très bien, dit-elle finalement en essuyant les larmes qui avaient inondé ses joues sculptées par ses pommettes saillantes. Très bien, allons chez *Bendel*.

– Parfait, ma fille, applaudit sa mère.

Elles s'habillèrent, puis traversèrent la Cinquième Avenue. On les introduisit dans un salon privé, et des heures durant, elles choisirent précisément les affaires que Virginia Donal de Gruyter Marsh avait suggérées plus tôt : deux robes pour la journée, deux pour le soir, une veste courte, un cardigan long, deux paires de chaussures à talons, deux paires de chaussures plates, plusieurs sous-vêtements, un chapeau cloche, un chapeau de soleil et un béret. Sans oublier une robe de crêpe noire à jupe plissée et à large encolure bateau, et un chapeau à grand bord noir orné d'une bande de velours et de quelques plumes noires chatoyantes. La mère d'Astrid avait eu raison ; le compte Marsh n'avait pas été bloqué. Après quoi, elles déjeunèrent au restaurant *La Colonie* et commandèrent une bouteille de vin blanc et deux côtelettes d'agneau qu'elles firent mettre sur la note d'Harrison.

Quand elles sortirent du restaurant, Astrid avait la tête qui tournait un peu, mais elle se sentait nettement revigorée et plus détendue. Le ciel de l'après-midi avait commencé à pâlir, et elle aperçut, accrochée à un kiosque, une nouvelle édition du journal. Il y avait une grande photo de Darius qui devait dater de quelques années, il était debout sur la terrasse de Dogwood dans un costume blanc estival, les mains dans les poches de son pantalon, il plissait les yeux au soleil et un demi-sourire éclairait son visage. Dessous, il y avait une plus petite photo de Charlie dans sa décapotable verte, et à côté, une photo de Cordelia qui ne souriait pas, mais était en train de sortir d'une limousine devant le *Plaza*, les yeux fixés sur l'objectif du photographe. Ce fut un petit choc pour Astrid de voir ainsi exposée la photo de la fille qu'elle commençait à considérer comme sa meilleure amie.

– On prend un taxi, tu veux bien ? lui proposa sa mère qui levait déjà un bras pour héler une voiture.

– Oui, approuva Astrid, tout en se disant qu'elles n'étaient qu'à quelques rues de l'hôtel et que la marche lui aurait sans doute fait du bien.

Elle se souvenait à peine de son propre père. Il était encore à West Point quand sa mère et lui s'étaient mariés, ensuite il avait péri quelque part en France durant la Grande Guerre. C'était tout ce qu'elle savait.

– Il est mort dans une tranchée, lui avait appris sans cérémonie sa mère quelques années après les faits, quand la petite Astrid s'était réveillée au cours d'une garden-party nocturne, après avoir rêvé de son père.

Les photos qu'elle avait vues lui avaient appris qu'il était beau, et blond comme elle, mais ses informations s'arrêtaient là. Elle se dit que pour Cordelia, les choses devaient être très différentes : Cordelia avait toute sa vie rêvé de connaître son père, et aussitôt après l'avoir retrouvé, elle l'avait perdu.

La pauvre petite devait se sentir comme une orpheline, tout comme Astrid s'était toujours sentie elle-même, et soudain, elle se détesta d'avoir été si égoïste.

– Astrid ! cria sa mère un peu trop fort, tandis qu'elle entrait dans un taxi.

– J'irai à l'enterrement, finalement, déclara Astrid en montant après elle.

– Oh, c'est merveilleux, ma chérie.

La femme regarda sa fille avec fierté, avec la même expression que lorsque Astrid était petite et venait d'accomplir de beaux sauts avec son poney au country club de White Cove, sous les regards de Narcissa et Cora Phipps.

– Rappelle-moi d'appeler le fleuriste quand nous rentrerons à l'hôtel, pour faire livrer une belle composition florale !

27

Les nouvelles criées par les vendeurs de journaux à Pennsylvania Station parlaient toutes de Darius Grey, mais après avoir passé la nuit à errer dans les rues, Letty se sentait dans un tel état d'égarement que la signification que ce nom pouvait avoir eue un jour pour elle l'effleura pour disparaître aussitôt.

Depuis qu'elle avait vu Grady, elle avait arpenté les rues de Manhattan et était arrivée ici à l'aurore, comme si c'était un signe. Elle ne pouvait plus penser clairement, et bien qu'elle sache qu'elle devait économiser tout l'argent qu'elle avait jusqu'à ce que ses problèmes les plus importants soient résolus, la seule chose dont elle avait envie était de s'asseoir dans un endroit bien éclairé pour manger un peu. En jetant un coup d'œil derrière elle, elle s'aperçut par hasard dans une colonne miroir. Le vieux pull noir qu'elle portait les matins d'hiver à Union la faisait paraître encore plus petite qu'elle ne l'était déjà, et la jupe de sa vieille robe qui s'évasait en abat-jour lui donnait l'air d'une écolière, une écolière aux yeux bouffis et cramoisis et à la petite bouche tendue et effrayée.

Perdue dans ses pensées, elle avait laissé le petit déjeuner anglais qu'elle avait commandé se refroidir, et elle avait déjà trop de raisons de sentir la désolation au fond d'elle-même pour y ajouter le goût du thé froid. Bon Zèbre était démoralisé, lui aussi. Il s'était assis sous la table, la tête sur les genoux de Letty, et ne remuait même pas la queue.

– Départ imminent pour Montréal ! cria l'annonceur à travers le haut-parleur, et un instant elle se demanda si ce ne serait pas un bel endroit pour eux deux.

Des hommes et des femmes allaient et venaient, certains retournant sans doute dans leurs banlieues, d'autres revenant probablement de villégiature pour retrouver leurs appartements cossus. Leurs pieds frappaient résolument le sol, et un lieu cher à leur cœur devait tous les attendre, imaginait-elle. Au bout d'un moment, à force de regarder passer tous ces gens, sa tristesse fut si grande qu'elle posa la tête sur la table. L'air de la gare était chaud et suffocant, mais le plateau en marbre était frais contre sa joue. Elle ferma les yeux.

– Le train pour Chicago entre en gare, quai numéro sept ! criait la voix dans le haut-parleur. Arrêts : Pennsylvanie, Ohio, Illinois...

Ohio. Elle se demanda si elle avait manqué à ses frères et sœurs, et si elle serait assez bonne comédienne pour faire comme si son séjour à New York avait été une merveilleuse et brillante aventure quand elle les reverrait.

– Le train arrive quai numéro sept, tous les voyageurs pour la Pennsylvanie, l'Ohio, l'Illinois...

L'homme à la table voisine de la sienne se leva, faisant grincer sa table contre le sol en pierre avant de se précipiter hors du café. Elle resta quelques minutes ainsi, la tête posée sur la table, un voile de cheveux bruns tombant sur son visage, puis elle sourit. Ce n'était pas si mal, après tout. Elle avait vécu une aventure. Si épuisée et lasse qu'elle fût à ce moment-là, personne ne pourrait jamais dire qu'elle n'avait pas vu la ville.

Devant le café, une blonde habillée de façon austère, coiffée d'un chapeau noir neuf, passa dans un frou-frou, cherchant des yeux sur le tableau des départs les mots WHITE COVE. Quand elle vit le numéro du quai s'afficher, elle se précipita pour monter dans le train et s'y installa. Sur la banquette, une femme d'âge mûr jacassait :

– Il paraît que ce serait une histoire d'amour qui a mal tourné.

Le train de banlieue s'ébranla en direction de l'est de la ville.

– Non, vraiment ? piailla l'amie de la femme. Il avait cette petite amie un peu spéciale, elle s'appelait comment, déjà ? Cette...

– Ah oui, cette danseuse de revue, Mona Alexander ? poursuivit la première. Mais non, non, non... ça, c'est une vieille histoire. En fait, ce serait une autre...

– C'est absurde, intervint l'homme qui leur faisait face sur la banquette. (Il était jeune et portait un feutre mou gris tourterelle.) C'est une histoire de règlement de comptes, purement et simplement. C'est Duluth Hale qui a commandité le meurtre, croyez-moi. Les hommes comme Darius Grey ne se soucient pas assez de l'amour pour en mourir ; juste quelques fadaises sentimentales dont vous, les femmes, vous abreuvez dans vos magazines.

– Mon Dieu, quelles manières ! s'indigna la première dame, avant de continuer à répandre tout haut sa théorie personnelle sur le décès de Darius Grey.

– Cette histoire de la fille de Grey subitement apparue

avant son assassinat, eh bien, pour moi, ce n'est pas une coïncidence, grommela l'homme à qui voulait l'entendre.

Astrid sourit mollement. Elle se souvenait des premiers jours où les méthodes spectaculaires et la bravoure des agents du Bureau de la prohibition faisaient d'eux des héros aux yeux du monde. Mais à présent, la bravoure était plutôt du côté de leurs adversaires les plus riches et les mieux habillés. Les citoyens de la classe moyenne, supposa-t-elle, en savaient long sur les loyautés diverses et variées et les non moins innombrables animosités de leurs gangsters locaux ; ils suivaient leurs alliances, leurs prises de pouvoir et leurs massacres comme certains suivent la carrière des stars du music-hall ou du base-ball. Dans toute la ville, on parlait de ce qui avait fait tomber le tristement célèbre Grey : qui fallait-il montrer du doigt ? Qui se lèverait pour prendre sa place ? Son gang, ses contacts politiques et ses fournisseurs resteraient-ils dans les mains de ses gens, ou se disperseraient-ils parmi ses rivaux ? Tous ces jaseurs étaient plus informés qu'Astrid, malgré tout le temps qu'elle avait passé à Dogwood. Mais aucun d'eux ne connaissait Cordelia comme elle.

Astrid n'avait jamais pris un train de banlieue de sa vie. C'était plutôt sordide, il fallait l'admettre, mais elle ne détestait pas se retrouver au milieu de tous ces gens et entendre le brouhaha de toutes ces voix plus ou moins hargneuses. Elle aimait la résonance des noms de lieux où ils passaient, et elle appuya sa joue contre la fenêtre, écoutant le chef de train annoncer qu'ils arrivaient en gare de Hunters Point, de Woodside, de Corona... Après Flusching, la femme qui ne démordait pas que cet assassinat était le produit d'une vengeance amoureuse descendit avec son amie. Quand le chef de train annonça White Cove, Astrid sursauta presque, et même après avoir posé le pied sur le quai, elle reconnut à peine le lieu. La station ne ressemblait pas à ce qu'elle connaissait de White Cove.

Elle enfonça sur sa tête son chapeau noir à large bord et se dévissa le cou pour vérifier si les coutures de ses bas étaient bien droites. Avant qu'elle ait le temps de craindre d'être obligée de marcher à pied jusqu'à sa destination, un taxi s'arrêta devant elle.

– Où allez-vous, mademoiselle ? lui demanda le chauffeur tandis qu'elle montait sur le siège arrière.

– À Dogwood, s'il vous plaît, répondit-elle en baissant les yeux sur ses mains gantées de noir, afin d'éviter le regard que sa réponse n'allait pas, supposa-t-elle, manquer de susciter.

Après une minute, il démarra et ils roulèrent sur les routes vicinales bordées d'arbres touffus.

Comme ils approchaient de la demeure de Grey, elle vit de grands drapés de soie noire accrochés à la haute porte en fer. Danny était à son poste de garde, le visage bouffi, et elle comprit qu'il avait bu toute la nuit et qu'il était maintenant au pire de sa forme. Il tenait un fusil-mitrailleur à l'épaule, et ne sourit pas quand il la vit approcher.

– L'accès des voitures est interdit, dit-il au chauffeur.

Astrid paya l'homme, le remercia et sortit.

– Vous avez raté le service, lui dit froidement Danny une fois que la voiture eut fait demi-tour et se fut éloignée sur la route.

– Oh, non !

Astrid se mordit les lèvres. Elle savait qu'elle allait être en retard. On pouvait presque dire qu'elle l'avait fait exprès, car elle avait pris tout son temps pour se préparer, consciente qu'elle allait rater le train de 11 h 31 qui partait de Penn Station. Elle n'avait pas vraiment envie d'arriver à l'heure pour se retrouver aux côtés de Charlie. Ce qu'elle voulait, c'était rejoindre discrètement Cordelia et lui prendre la main juste avant le moment où le cercueil de son père serait descendu en terre.

– Où s'est-il déroulé ?

– Dans la salle de bal. Il y aura une réception après l'enterrement. Ils ont creusé une tombe là-bas près du verger. (Il s'interrompit et lui montra l'endroit.) Vous m'avez mis dans un sacré pétrin, mademoiselle, ajouta-t-il avec une fêlure dans la voix.

Ce disant, il détourna d'elle son regard et fixa le sommet de la colline.

– Je suis désolé, Danny, fit-elle d'une voix douce. Je vous dédommagerai. J'essaierai de me faire pardonner.

Sur ce, elle lissa sa jupe et monta la côte. Elle coupa à travers la pelouse, et quand elle arriva au sommet, faisant face au flanc sud de la maison, elle aperçut le cortège funèbre qui descendait les marches du perron. Charlie se trouvait parmi les hommes en costumes noirs qui portaient le cercueil blanc. Juste derrière eux, Cordelia marchait seule, suivie par Elias Jones et une foule de gens vêtus de noir, parmi lesquels des clients et des collègues. Astrid les rattrapa juste avant qu'ils n'arrivent dans l'allée d'ormes. Cordelia restait le regard fixé sur le cercueil de son père. Sans un mot, elle tendit la main vers son amie. Tout observateur extérieur aurait dit qu'elle avait l'air étonnamment calme, mais alors que les deux jeunes filles marchaient côte à côte, Cordelia s'appuya sur son amie, et Astrid sentit qu'elle vacillait sur ses jambes.

Elles se turent jusqu'à la fin de la cérémonie. Astrid observa en silence Cordelia et Charlie nettoyer à la pelle la tombe de leur père. Le soleil brillait de tous ses feux, chaque jour était plus chaud que le précédent, et les chemises des porteurs de cercueil étaient trempées de sueur aux aisselles. Charlie essaya plusieurs fois de croiser le regard d'Astrid, mais elle regardait résolument le cercueil, et quand les amis du défunt revinrent vers la maison, elle passa son bras autour de la taille de Cordelia.

– Je suis tellement triste pour toi, dit Astrid en arrangeant quelques mèches de cheveux de son amie derrière son oreille, quand elles furent dans la salle de bal.

Des rafraîchissements furent servis, et les gens recommencèrent à parler. Fleurs et couronnes s'entassaient autour de la pièce, dont plusieurs avaient été livrées par les plus grands hôtels et les plus anciennes familles de la ville. Les plus beaux arrangements floraux avaient été envoyés par Mr et Mrs Harrison Marsh II.

Cordelia leva les yeux vers Astrid. Ils avaient cette couleur délavée que donnent les grands pleurs, et ses lèvres gercées se tordaient aux commissures, comme si elle essayait vainement de sourire.

– Oh, Astrid, tu ne peux pas savoir comme c'est affreux...

– Je sais, ma chérie. Je sais, je sais, dit-elle dans un soupir.

Les portes-fenêtres de la salle de bal étaient grandes ouvertes pour que les amis du défunt puissent contempler le superbe panorama de Dogwood, ce vaste et beau domaine que Grey avait pu s'offrir grâce à son commerce illégal. Des femmes en robes noires moulantes jetaient des regards autour d'elles, curieuses de voir qui d'autre était là, et les hommes devisaient calmement, mais avec plus de brio qu'il ne convenait à un enterrement. Certains d'entre eux ne semblaient pas particulièrement dévastés, remarqua Astrid ; ils étaient venus par curiosité, et parce que l'événement était de grand intérêt, et elle ne put s'empêcher de se sentir un peu mal à l'aise pour Charlie, qui recevait au même moment des condoléances à l'autre bout de la pièce. Elle alla se réfugier avec Cordelia près du piano à queue, et chaque fois que quelqu'un menaçait de venir se glisser trop près d'elles, Astrid lui jetait un regard rébarbatif.

– Je crois que j'ai besoin de m'allonger, lui dit Cordelia au bout d'un moment. Tu peux m'emmener jusqu'à ma chambre ?

– Bien sûr.

Elles traversèrent la salle de bal, les yeux baissés, se frayant un chemin dans la foule. Astrid se retourna et leva les yeux vers l'endroit où se tenait Charlie, entouré d'hommes en costumes noirs. Comme elle franchissait les grandes portes vitrées, il la suivit de son regard triste et fatigué, mais également tendre sous ses sourcils légèrement froncés, et ses lèvres s'entrouvrirent comme s'il voulait l'appeler. Elle détourna rapidement les yeux et laissa Cordelia s'appuyer sur elle en montant l'escalier.

– Tu veux que je t'apporte quelque chose ? demanda Astrid sur le seuil de la chambre de Cordelia.

– Non, rien. Je suis simplement très, très fatiguée. (Cordelia marcha à pas lents jusqu'à son lit, défit les épingles qui retenaient ses cheveux et se laissa tomber sur ses oreillers.) Va t'occuper de Charlie, lui dit-elle au bout d'un moment, les yeux toujours fermés.

Astrid opina, comme si c'était exactement ce qu'elle avait projeté de faire, alors qu'en vérité elle réfléchissait déjà à quel chemin elle pourrait prendre pour quitter la maison en évitant de se retrouver face à face avec le frère de Cordelia. Elle sortit et referma la porte de la chambre. Mais au bout du couloir, Charlie était planté sur ses jambes, le dos légèrement voûté : il l'attendait. Ni l'un ni l'autre n'échangèrent un seul mot, puis elle redressa la tête et se dirigea tout droit vers l'escalier, comme si elle ne l'avait pas vu.

Juste au moment où elle passa devant lui, il lui saisit le bras. Elle s'efforça de se dégager, mais ne le frappa pas.

– Astrid..., souffla-t-il d'une voix grave et brisée.

– Je suis attristée par ton deuil, lui dit-elle avec réserve, la tête tournée de profil. Mais je suis incapable de ressentir la moindre pitié pour toi, c'est pourquoi je pense qu'il vaut mieux que nous ne nous parlions pas du tout.

– Astrid, ne m'accable pas, la supplia-t-il. Pas maintenant.

Il tomba à genoux à ses pieds, étreignit ses jambes et pressa son visage contre son ventre. De haut, elle l'observa, avec ses cheveux bien lissés, sa tête appuyée contre sa nouvelle robe qu'il arrosait probablement de ses larmes, tel un enfant qui a fait une bêtise et veut se faire pardonner. Il était si désespéré et si désarmant que, malgré ses efforts, elle n'éprouva plus le dégoût qu'elle ressentait encore pour lui quelques secondes auparavant.

– Oh, Charlie, fit-elle d'une voix lasse et brisée, pensant à la tragédie qui venait de le frapper, à sa trahison, et à la triste histoire de la jeune fille dans la chambre à l'autre bout du couloir.

– Allez, reprit-elle d'un ton impérieux en l'aidant à se remettre debout.

Ils marchèrent silencieusement jusqu'à sa chambre. Sur le pas de la porte, elle se sentit à nouveau mal, retrouvant la sensation nauséeuse qu'elle avait éprouvée la dernière fois qu'elle s'était tenue à cet endroit. Néanmoins, il y avait quelque chose de purifiant et de libérateur dans la vue de son lit aux montants de cuivre impeccablement fait et vide de toute fille étrangère, comme si rien ne s'était réellement passé. Elle s'en approcha et s'étendit sur le dos. Il hésita quelques secondes, dans l'encadrement de la porte, son grand corps éclairé par la lumière de l'après-midi qui tombait des hautes fenêtres de la façade. Puis il traversa la chambre, s'effondra à côté d'elle et recommença à pleurer, la tête enfouie dans sa poitrine, l'enserrant dans ses bras. Elle sentait son corps trembler tandis qu'il inondait sa robe de larmes.

– Ne pars plus jamais, lui dit-il à travers ses pleurs. Promets-moi que tu ne partiras plus jamais.

– Charlie ! s'exclama-t-elle. La dernière fois que je t'ai vu...

– Je ne voulais pas... Ce n'était rien. Je ne referai plus jamais une chose aussi stupide, répondit-il avec fougue. Je suis accablé, je suis désolé, tu ne vois pas à quel point ? continua-t-il en criant. Tu ne me crois pas ?

Astrid tourna ses grands yeux vers les fenêtres qui encadraient un paysage tout en nuances vertes et bleues. Elle ne savait pas s'il fallait le croire ou non, et cela ne lui sembla pas, soudain, une question très intéressante. Ses pensées la ramenèrent à la nuit précédente, quand elle et sa mère avaient dansé avec deux marins sur le toit du St. Regis, et étaient ensuite descendues dans l'ascenseur en hurlant qu'on leur appelle un taxi. De qui venait l'idée et combien de temps s'était-il passé alors, elle ne savait plus, bien qu'elle ait le souvenir précis qu'un peu plus tard, elle se tenait debout sur un ponton dans une robe de soirée rose thé, agitant la main vers quelqu'un sur le pont d'un très grand bateau.

– Astrid ?

Charlie la regardait avec des yeux suppliants. Il se redressa, prit son visage dans ses mains et pressa ses lèvres contre les siennes. Au début elle ne voulut pas, puis, bouleversée par la douceur de ses baisers, elle se laissa faire.

– Charlie, murmura-t-elle en le repoussant. Tu ne la trouves pas... tu ne la trouves pas plus jolie que moi, n'est-ce pas ?

– Gracie ? (Pour la première fois de la journée, Charlie, contre toute attente, fit entendre quelque chose comme un rire.) Mais c'est un pou, un remède contre l'amour ! Toi... toi... mais tu es la plus belle fille que je connaisse !

Les larmes commençaient à perler au coin des yeux d'Astrid, mais elle ne voulait surtout pas qu'il voie que sa colère était déjà tombée.

– Jure-le, lui ordonna-t-elle.

Un silence s'ensuivit, durant lequel Charlie resta immobile, les paupières mi-closes, ses grandes mains posées sur les hanches de la jeune fille. Puis il se leva. Il la dominait, très grand, en manches de chemise – il avait dû enlever sa veste dans la salle de bal – l'air grave et, malgré la solennité de la situation et tout le mal qu'il lui avait fait, elle le trouva d'une grande beauté. Puis il se mit à genoux et prit sa petite main gantée.

– Astrid Donal, voulez-vous m'épouser ?

Stupéfaite, elle répéta :

– T'épouser ?

– Oui. Je n'ai pas de bague, pas pour l'instant, mais je t'en achèterai une belle, celle que tu voudras. Seulement, ne me quitte plus jamais. Je veux que tu sois à moi. Pour toujours. Tu veux bien ? (Il se pencha et posa sa tête sur sa main.) Dis-moi juste oui.

Elle passa ses doigts sur sa nuque. Alors elle sut qu'elle ne revivrait plus dans des hôtels et ne voyagerait plus à travers l'Europe, où des divorcées de luxe pouvaient se débrouiller à peu de frais. La chose à faire, elle le savait, était de lui laisser attendre sa réponse : qu'il s'inquiète un peu, pour sa punition. Mais déjà elle imaginait la superbe bague de fiançailles qu'il allait lui offrir, et un doux sourire s'épanouit sur ses lèvres. Aussi n'eut-elle plus aucune raison de lui dire autre chose que « oui ». Il l'aimait vraiment, même s'il avait commis un faux pas.

– Oui, dit-elle.

– Oui ?

Alors il se releva et la prit dans ses bras, la serrant très fort contre lui. Elle avait juste dix-sept ans, il en avait vingt, et elle allait passer le reste de sa vie avec lui.

Peut-être demeurait-il encore quelque amertume dans un recoin caché du cœur d'Astrid. Mais elle ne s'était jamais sentie aussi protégée, soulevée ainsi dans ces bras robustes, et de toute façon, malgré la tristesse de ce jour, l'air était chaud et vivant, et elle sentait son corps léger, resplendissant. Si elle avait voulu, elle aurait pu continuer à lui compliquer la vie. Mais elle n'en avait pas envie. Elle était soulagée de pouvoir rester là, dans cette maison, d'appartenir à Charlie et de n'avoir plus jamais à se soucier de rien.

28

– Ce n'est pas votre faute, Danny, dit Cordelia sur le siège du conducteur de la Marmon qu'il s'était arrangé pour lui procurer.

Elle parlait d'un ton sûr et décidé, même si elle avait l'impression d'être un papillon piégé dans un bocal. Danny était debout près du poste de garde, son chapeau rabaissé sur le visage, comme s'il voulait se cacher du monde. Au lieu de réagir, il jeta un regard vers le haut de la colline au-dessus de laquelle se dressait le toit de Dogwood. Dogwood où se poursuivait la veillée funèbre, malgré les ombres crépusculaires qui s'étendaient.

– Qu'est-ce que vous m'avez poussé à faire ? murmura-t-il.

Elle ignora sa question.

– En tout cas, ne dites pas que vous m'avez vue, d'accord ?

Il fit oui de la tête et ajouta :

– Faites attention à vous, Miss Grey.

Une fois engagée sur la route, elle alluma les phares et prit de la vitesse. Elle avait appris à conduire quand elle avait douze ans – son oncle n'était pas maniaque avec sa voiture – mais elle n'avait jamais été au volant ainsi habillée. Ses longs cheveux étaient lissés contre son crâne et attachés en un chignon serré, et elle était vêtue d'une robe en soie couleur champagne, coupée dans le style préféré des jeunes femmes qui fréquentaient les night-clubs : le haut de la robe, attaché par de fines bretelles, était ajusté, la taille était basse, et la jupe vaporeuse ondoyait sur ses hanches, de sorte que personne ne pouvait remarquer une ou deux fioles coincées dans son porte-jarretelles.

Maintenant elle conduisait plus vite, le vent faisait frissonner ses épaules nues, ce qui l'apaisa un peu, comme si ce souffle pouvait emporter toute la tristesse et le dégoût qu'elle avait d'elle-même. Elle avait toujours eu le sens de l'orientation, et avait appris à se repérer dans les environs de White Cove rien qu'en étant en voiture avec Charlie et Thom. Mais c'était différent de conduire seule sur ces routes de campagne. Cela la calmait.

Le panneau de signalisation pour Avalon, la résidence de Duluth Hale, apparut plus tôt qu'elle ne l'avait prévu. Déjà elle sentait s'élever les odeurs marines du détroit, qui faisait face à la propriété, et entendait les voix des invités de la soirée que donnait la mère de Thom, malgré, ou peut-être à l'occasion de la tragédie de Dogwood. À cette pensée son estomac se noua, cependant elle essaya de garder le sourire. Elle gara la voiture sur la pelouse et franchit le portail de fer de la haute muraille de pierre.

– Vous avez une invitation, ma petite dame ?

– Je suis une invitée de Thom Hale, répondit-elle avec assurance.

Il tourna la tête vers le second gardien.

– Accompagne-la, et demande à Thom de confirmer.

Comme ils traversaient la pelouse verdoyante, elle contempla la maison illuminée pour l'occasion. Cette bâtisse blanche au toit de bardeaux n'était peut-être pas aussi seigneuriale que le domaine des Grey, mais ses ailes et ses dépendances s'étendaient comme de grands bras protecteurs.

Il y avait beaucoup de bruit à l'intérieur : la musique d'un orchestre, la rumeur des conversations dans tous les coins. Les têtes se tournèrent vers Cordelia quand elle traversa la grande salle de bal qui était à l'évidence plus souvent utilisée que celle de Dogwood – sans doute en raison de la présence de l'épouse de Duluth Hale qui ne dirigeait pas sa maison comme une colonie de vacances pour garçons. Certains visages étaient familiers à Cordelia ; c'étaient les mêmes qui étaient tout aussi heureux de boire de l'alcool chez Darius Grey chaque fois qu'il leur ouvrait les portes de sa propriété. Sans s'attarder là-dessus, elle suivit le garde qui descendait un petit escalier incurvé en pierre blanche qui conduisait à un beau patio donnant sur la mer.

Avalon possédait son propre ponton d'où allaient et venaient de petits bateaux éclairés par des ampoules accrochées à leurs mâts, qui débarquaient les invités. Un second orchestre jouait dans le patio où l'ambiance, ponctuée par le clapotis de l'eau, et sous la voûte étoilée, était plus languissante et plus romantique. Les danses étaient ici moins trépidantes, et les couples oscillaient dans l'ombre tamisée de la maison.

– Mr Hale ! appela le garde.

Une haute silhouette, qui faisait face à l'eau noire, les mains enfoncées dans les poches de son pantalon, se retourna. Ses lèvres s'entrouvrirent courtoisement quand il la vit, et une lueur douce traversa son regard, manifestant une tristesse à laquelle elle crut, l'espace d'une seconde, dans sa candeur fugitivement retrouvée.

– Elle dit qu'elle est votre invitée.

– C'est exact.

Thom fit un signe de tête, et l'homme partit.

Tous deux restèrent là un moment, séparés par quelques pas et par toutes les choses qu'ils ne s'étaient jamais dites.

– Tu ne m'invites pas à danser ? lui demanda-t-elle avec un sourire effronté.

Mais c'était un sourire qui disait, malgré tout : *Je sais qui tu es.*

– Tu veux danser ? articula-t-il avec hésitation, d'une voix légèrement inquiète.

Le contact subtil et familier de sa main au creux de ses reins lui fit battre le cœur. Elle leva son bras et posa sa main juste sous sa nuque, se laissant entraîner dans son pas. Les gens avaient remarqué leur couple, et se penchaient maintenant les uns vers les autres en chuchotant :

– N'est-ce pas la fille de Grey ?

Ou bien :

– Qu'est-ce qu'elle fait là, après ce qui vient de se passer ?

Le visage de Thom était à quelques centimètres du sien, et elle sentait la douce chaleur de sa peau quand par instants il l'effleurait.

– Tu as froid ?

– Non, pas du tout.

– Je suis désolé de n'avoir pas pu t'appeler ou venir te voir, poursuivit-il en baissant la voix. Je voulais savoir si tu allais bien. Je voulais te dire combien j'étais triste. Je voulais te dire aussi que, quels que soient les bruits qui courent, je ne suis pour rien dans...

– Oh, Thom ! l'interrompit-elle, riant d'un rire à la fois triste et éclatant. Je sais tout cela. Tu ne pourrais pas être responsable d'une chose aussi horrible.

Puis elle ajouta, comme une pensée après coup :

– Je ne le connaissais pas depuis très longtemps, tu sais !

Ils avaient tourné, en dansant, et elle se rendit compte alors de la présence d'un homme corpulent habillé d'un costume rose pâle, debout devant le perron de la maison. Il avait un visage plat, marqué de balafres, un regard froid et fixe. Elle devina que c'était Duluth Hale. Puis ils tournèrent encore, et quelques secondes plus tard, elle sentit la nuque de Thom se raidir. Mais sa voix, quand il parla ensuite, avait toujours ce même timbre velouté.

– Je suis heureux que tu sois venue. Je croyais que tu ne voudrais plus me voir, après tout ce qui s'est passé...

– Je suis très contente d'être en ce moment dans un lieu comme celui-ci, où tout est gai...

Elle s'interrompit, comme si elle prenait conscience de quelque chose. Elle mentait un peu plus que nécessaire pour le confondre et le démasquer. Histoire d'avoir sa petite vengeance. Un léger travestissement de la vérité, contre le mensonge monstrueux qu'il lui avait servi.

– Tu m'as attendu très longtemps, sur la route ? lui demanda-t-il.

Il y eut un silence, et quand elle le regarda dans les yeux, elle vit qu'il pensait à autre chose.

– Oui... Mais ce n'est pas grave.

Elle ferma les yeux, faisant semblant de jouir de la musique, essayant de ravaler la colère que sa trahison faisait monter en elle. Elle aurait aimé gifler ce beau visage et lui dire comme elle s'était bêtement inquiétée pour lui sur la route.

Ils étaient arrivés vers le bord de la piste de danse, et brusquement, il s'arrêta.

– Tu veux bien me suivre ? lui demanda-t-il. J'aimerais être seul avec toi.

Ainsi... Son moment était venu plus vite qu'elle ne l'avait imaginé.

– Oui bien sûr.

Elle essaya d'afficher un visage enjôleur.

Ils traversèrent rapidement le jardin et dépassèrent la maison. Il lui prit la main, et elle suivit son allure quand il commença à courir entre les arbres. Quand ils furent suffisamment loin pour qu'on ne les voie pas, elle comprit qu'il devait chercher un lieu précis. Bientôt, ils arrivèrent devant le mur de pierre et le longèrent jusqu'à un endroit où, décrépi et effrité, il montrait une brèche d'environ un mètre.

Thom y posa la main pour tester sa solidité. Quand il se tourna vers elle, il y avait dans ses yeux une lueur sauvage qu'elle ne lui avait jamais vue. Ses mains cherchèrent sa taille ; il la prit et l'attira plus près de lui, pressa sa bouche contre la sienne. Elle posa ses bras sur ses épaules, jouant, simulant la passion. Leurs lèvres s'entrouvrirent. Mais alors, il jeta un regard par-dessus son épaule dans la direction de la garden-party, et lui demanda :

– Comment es-tu arrivée ici ?

Ce n'était pas une question à laquelle elle s'attendait.

– Dans un coupé Marmon, répondit-elle avant de pouvoir réfléchir à une meilleure réponse.

– Bien, dit-il.

Puis il grimpa sur le mur et s'y assit pour lui tendre la main. Elle la saisit, prit appui avec son pied sur une pierre et se laissa tirer vers le haut. En quelques secondes, ils furent de l'autre côté. L'obscurité était plus complète, et elle ne devinait ses traits que grâce à la lueur dorée qui nimbait son visage. Il s'appuya encore contre le mur et se retourna pour jeter un coup d'œil prudent, afin de s'assurer sans doute que personne ne les avait vus. C'était juste le temps qu'il lui fallait pour se baisser et sortir le pistolet à six coups de son porte-jarretelles.

Il y eut un déclic quand elle arma le revolver. Thom se retourna, lentement, pour lui faire face. Toute la douceur qui était dans ses yeux au cours du quart d'heure qui venait de s'écouler disparut brusquement, et elle put le voir tel qu'il était : un imposteur glacial qui, en plus d'avoir fait d'elle la complice de l'assassinat de son père, voulait profiter d'elle pour son plaisir.

– Cord ! souffla-t-il.

Il ne l'avait jamais appelée comme cela avant, et le souvenir de son père qui l'avait surnommée ainsi le jour où il lui avait appris à tirer lui causa une douleur qui lui noua la gorge et lui fit contracter les mâchoires.

– Tu n'as pas intérêt ! Ne t'avise pas... ! le menaça-t-elle. Nous savons tous deux ce que tu as fait.

– Je peux imaginer ce que tu dois penser, mais il faut que tu me laisses... que tu me laisses t'expliquer, dit-il en s'approchant d'elle et en tendant le bras doucement, comme à son habitude.

– Ne bouge pas !

Elle recula, tenant fermement le revolver pointé en direction de sa tête, mais il continuait d'avancer, et au fil des secondes la panique s'empara d'elle. Elle tira en l'air au-dessus de sa tête.

Le bruit que fit le tir fut plus fort que ce dont elle se souvenait, et les fit sursauter tous les deux. Ses mains lui firent mal, et elle avait oublié combien, une fois le coup parti, le canon était lourd et chaud. Ses yeux s'agrandirent. Thom, vigilant, ne la quittait pas du regard. Mais il était effrayé, lui aussi, sur le qui-vive, et malgré sa parfaite immobilité, elle s'en aperçut. Elle se souvint à quel point elle avait eu peur quand elle avait imaginé que son père et Charlie avaient pu le surprendre à Dogwood et lui faire du mal. Elle se le figura comme elle avait vu son père mourant : son impeccable costume ensanglanté, son beau torse déchiqueté, criblé de trois blessures béantes. Un moment, elle crut qu'elle allait vomir ou s'évanouir. Le pistolet lui tomba des mains, et atterrit entre eux.

Elle entendit alors des coups de feu tirés depuis le lieu de la fête. Elle frémit, mais ni elle ni Thom ne dirent mot, et avant qu'il eût le temps de réagir, elle s'était retournée et mise à courir. Elle courut vraiment, cette fois, pour de bon, lançant ses chaussures en l'air en même temps qu'elle fonçait à travers les arbres de toute la vitesse dont elle était capable, insensible aux cailloux et aux aiguilles qui s'enfonçaient dans ses plantes de pied. Elle fit un détour pour revenir devant l'entrée sans être vue, là où étaient garées les voitures des invités.

Il y avait encore deux gardes à la porte, qui échangeaient des chuchotements inquiets. Ils pensaient apparemment que la personne armée viendrait d'une autre direction, car ils lui tournaient le dos et pointaient leurs fusils vers la propriété. Thom ne l'avait pas suivie, et elle put se glisser à pas de loup entre les voitures. Quand elle trouva la Marmon, elle se hissa par-dessus la portière sans l'ouvrir pour ne pas faire de bruit, et s'accroupit sous le volant. Dès qu'elle fit démarrer le moteur, elle appuya sur la pédale aussi fort qu'elle le put et fonça à tombeau ouvert loin de la demeure de Duluth Hale sans oser regarder ce qui se passait derrière elle.

Les gardes devaient l'avoir entendue partir, mais elle était déjà loin. Elle fila à l'intérieur des terres à un train d'enfer, jetant un coup d'œil par-dessus son épaule, ses cheveux décoiffés lui barrant le visage. Il était tard, elle n'avait encore croisé personne sur la route, cependant elle continuait à foncer furieusement, priant que les Hale ne la poursuivent pas.

Quand elle vit un panneau indiquant la ville de Nashitogue, elle réalisa qu'elle était sortie de White Cove et se souvint alors qu'elle avait mentionné à Thom la marque de la voiture qu'elle conduisait. Il serait facile pour eux de la repérer, même si elle s'arrêtait et s'accroupissait à l'arrière, même si elle se cachait sous un chapeau et retournait vers White Cove à une vitesse raisonnable. Ils s'étaient sûrement divisés pour partir à sa poursuite dans toutes les directions maintenant, à travers toute la ville et probablement dans tout Long Island. Ils n'avaient pas hésité à tuer son père, qui avait tant de relations. Pourquoi hésiteraient-ils maintenant à tuer Cordelia, qui n'était qu'une pauvre fille de l'Ohio dont personne n'avait jamais entendu parler jusqu'à il y a deux semaines ?

Cette pensée la hanta un moment, puis elle redémarra, fonçant sur la route, et finit par perdre le contrôle du véhicule. Le coupé rouge franchit une barrière de bois délabrée et fila dans un champ, cahotant, tressautant, repartant, pour finalement caler dans une côte et stopper net dans une grande secousse. Cordelia se retourna pour vérifier qu'aucune voiture ne la poursuivait. Le nuage de poussière qu'elle avait soulevé retombait lentement sur la terre pourpre, et à part le chant de quelques cigales, un grand silence régnait. Elle se cala contre le dossier de son siège et essaya de se sentir soulagée : elle était arrivée à fuir, finalement.

Mais le silence ne fit qu'empirer sa peur. Son cœur s'affola, et une sorte d'hystérie s'empara d'elle.

Où pouvait-elle aller, maintenant ? Toute sa vie elle avait économisé des *pennies* et supporté les outrages en haussant orgueilleusement les épaules, portée par l'idée qu'un jour elle rencontrerait son père, qu'il serait un grand homme et l'accueillerait à bras ouverts. Eh bien, elle l'avait effectivement trouvé, mais c'était pour le perdre aussitôt, à cause de sa propre légèreté. Et dans sa tentative ratée de venger sa mort, elle s'était transformée en fugitive. Elle se sentit écrasée, oppressée sous le poids d'un tel chagrin et d'une si grande culpabilité. Elle n'avait nulle part où aller.

Elle ne saurait jamais combien de temps elle resta là dans le champ, ou comment tout cela aurait fini si quelque chose d'extraordinaire ne s'était pas produit : elle entendit un énorme vrombissement juste derrière elle, et une machine volante passa à côté d'elle, si bas et si près qu'elle sentit son extrême chaleur. Un instant, elle pensa que c'était peut-être une comète, mais elle abandonna vite cette idée absurde. Après quoi, elle entendit le crash, et vit les flammes s'élever dans le champ. Elle comprit que c'était un avion et que quelqu'un était à l'intérieur.

Elle remit le contact et roula très vite, mais en contrôlant mieux sa conduite qu'elle n'en avait été capable jusque-là. En quelques minutes, elle arriva devant l'épave. Le nez de l'avion plongeait dans la terre et son aile gauche était en feu. Mais elle ne vit le pilote qu'au moment où elle stoppa la voiture. Elle se précipita vers les décombres. Le torse de l'homme pendait hors du cockpit, et ses lunettes de pilote étaient encore fixées à son visage. Peut-être était-il évanoui, car il ne semblait pas faire le moindre mouvement pour essayer de s'échapper du biplan en flammes. Elle glissa alors ses bras sous le corps de l'homme et, rassemblant toutes ses forces, défit la ceinture qui le maintenait à son siège. Mais son poids la fit basculer, il tomba sur elle, et elle eut peur, durant quelques secondes, de rester piégée avec lui dans les flammes. Mais peu après, il se mit à parler et déclara d'une voix presque impassible :

– Vous feriez mieux de nous sortir de là avant que le feu ne se propage jusqu'au réservoir d'essence.

Grimaçant de douleur, il réussit à se soulever et à se redresser suffisamment pour qu'elle puisse se dégager et, glissant fermement son bras sous son épaule, elle l'aida à se mettre debout. Ils marchèrent ainsi jusqu'à la voiture. C'était un homme jeune, vêtu d'un T-shirt en coton blanc rentré dans un pantalon marron, et chaussé de bottes noires à lacets. Il n'était guère plus grand qu'elle et, malgré sa minceur, une grande force émanait de tout son corps.

– Ça va ? lui demanda-t-elle alors qu'ils avançaient clopin-clopant.

– Oui.

Sa voix était paradoxalement calme et profonde, compte tenu de ce qu'il venait de vivre, et de la fumée qui les enveloppait.

– J'espère que vous ne conduisez pas comme une femme, ajouta-t-il alors qu'elle l'aidait à s'installer sur le siège avant.

– Je vous demande pardon ?

Elle était trop choquée par son ingratitude pour réagir pleinement à ces paroles.

Il se contenta de la regarder avec de grands yeux, des yeux bleu pâle qui ressortaient sur sa peau bronzée par le soleil. Ses cheveux étaient brun foncé, coupés très court, et ses lèvres bien dessinées ne souriaient pas. Interloquée, elle claqua la portière côté passager, démarra, puis ne le regarda plus jusqu'à ce qu'ils arrivent sur la route et qu'ils entendent le bruit de l'explosion.

– Oh, mon Dieu ! murmura-t-elle.

Le visage de l'homme, jusque-là étonnamment calme, se tendit, et elle comprit qu'il était probablement blessé. Il lui demanda si elle savait où se trouvait l'hôpital le plus proche.

– Non, répondit-elle sincèrement.

Quand bien même elle aurait dû se sentir insultée par ses manières plutôt abruptes, elle était surtout impressionnée par le flegme dont il ne se départait pas malgré la douleur que ses blessures devaient forcément lui causer. Si elle avait été aussi endurcie que lui, se dit-elle, elle ne se serait pas inquiétée pour Thom Hale, et mieux encore, elle n'aurait pas été sensible à ses avances, dès le début.

– Et vous, vous le savez ?

– Où sommes-nous ?

– À Nashitogue. (Ils roulaient alors à toute vitesse sur un chemin vicinal.) Du moins je crois.

– Bien. (Il essaya de repositionner sa jambe, qui était à l'évidence grièvement blessée.) Suivez tout droit cette route, puis tournez à gauche à Willow Lane. Nous arriverons au Catholic Hospital de Rye Haven. Vous pourrez m'y laisser.

Elle ne sentait plus son corps tant elle avait peur, et leur respiration à tous deux était audible tandis qu'ils fonçaient dans la nuit. Il devait être très tard. Elle pensa qu'elle aurait dû lui demander ce qu'il faisait dans le ciel en pleine nuit, mais n'en fit rien. L'aube s'annonçait, et elle se concentra sur une seule pensée : elle devait conduire l'inconnu là où l'on prendrait soin de lui.

Les freins de la Marmon crissèrent quand Cordelia s'arrêta devant un austère bâtiment de briques rouges dont les hautes fenêtres étaient éclairées d'une lumière jaune. Elle contourna la voiture pour l'aider à en sortir. Le hall, froid et blanc, était désert, et pendant une ou deux minutes, ils restèrent seuls. Juste au moment où elle allait lui demander ce qu'il fallait qu'ils fassent, une religieuse en habit noir arriva de l'escalier intérieur, puis d'autres apparurent, venant de pièces et de couloirs différents.

– Oh, Seigneur ! s'exclama la première.

– C'est vraiment lui ? s'étonna une autre.

– J'ai eu un accident, expliqua-t-il de sa voix claire et limpide.

Puis, se tournant vers Cordelia, il ajouta :

– À propos, vous ne conduisez pas comme une femme.

– Merci, répondit-elle en levant un sourcil, bien que je ne sois pas tout à fait sûre que ce soit un compliment. Et de toute façon, ne devriez-vous pas plutôt me remercier ?

– C'est vrai, reconnut-il en souriant.

Son visage grave aux traits nets et harmonieux n'avait pas semblé jusque-là capable de sourire. Mais juste à ce moment, elle réalisa à quel point la plupart des sourires étaient faux, et quelle énorme perte de temps c'était que de sourire d'une façon contrainte ou convenue. Celui de l'homme était rare et unique, il exprimait une joie sincère, et elle se dit qu'elle avait pu l'apprécier d'autant plus, et à sa juste valeur, qu'il était resté bourru jusque-là.

– Merci.

– Pas de quoi, répondit-elle d'un ton léger.

– Au contraire, j'aurais pu mourir

Les infirmières s'étaient rassemblées autour de lui et parlaient entre elles tout excitées, elles appelaient même les autres à descendre dans le hall. Quelqu'un apporta un fauteuil roulant, l'aida à se dégager doucement du bras de Cordelia, et l'y installa.

– Je vous revaudrai ça, je vous le promets.

Il lui tendit la main. Elle fut surprise de sentir la sensation rassurante d'une main humaine dans la sienne, et respira alors à fond.

– Comment vous appelez-vous ? lui demanda-t-il.

– Cordelia Grey.

Elle resta un instant dans le ravissement de ce simple contact étrangement doux, et le temps qu'elle réalise qu'elle voulait elle aussi connaître son nom, on emmenait le blessé dans son fauteuil roulant. Elle baissa alors la tête et se regarda. Elle devait être ridicule, pieds nus dans cette robe qui ne pouvait servir qu'à boire et à danser, avec ses cheveux qui dégringolaient sur ses épaules, et son rimmel noir qui avait sûrement coulé autour de ses yeux.

– Tout va bien, mademoiselle ? demanda l'une des religieuses.

– Oh... moi oui. C'est lui qui a eu l'accident.

– Ah. (La jeune religieuse se signa.) Dieu merci, il n'est pas mort.

– Vous le connaissez ?

La jeune femme pouffa de rire, puis réalisa qu'elle ne plaisantait pas.

– Mais bien sûr ! C'est Max Darby, le célèbre pilote.

– Oh ! fit Cordelia. (Elle renversa la tête et rit joyeusement.) Mais bien sûr !

– Eh bien, que voulez-vous dire par « Bien sûr » ? C'est un très bon pilote. Il n'a jamais eu d'accident, son avion ne s'est jamais écrasé !

– Oh, mais je n'en doute pas. Il devait me suivre, je suppose, inconsciemment.

La jeune infirmière poussa un soupir rêveur et dit :

– Vous avez de la chance. C'est un *ange*.

– Oui. Je m'en doutais.

Là-dessus Cordelia prit congé, se retourna et quitta ce lieu froid et hygiénique.

Quand elle s'installa de nouveau dans la Marmon, elle sentit que la peur qui l'étreignait quand elle avait roulé jusqu'à ce champ s'était dissipée. L'instant lui semblait loin où elle avait pointé un pistolet sur la tête de Thom Hale, et encore plus loin le temps où elle l'avait intensément désiré et voulu se donner à lui corps et âme. L'aube luisait déjà dans le ciel, mais elle ne se sentait pas fatiguée. La dernière chambre qu'elle avait appelée la sienne se trouvait dans une maison peuplée de bootleggers qui n'avaient probablement guère intérêt à ce qu'elle survive. Mais elle n'avait pas peur. Le hasard lui avait offert une plus belle image de ses pouvoirs. Sa vie avait pris un tour merveilleux, puis un tour malheureux, mais elle se présenterait encore sous de bien d'autres jours. Elle démarra et tourna dans la direction qui avait depuis toujours été son but, sa destination : White Cove.

– On vous attend dans la bibliothèque, dit Anthony, le veilleur de nuit, lorsqu'elle arriva devant le portail de Dogwood.

En fait, ils étaient déjà sur le perron. Charlie et Astrid étaient tous deux vêtus de noir, et portaient un grand châle de laine dont ils enveloppèrent les épaules de Cordelia.

Un instant, elle ne put rien faire d'autre que porter son regard de l'un à l'autre.

Charlie passa un bras autour d'elle, pressant son épaule de sa grande main.

– On les aura, t'inquiète pas !

Astrid prit le visage de Cordelia dans ses mains.

– Tu as l'air de revenir de loin, mon ange. Mais demain, tu verras, tout ira beaucoup mieux.

– Je peux rester ici, vraiment ?

– Mais bien sûr. (Charlie réussit presque à sourire.) Il vaut mieux pour moi, si je devais un jour rendre des comptes à papa.

– Je peux aller me coucher, alors ? Je n'ai jamais été aussi fatiguée.

– Oui, mais... Il y a quelqu'un ici pour toi, l'informa Astrid. Dans ta chambre.

Cordelia ramena le châle de laine sur ses épaules en montant l'escalier. Ses jambes lui faisaient mal, et elle mit plus de temps que d'ordinaire pour grimper jusqu'au second étage. Arrivée devant sa chambre, ses paupières étaient lourdes, et elle avait presque oublié que quelqu'un l'y attendait.

Mais quand elle ouvrit la porte, elle aperçut Letty assise dans l'un des sofas blancs près de la fenêtre. Elle paraissait encore plus petite et menue que dans le souvenir de Cordelia, dans sa vieille robe noire, avec ses cheveux lisses et sombres qui encadraient son petit visage blanc. L'un de ses yeux était enflé et meurtri, et un lévrier plutôt maigre était couché à ses pieds. Elle paraissait fragile et épuisée.

– Que t'est-il arrivé ?

Letty resta muette un instant, et Cordelia se souvint que la dernière fois qu'elles s'étaient vues, elles étaient fâchées. Mais Letty se mit peu après à rire et lui demanda :

– Qu'est-ce qui t'est arrivé à *toi* ?

Cordelia se retourna et s'aperçut dans le miroir. Elle se mit alors à rire aux éclats.

– J'ai l'impression que nous ne sommes ni l'une ni l'autre au mieux de notre forme, dit-elle. Tu me détestes ?

– Non, dit Letty en baissant les yeux.

– Tu vas rester un peu ?

Les yeux bleus de Letty se levèrent sous sa frange noire :

– Je n'ai nulle part d'autre où aller.

Peut-être eut-elle peur que cette réponse ne semble un peu sèche, car elle ajouta rapidement :

– Je veux dire que... j'aimerais bien, si tu es d'accord.

Cordelia sourit et s'approcha de son amie. Elle s'assit à ses pieds sur le tapis et posa sa tête sur ses genoux. Les rideaux blancs s'envolèrent, et elle perçut une lumière orangée à travers le sommet des arbres. Il y avait tant de choses qu'elle avait envie de raconter à Letty, mais elle n'était pas sûre d'en avoir l'énergie, et de toute façon elles avaient tout le temps devant elles. Elles avaient parcouru une longue distance, elles savaient maintenant ce qu'était une grande ville, et étaient toutes deux rompues de fatigue. Mais elles pourraient discuter de tout cela demain. Cette nuit elles allaient bien dormir, à Dogwood, quelles que soient l'idée et les images qu'évoquait ce nom.

Il évoque le chez-soi, pensa Cordelia, et elle ferma les yeux.

REMERCIEMENTS

Je témoigne toute ma reconnaissance à mes amis et éditeurs Sara Shandler et Farrin Jacobs, sans qui ce livre n'aurait été que l'ombre de lui-même. J'adresse tous mes remerciements à Joelle Hobeika, à Josh Bank, aux Morgenstein, à Elise Howard, à Kari Sutherland, à Kristin Marang, à Cristina Gilbert, à Melissa Bruno, à Sasha Illingworth, à Beth Clark, à Liz Dresner, à Andrea C. Uva, à KB Mello, à Melinda Weigel, et à Laura Lutz. Un grand merci également à Ryan Shawhughes et à sa famille de m'avoir prêté pour écrire ce livre un bureau avec une vue sur Long Island.

D'autres livres

Jodi Lynn ANDERSON, *Peau de pêche*
Jodi Lynn ANDERSON, *Secrets de pêches*
Jodi Lynn ANDERSON, *Un amour de pêche*
Candace BUSHNELL, *Le Journal de Carrie*
Candace BUSHNELL, *Summer and the City*
Meg CABOT, *Une (irrésistible) envie de sucré*
Meg CABOT, *Une (irrésistible) envie d'aimer*
Meg CABOT, *Une (irrésistible) envie de dire oui*
Elizabeth CRAFT et Sarah FAIN, *Comme des sœurs*
Elizabeth CRAFT et Sarah FAIN, *Amies pour la vie*
Melissa DE LA CRUZ, *Un été pour tout changer*
Melissa DE LA CRUZ, *Fabuleux bains de minuit*
Melissa DE LA CRUZ, *Une saison en bikini*
Melissa DE LA CRUZ, *Glamour toujours*
Sharon DOGAR, *Si tu m'entends*
Norma FOX MAZER, *Le Courage du papillon*
Gregory GALLOWAY, *La Disparition d'Anastasia Cayne*
Jenny HAN, *L'Été où je suis devenue jolie*
Jenny HAN, *L'Été où je t'ai retrouvé*
Mandy HUBBARD, *Prada & Préjugés*
Alice KUIPERS, *Deux filles sur le toit*
Joyce Carol OATES, *Un endroit où se cacher*
Joanna PHILBIN, *Manhattan Girls*
Yvonne PRINZ, *Princesse Vinyle*
Meg ROSOFF, *Maintenant, c'est ma vie*
Polly SHULMAN, *La fille qui voulait être Jane Austen*
Gabrielle ZEVIN, *Une vie ailleurs*
Gabrielle ZEVIN, *Je ne sais plus pourquoi je t'aime*

www.wiz.fr
Logo Wiz : Cédric Gatillon

Composition Nord Compo
Impression CPI Bussière en mars 2012
à Saint-Amand-Montrond (Cher)
Éditions Albin Michel
22, rue Huyghens, 75014 Paris

ISBN : 978-2-226-23986-0
ISSN : 1637-0236
N° d'édition : 19687/01. – N° d'impression : 120629/4.
Dépôt légal : avril 2012.
Loi n° 49-956 du 16 juillet 1949 sur les publications destinées à la jeunesse.
Imprimé en France.